Hind Pocket Books

जसविंदर शर्मा
की यादगारी कहानियां

जसविंदर शर्मा की कहानियों में आज के युग की प्रवृत्तियों का बिंब स्पष्ट रूप से देखा जा सकता है। बदलते सामाजिक मूल्यों से सामंजस्य स्थापित करने में मानसिक द्वंद्व इन कहानियों को शिखर स्थान देने के लिए पर्याप्त है। आज के मानव का मानसिक संघर्ष और उसमें उलझता उसका अहम कहानी के पात्रों को सजीव बनाने में सफल रहा है। नारी की संवेदनशीलता से टकराता समाज का यथार्थ पाठकों को भावुक करने में पूर्ण सक्षम है। नारी की गरिमा और उस पर यौन विकृतियों से आहत पुरुष की दृष्टि के विभिन्न कोण पाठकों को कुछ सोचने के लिए बाध्य कर देते हैं। आज के समाज में बढ़ता नारी का वर्चस्व और उसमें दोलन करती आधुनिक नारी की मनोदशा का सजीव वर्णन इस कहानी सग्रंह को एक संग्रहणीय पुस्तक बनाने में पूर्ण समर्थ है। इन कहानियों की सबसे बड़ी विशेषता यह है कि इन्हें मूल पाठ के साथ दिया गया है, इसलिए ये आम पाठकों को तो अभिभूत करेंगी ही, साथ ही हिन्दी कथा शोधार्थियों और अध्येताओं के लिए भी अमूल्य निधि सिद्ध होंगी।

जसविंदर शर्मा

की यादगारी कहानियां

हिन्द पॉकेट बुक्स

हिन्द पॉकेट बुक्स
भारत की सर्वप्रथम पॉकेट बुक्स
उत्कृष्ट साहित्य का प्रतीक
सुन्दर • सुरुचिपूर्ण • सरल

जसविंदर शर्मा की यादगारी कहानियां (कहानी-संग्रह)

संपादन : तेजपाल सिंह धामा
नवीन संस्करण : 2010
प्रकाशक : हिन्द पॉकेट बुक्स प्राइवेट लिमिटेड
जे-40, जोरबाग लेन, नई दिल्ली-110003
लेज़र : एडिट मीडिया, खेकड़ा (बागपत) - 201101
मुद्रक : राकेश प्रेस, नई दिल्ली-110028

JASWINDER SHARMA KI YAADGARI KAHANIYAN (Stories)
By Jaswindar Sharma

ISBN 978-81-216-1517-4
10/10/01/03/11/EM/DE/RP/RP/NP135/NP135

अनुक्रम

क्षतिपूर्ति

हरनाम सिंह की जलती हुई चिता देखकर शरद बाबू का कलेजा मुंह को आ रहा था। शरद बाबू को हरनाम सिंह के मरने का दुख इस बात से नहीं हो रहा था कि उनका प्यारा दोस्त अब इस दुनिया में नहीं था बल्कि इस बात की चिंता उन्हे खाए जा रही थी कि हरनाम सिंह को दो लाख रुपए शरद बाबू ने अपने बैंक के खाते से निकालकर दिए थे और जिसकी भनक न तो शरद बाबू की पत्नी को थी और न ही हरनाम सिंह के घर-परिवार वालों को थी, उन रुपयों की वापसी के सारे दरवाजे अब बन्द हो चुके थे।

हरनाम सिंह का एक ही बेटा था और वह भी दस-बारह बरस का। उसकी आंखों से आंसू थम नहीं रहे थे, और प्रीतो भाभी, हरनाम सिंह की जवान पत्नी, वह तो गश खाकर मूर्छित पड़ी थी। शरद बाबू ने सोचा कि उन्हे तो अपने दो लाख रुपयों की पड़ी है, इस बेचारी का तो सारा जहान ही लुट गया है।

मन ही मन शरद बाबू हिसाब लगाने लगे कि दो लाख रूपयों की भरपाई वह कैसे कर पाएंगे। चोर खाते से साल में तीस-चालीस हजार रुपए भी एक तरफ रख पाए तो भी कहीं सात-आठ साल में दो लाख वापस उसी लेखे में जमा हो पाएंगे। हरनाम सिंह को अगर उन्होंने दुकान के खाते से रुपए दिए होते तो आज उन्हें इतना संताप न झेलना पड़ता। उस समय वह हरनाम सिंह की बातों में आ गए थे।

हरनाम सिंह ने कहा था कि बस एकाध साल का चक्कर है। बिजनेस तनिक डावांडोल है। ठीक बिजनेस पीरियड अगले साल से शुरू होने वाला है जब सरकार बदलेगी और अफसरों के हाथों में और पैसा खर्च करने के अधिकार आ जाएंगे। तब नया माल भी उठेगा और साथ में पुराने डूबे हुए पैसे भी वसूल हो जाएंगे।

शरद बाबू अच्छी-भली लगी-लगाई दस साल की सरकारी नौकरी छोड़कर पुस्तक प्रकाशन के इस संघर्षपूर्ण धन्धे में कूद पड़े थे। उनकी पत्नी का मायका परिवार काफी समृद्ध था। पत्नी का भाई मर्चेन्ट नेवी में कप्तान था। बहुत मोटी तनख्वाह पाता था। बस शरद बाबू आ गए अपनी पत्नी की बातों में। नौकरी छोड़ने के एवज में दस लाख रुपए मिले और पांच लाख उनके सालाश्री ने लोन दे दिया यह कह कर कि वह खुद कभी वापिस नहीं मांगेंगे। अगर कभी दस-बीस सालों में शरद बाबू सोखे हुए तो लौटा दें, यह उन पर निर्भर करता है।

शरद बाबू को पुस्तक प्रकाशन का अच्छा अनुभव था। राज्य साहित्य अकादमी का उनका दफ्तर हर साल हज़ारों किताबें छापता था। जहां दूसरे लोग अपनी सीट पर बैठे-बैठे ही लाखों रुपयों की हेरा-फेरी कर लेते, वहां शरद बाबू एकदम अनाड़ी थे। दूसरे लोग कागज की खरीद में घपला कर लेते तो कहीं दुकानों को कमीशन देने के मामले में हेर-फेर तो कहीं किताबें लिखवाने के लिए ठेका देने के घालमेल में लम्बा हाथ मार लेते। सौ तरीके थे दो नम्बर का पैसा बनाने के मगर शरद बाबू के बस में नहीं था कि किसी को रिश्वत के लिए हुक कर सकें। बकौल उनकी श्रीमति, शरद बाबू शुरू से ही चुगद रहे इस मामले में। पैसा बनाने की बजाय उन्होंने लोगों को अपना दुश्मन बना लिया था। वह अनजाने में ही दफ्तर के भ्रष्टाचार-विरोधी खेमे के अगुवा बन बैठे और अब रिश्वत मिलने के

सारे दरवाजे उन्होंने खुद ही बन्द करवा लिए थे।

मन ही मन शरद बाबू चाहते थे कि गुप्त तरीके से दो नम्बर का पैसा उन्हें भी मिल जाए मगर सबके सामने उन्होंने अपनी साख ही ऐसी बना ली थी कि अब ठेकेदार व होलसेल वाले उन्हें कुछ ऑफर करते हुए डरते थे कि कहीं वे शरद बाबू को खुश करते-करते रिश्वत देने के जुर्म में ही न धर लिए जाएं या आगे का धंधा ही चौपट कर बैठें।

पत्नी बिजनेस-माइंडिड थी उनकी। शरद बाबू दफ्तर की हरेक बात उससे आकर डिस्कस करते थे। पत्नी ने शरद बाबू को रिश्वत ऐंठने के हजार टोटके समझाए मगर शरद बाबू जब भी किसी से दो नम्बर का पैसा मांगने के लिए मुंह खोलते उनके अन्दर का यूनियनिस्ट जाग उठता और वह इधर-उधर की झख मारने लगते।

अब यह सब छोड़कर सलाह की गई कि शरद बाबू अपना धंधा खोलें। दस बारह लाख की पूंजी से उन दिनों कोई भी गधा आंखें मींचकर यह काम कर सकता था। पांच लाख उनकी पत्नी ने अपने भाई से दिलवा दिया। इन पांच लाख रुपयों को शरद बाबू ने बैंक में फिक्स डिपाजिट करवा दिया। ब्याज दर ही इतनी ज्यादा थी कि पांच-सात साल में रकम डबल हो जाती थी।

शरद बाबू के अनुभव और लगन से किताबें छापने का धंधा खूब चल निकला। हर जगह उनकी ईमानदारी के झंडे तो पहले ही गड़े हुए थे। घर की आर्थिक हालत भी अच्छी थी। पांच सालों में ही शरद बाबू ने दस लाख को पचास लाख में बदल दिया था। पूरे शहर में उनका नाम था। अब हर प्रकार की किताबें छापने लगे थे वह। प्रेस व राजनैतिक सर्कल में खूब नाम होने लगा था।

हरनाम सिंह शरद बाबू का लंगोटिया यार था। दरअसल उसे भी इसी धंधे में शरद बाबू ने ही घसीटा था। हरनाम सिंह की अच्छी

भली मोटर पार्ट्स की दुकान थी। शरद बाबू की गिनती जब से शहर के मौजिज लोगों में होने लगी थी, बहुत से पुराने दोस्त जो शरद बाबू की सरकारी नौकरी के वक्त उनसे कन्नी काट गए थे, अब फिर से उनके हम-निवाला व हम-ख्याल बन गए थे।

हरनाम सिंह का मोटर पार्ट्स का धंधा डावांडोल था। बिजनेस में आदमी एक ही काम से आजिज आ जाता है दूर के ढोल उसे बहुत सुहावने लगते हैं। इधर मोटर मार्कीट में अनेकों दुकानें खुल गई थी, कम्पीटिशन बढ़ गया था और लाभ का मार्जिन कम रह गया था। हरनाम सिंह के दिमाग में साहित्यिक कीड़ा हलचल करता रहता था। शरद बाबू से पुनः मेलजोल बढ़ा तो इस नामुराद कीड़े ने अपनी हरकत और जोरों से करनी शुरू कर दी थी।

हरनाम सिंह ने अपनी मोटर पार्ट्स की दुकान औने-पौने दामों में अगल-बगल की और अपनी रिहायशी कोठी में ही एक आधुनिक प्रेस लगवा ली। शुरू में शरद बाबू के कारण उसे अच्छा काम मिला मगर फिर धीरे-धीरे उसकी पूंजी उधारी में फंसने लगी। सरकारी अफसरों ने रिश्वत लेकर खूब मोटे आर्डर दिए मगर सरकारी दफ्तरों से उसके बिल समय पर क्लीयर न होने के कारण हरनाम सिंह मुश्किलों में फंसता चला गया। जो भी दुकानदार आता किताबें तो ले जाता मगर पैसे देने के समय अपना रोना लेकर बैठ जाता।

हरनाम सिंह पिछले महीने शरद बाबू से क्लब में मिला तो शरद बाबू से दो लाख रुपयों की मांग कर बैठा। शरद बाबू ने कहा कि उनके पैसों का सारा हिसाब-किताब उसकी पत्नी देखती है। हरनाम सिंह तो गिड़गिड़ाने लगा कि उसने कागज की बिल्टी छुड़ानी है नहीं तो पचास हजार का और भी नुकसान हो जाएगा। खैर, किसी तरह शरद बाबू ने अपने व्यक्तिगत खाते से रकम निकाल कर दे दी। हरनाम सिंह उस पर ब्याज देने के लिए भी राजी हो गया।

किसे पता था कि हरनाम सिंह इतनी जल्दी भगवान को प्यारा हो जाएगा। सोये-सोये ही चल बसा। शायद दिल का दौरा था या ब्रेन हेमरेज। आज श्मशान में खड़े लोग हरनाम सिंह की तारीफ कर रहे थे कि वह बहुत ही भला आदमी था। इतनी आसान और सुगम मौत तो किस्मत वालों को नसीब होती है। शरद बाबू सोच रहे थे कि खुदा का यह नेक बन्दा तो अब नहीं रहा मगर उसके साथ नेकी करके जो दो लाख उन्होंने गवां लिए हैं उनकी भरपाई कैसे होगी। हरनाम सिंह की विधवा तो पहले ही कर्ज के बोझ से दबी होगी। शरद बाबू मन मसोसकर रह गए।

हरनाम सिंह की चिता की लपटें अब और भी तेज हो गई थी। जब सब लोगों के वहां से जाने का समय आया तो चिता के चारों तरफ चक्कर लगाने के लिए हरेक को एक-एक चंदन की लकड़ी का टुकड़ा पकड़ा दिया गया। मंत्रों के उच्चारण के साथ सब ने वह टुकड़ा चिता का चक्कर लगाते हुए जलती हुई अग्नि में फैंकना था । शरद बाबू जब श्रद्धांजलि देने व चंदन की लकड़ी का टुकड़ा जलती हुई चिता में फैंकने के लिए आगे बढ़े तो एक अनोखा दृश्य उनके सामने आया।

उन्होंने देखा कि चिता में जलती हुई एक मोटी-सी लकड़ी के अन्तिम सिरे पर सैंकड़ों मोटी-मोटी काली चींटियां अपनी जान बचाने के लिए प्रयासरत थी और चिता की प्रचंड आग से बाहर आने के लिए भागम्भाग वाली स्थिति में थी।

एक ठंडी आह शरद बाबू के सीने से निकली। क्या उनके दोस्त हरनाम सिंह ने इतने अधिक पाप किए थे कि चिता जलाने के लिए घुन लगी लकड़ी ही नसीब हुई? उन्होंने सोचा कि शायद वह आदमी ही खोटा था जो मरते-मरते उन्हें भी दो लाख का चूना लगा गया। मन कसैला हो गया उनका।

घर आकर सारी रात सो नहीं पाए शरद बाबू। सुबह अपनी दुकान पर न जाकर वह टिम्बर बाजार पहुंच गए। वहां से तीन क्विंटल सूखी चंदन की लकड़ी तुलवाकर उन्होंने दुकान के बेसमेंट में रखवा दी और वसीयत करवा दी कि उनके मरने के बाद उन्हें इसी लकड़ी की चिता दी जाए।

शरद बाबू की पत्नी ने यह सब सुना तो वह आपे से बाहर हो गई कि मरे आपके दुश्मन। और ये तीन लाख रुपए की चंदन की लकड़ी खरीदने का हक उन्हें किसने दिया। शरद बाबू ने हरनाम सिंह की चिता में जलती लकड़ी से लिपटती चींटियों का सारा किस्सा पत्नी को सुना दिया और हरनाम सिंह द्वारा लिया गया उधार भी बता दिया। पत्नी थोड़ी नाराज हुई मगर अब क्या किया जा सकता था।

हरनाम सिंह को मरे पांच साल हो गए। शरद बाबू अब शहर के मेयर हो गए थे। प्रकाशन का धंधा बहुत अच्छा जा रहा था। स्टोर में रखी चंदन की लकड़ी कब की भूल चुके थे वह। अब तो उनकी नजर संसद के चुनावों पर थी। एम पी की सीट के लिए पार्टी का टिकट मिलना लगभग तय हो चुका था। होता भी कैसे न। टिकट खरीदने के लिए दो करोड़ की राशी पार्टी कार्यालय में पहुंच चुकी थी। कोई दूसरा इतनी बड़ी रकम देने वाला नहीं था।

चुनावों के प्रचार के दौरान शरद बाबू एक शाम अपने चुनाव क्षेत्र से लौट रहे थे कि उनका मोबाइल बज उठा। पत्नी का फोन था।

पत्नी ने बताया कि आज सुबह ही नगर के बड़े सेठ घनश्याम दास की मौत हो गई है। टिम्बर बाजार से रामा वुड्स कम्पनी का फोन आया था कि सेठ के अन्तिम संस्कार के लिए चंदन की लकड़ी कम पड़ रही हैं। वैसे भी जब से चंदन की तस्करी पर प्रतिबंध लगा है तब से यह महंगी और दुर्लभ होती जा रही है।

शरद बाबू की पत्नी ने उन्हें बताया कि उसने दुकान के स्टोर में पड़ी चंदन की लकड़ी बहुत अच्छे दामों पर निकाल दी है।

पहले तो शरद बाबू को याद ही नहीं आया कि गोदाम में चंदन की लकड़ी पड़ी है। फिर उन्हे अपने दोस्त हरनाम सिंह की मौत की याद आ गई और उनकी चिता की लकड़ी पर रेंगती चीटिंयां देखकर भावुक होकर अपने लिए चंदन की लकड़ी खरीदने का सारा मामला याद आ गया।

उधर शरद बाबू की पत्नी कह रही थी, 'दस लाख का मुनाफा दे गई है यह चंदन की लकड़ी। यह समझ लो कि आपके दोस्त हरनाम सिंह ने अपने सारे पैसे सूद समेत लौटा दिए हैं।

शरद बाबू की आंखें पहली बार अपने दोस्त हरनाम सिंह की याद में छलछला उठी।

जुबली की मौत

हर बड़ी फिल्म जुबली सिनेमा हाल में सिल्वर जुबली मनाती मगर कुछेक ने गोल्डन जुबली मनाने का रिकार्ड भी कायम किया था, क्या सजधज होती थी जुबली की उन दिनों। सुबह आठ बजे स्कूल-कालेज के बच्चे बाहर सुन्दर शो-केस में आने वाली फिल्म के रंग-बिरंगे पोस्टर देखे बिना नहीं टलते थे। रात एक बजे तक चहल-पहल रहती। जुबली चकाचौंध रोशनी में नहाया रहता। इस शहर की शान था जुबली। गांव से आने वाले रिश्तेदारों के लिए जुबली सबसे ज्यादा आर्कषण की चीज थी।

70 के दशक में जुबली सिनेमा हाल अपने पूरे शबाब पर था। उसकी धूम हमारे शहर के आसपास पचास किलोमीटर के दायरे में मची रहती थी। उन दिनों यह कहावत बहुत मशहूर थी कि 'जुबली विच फिल्म न देखी तां कि फायदा जिन्दा रहन दा' यानी जिसने अब तक जुबली में कभी कोई फिल्म न देखी हो तो उस अभागे का यह जीवन तो बरबाद गया। उन दिनों राजेश खन्ना सुपर स्टार थे। हरेक फिल्म हिट जाती।

फिर 'बॉबी' फिल्म ने खूब रश खींचा। टिकट लेने वालों के कुर्ते व पेंटें फटी। टिकटें ब्लैक करने वालों ने छोटी-मोटी कोठियां डाल ली। लोगों के जुनून की हद थी कि सीटों के साथ के गलियारे में ही खड़े होकर सारी फिल्म देख डालते थे। पांच की टिकट पांच सौ तक में बिकी। कोई गिनेस रिकार्ड बनाने वालों को खबर कर देता तो

जुबली से जुड़े कई रिकार्ड हमारे पास सुरक्षित होते। फिल्म शोले ने तो सारे रिर्काड ही ध्वस्त कर दिए। एक ही साल में तीन बार आई और हर बार सिल्वर जुबली। लोगों ने दस-दस बार देखी। 'जय संतोषी मां' धार्मिक फिल्म होने के बावजूद बहुत हिट गई। उसने तीस हफ्तों से उपर जबरदस्त कारोबार किया।

जुबली के गद्दे आरामदायक थे और एयरकंडीशनर तो कमाल का था। उन दिनों अभी घर-घर में पंखे पहुंचने शुरू हुए थे। कूलर दस फीसद लोगों ने लगवाया था। ए सी तो शायद बी डी फलोर मिल या जगदम्भा सोप फैक्टरी वालों के घर पर ही था। जुबली के हाल की इतनी ठण्डक देखकर लोग दांतों तले उंगली दबा लेते। चारों तरफ बढ़िया वाल-टू वाल रेशमी कारपेट। फर्श पर गलीचा तो कमाल का था। पांव रखते ही तीन इंच नीचे धंसता था। और चमाचम सफाई और दीवारों की चमक। बाप रे ! जैसे हाथ लगाते ही मैला हो जाएगा सब कुछ।

फिल्म के इन्टरवल में जुबली की कैंटीन में पांच रूपए का ठण्डा दस में लेने के लिए भी पांच मिनट तक धक्का-मुक्की सहनी पड़ती थी। रात के नौ से बारह वाले शो में तो कैंटीन से ही तीन-तीन हॉट डॉग खाकर घर का तीन मील का पैदल रास्ता फांटना पड़ता था। पता था कि इतने देर गए घर पहुंचने पर घर में खाना नहीं मिलेगा। मां गुस्सा होगी कि टयूशन से रात को लौटना था नौ बजे और अब टाइम है एक बजे का।

हमारे बारे में न जाने कितने घरों से पूछ आई होगी मां। पिताजी अपने कमरे में अलग से ताव खा रहे होंगे। दोस्तों ने भी क्या उकसाया था कि आज ही जुबली में 'मेरे हजूर' लगी है। क्या अल्टीमेट फिल्म है मेरे यार! कल उतर जाएगी। मीनाकुमारी की फिल्म 'पाकीजा' जिस दिन देखी थी उस दिन तो घर में पिटाई की नौबत

आ गई थी।

बचपन में दादाजी के साथ इसी जुबली हाल में उनकी साइकिल पर शो देखने आते थे। फिल्म या तो धार्मिक होती या राजा-महाराजाओं की। हमारे पड़ोस के सेठ दौलत राम की शहर में बहुत बड़ी हकीम की दुकान थी। दसियों नौकर-चाकर दुकान पर भागदौड़ करते रहते। गाहकी भी इतनी कि रात ग्यारह बजे तक उनकी दुकान पर मरीज लाईनें लगाकर बैठे रहते। उन दिनों बड़े हस्पताल कहां होते थे। सेठ दौलत राम का दवाखाना सौ कोस तक मशहूर था।

सेठ दौलतराम के परिवार के लिए जुबली में जाने का मतलब होता -- एक खास आयोजन। दो तांगें मंगवाए जाते। दुकान के सारे करिंदे और घर के नौकर तक सजधज कर बैठते। लम्बे-लम्बे कई टिफिन भर कर खाना रखवाया जाता। सारा काफिला धूमधाम से हुमहुमाकर बैठकर जाता। पड़ोसी बड़ी हसरत से उनकी इस धज को निहारते। जुबली में फिल्म देखने के बाद किसी पार्क में जाकर पिकनिक भी मनाई जाती।

नई फिल्म आती तो पूरे शहर में जुबली वालों के सजे-धजे तांगे रंग-बिरंगे पोस्टर लिए लाउड-स्पीकर पर फिल्म के गाने बजाते और धूम-धड़ाके के साथ फिल्म की मशहूरी करते घूमते। उन्हीं दिनों नया फिल्म हाल 'फ्रेंड्स' भी खुल गया था मगर उसमें जाना लोग ज्यादा पसन्द नहीं करते थे। वह शहर की बाहरी सीमा पर था और फिर जुबलीवालों की फिल्म वितरकों से कुछ ज्यादा ही बनती थी। हर बार नई फिल्म लाने में वे 'फ्रेंड्स' वालों से बाजी मार जाते।

माधुरी दीक्षित की फिल्म 'हम आपके हैं कौन' तक सब ठीक-ठाक था। वह तीस हफ्ते चली। फिर उसके बाद जुबली सिनेमा को किसी की बुरी नजर लग गई। राम-राम, दुश्मन के साथ भी ऐसा न हो। कहां तो ब्लैक में टिकटें न मिले और कहां अब हाल आधा

खाली। मालिकों ने गर्म फिल्में लगा कर भी देख ली मगर कुछ अन्तर न पड़ा। लोग घर में ही वीडियो मंगा लेते, शाम को सरकारी दूरदर्शन के धारावाहिक 'बुनियाद' या 'हम लोग' की इन्तजार में घर से बाहर न निकलते।

केबल टी वी आने से साल पहले तक उम्मीद थी कि जुबली के अच्छे दिन एक बार फिर आएंगे। टिकटें ब्लैक करने वाले यूं दर-दर की ठोकरें खाएंगें, किसी ने क्या सपने में भी सोचा था। आसपास कस्बों के दम पर चल रहा था जुबली। कालेज के लड़के-लड़कियां आते थे और अंधेरे कोने में बैठकर वात्सायन के कामसूत्र की गुत्थियां सुलझाते थे। अब साइबर कैफे हर नुक्क्ड़ पर खुलते गए और बेच. ारे जुबली का दम घुटता चला गया।

डूबते जहाज को सबसे पहले चूहें ही छोड़ते हैं। जुबली के मालिक ने समझदारी की। एक फर्जी सा बहाना बनाया और करोड़पति घुम्मन सेठ को जुबली किराए पर देने के लिए राजी कर लिया। दस साल का समझौता साइन हुआ। फिर उस दिन से जुबली हाल की धीमी मौत होनी शुरू हो गई। नया मालिक न छोड़ सकता था और न ठीक से खर्चे पूरे कर पा रहा था।

शहर के बाई-पास पर पिछले तीनेक सालों से एक मल्टीप्लेक्स के खुल जाने के बाद तो जुबली की बिल्कुल ही कमर टूट गई। अब तो बेचारे का न तो रंग-रोगन हुआ और न कोई ढंग की मूवी वहां आती। सिर्फ वयस्क फिल्मों में अश्लील सी डी मिक्स करके शहर के रिक्शा-चालकों, रोडवेज के मुजाजिमों या शराबी व छड़े-छांट लोगों के दम पर जुबली अपने अन्तिम दिन पूरे कर रहा था। दीवारों की हालत बहुत खस्ता हो गई थी, कैंटीन बन्द हुए भी दो साल से ऊपर हो चुके थे। कुर्सियों के आलीशान गद्दों की जगह लकड़ी की पलाई लग चुकी थी। कार या स्कूटर पार्क खत्म हो चुकी थी, रिक्शा वालों से

पन्द्रह रुपए की टिकट के साथ पांच रूपए रिक्शा पार्क के लिए जाते थे। ब्लू फिल्म का यह शो डेढ़ घंटे में ही खत्म हो जाता था। पुलि. सवालों का मुंह बन्द करने के लिए हजारों रुपए खर्च करने पड़ते थे। कुछ दिन हुए सुना था कि जुबली को गिराने की योजना बन चुकी है। कोई कह रहा था कि बस स्टेंड के सामने होने के कारण यहां फाइव स्टार होटल बनाने का प्राजैक्ट बन चुका है।

एक रोज रेलवे रोड पर गुजरने वालों की गाड़ियों के ब्रेक अपने-आप लगते गए जब उन्होंने अपने बचपन के प्यारे जुबली को धूल में मिलते देखा। जुबली को गिराने में ही दो महीने लग गए। अखबार में खबर आने लगी कि यहां पूरे इलाके का सबसे बेहतरीन मल्टीप्लेक्स बनेगा जिस में एक साथ चार-चार फिल्में देखने को मिलेंगी और साथ हाई-फाई शापिंग सेंटर, मैकडोनाल्ड का रेस्टोरेंट और नया मॉल और न जाने क्या-क्या? यह सब सुनकर लोगों को जुबली की ढहने का इतना गम नहीं साल रहा था। जुबली वाली जगह अब नया अजूबा क्या बनेगा यह देखने की जिज्ञासा हरेक के मन में थी। हां, बुजुर्ग लोग जरूर कई दिनों तक शाम को पार्क में बैठे जुबली की मौत पर चर्चा करते रहे।

अंकल सैम की वापसी

भ्राताश्री के साथ उनकी चमचमाती हुई लकदक लग्जरी कार में बैठकर शहर में घूमना ऐसा लग रहा था जैसे परी देश की सैर कर रहा हूं। भ्राताश्री की आरमदायक कार और ऊपर से वसंत ऋतु। मेरा हृदय तो गदगद हो गया। भ्राताश्री पिछले बीस सालों से अमेरिका में खूब फल-फूल रहे थे। जब भी आते हम जैसे दूर के रिश्तेदारों के लिए कई चीजें लाते। उनके आने पर हमें भी लगता कि अमेरिका जाने के लिए भ्राता हमारी मदद करेंगे। भ्राताश्री अचानक भारत लौट आए तो हमारे सारे सपने चूर हो गए। हम सब को कहकर तो यही गए थे कि बारी-बारी हमें भी वहीं बुला लेंगे। इस तरह बाल-बच्चों समेत उनके आ जाने से हम सब को धक्का लगा।

मैंने उत्सुकता के मारे पूछ लिया, 'भ्राताश्री, दुनिया के हरेक देश से अमेरिका जाने वालों की भीड़ लगी रहती है। आज दुनिया का कोई स्वप्नघर है तो वह है अमेरिका। वहां उन्नति के असीमित अवसर हैं। ऐसी स्वर्ग-सरीखी जगह छोड़कर आप भारत जैसे पिछड़े और फटेहाल देश में क्या सोचकर बसने के इरादे से आ गये? आपको पता ही है यहां तो न अमन है न चैन है, राजनैतिक अस्थिरता है, इंफरार्स्टक्चर भी पुअर क्वालिटी का है और हर काम में हद दर्जे की बेईमानी है। ऐसे में यहां वैसी रिर्टन आपको कहां मिल पाएगी?'

मैं हैरत से भ्राताश्री को देख रहा था। भारत का अमेरिका से क्या मुकाबला। यहां के मंत्री तक अमेरिका वालों के सामने नतमस्तक

रहते हैं। पिछले साल बिल गेट्स भारत आया तो यहां के दस-बारह राज्यों के मुख्यमंत्री उसके आगे आंचल पसारकर खड़े हो गए कि महाराज हमारे राज्य में पूंजी निवेश करो। सबसे बड़ी बात कि यहां किसी से पार्टनरशिप करने से दिल घबराता है। अपना सगा भाई ही आपको चूना लगा दे कोई भरोसा नहीं। अदालतों की हालत तो बहुत ही खराब है। ऐसे हालातों में अमेरिका जैसे स्वच्छ माहौल का आदी आदमी बिजनेस में यहां जम पाए, थोड़ा मुश्किल लगता है।

मुझे हैरानकुन आंखों से देखते हुए देखकर भ्राताश्री ने मेरे गरीब मन में उठ रहे विचारों को ताड़ लिया। भ्राताश्री ने एक सुल्तान जैसी मुद्रा में आते हुए कहा,'बरखुरदार! तुम तो 1950 के जमाने में जी रहे हो। कुछ बाहर-अन्दर की भी खबर रखा करो। क्या हर वक्त किताबों में ही सिर दिए रहते हो। तुम्हें मालूम नहीं क्या, कि अब तो भारत में भी वही तोड़फोड़, वही लूटमार, वही घोटाले, वही घूस व उतना ही खुलापन आ गया है जो एक समय में यूरोपीय व अन्य विकसित देशों की बपौती माना जाता था। एक बिजनेसमैन के लिए भारत अब बिल्कुल सही जगह है। अब यहां आत्मा की आवाज कोई नहीं सुनता। यहां के अंग्रेजदां किस्म के भुक्खड़ हुक्मरानों को बरगलाना बहुत आसान है। अफसरों को पटाने में कोई दिक्कत नहीं आती। सभी मल्टीनेशनल कम्पनियों की नजरें अब भारत जैसे बड़े व तेजी से उभरते हुए देश पर हैं। यहां की आबादी देखो, कैसे राकेट की भांति आकाश का छूने लगी है। इतने सारे टीमिंग मीलियन्स के लिए रोटी, कपड़ा, मकान, कार, दारू व मोबाइल की आपूर्ति करना कितना फायदे का धन्धा हो सकता है तुम्हें नहीं पता? फिर कोई कायदा या कानून तो यहां है ही नहीं। बस ज्रगल-राज है यहां। सिर्फ पैसे वालों की ही बात सुनी जाती है। खादी और खाकी सिर्फ सरमाएदार की ही जूतियां सूंघती हैं। अब अमेरिका में क्या रखा है?

वहां के नियम बहुत कड़े हैं। बहुत डरकर रहना पड़ता है वहां। बीस साल दबकर रह लिए, अब खुल कर सांस लेने को जी चाहता है। तभी तो मैं सभी कुछ डिस्पोज ऑफ करके इंडिया आ गया हूं। अब मैं यहीं कारोबार करूंगा।'

मैं चकित होकर भ्राताश्री को ऐसे देख रहा था जैसे एक ग्रामीण बहुमंजिली इमारतों को देखता है। भारत की बदलती हुई तस्वीर के बारे में भ्राताश्री को सात समुन्दर पार अमेरिका में बैठे-बैठे ही पता चल गया था और एक हम थे कि पड़ोस में बहती हुई गंगा से बेखबर थे। हम अमेरिका जाने के लिए इतने लालयित थे और अब जाकर हम पर यह राज खुला कि जो लाहौर के पगले हैं, वे पिशौर चले जाएं तो भी पगले ही रहेंगे।

भ्राताश्री को अपने कई कारोबारों के लिए कागज-पत्र व लाइसेंस आदि लेने थे। हम दोनों सबसे पहले एक छोटे-से दफ्तर में दाखिल हुए। वहां का फर्नीचर अंग्रेजों के जमाने का था। कुछ कुर्सियों पर सिर्फ कोट ही टंगे थे। फाइलें मानो नरक की यातना भुगत रही थी। कर्मचारियों के कुम्हलाए हुए चेहरों को देखकर लगता था कि वे घोर कष्ट में थे। मुद्दतें हो गई होंगी उन्हें मुस्कराए। आंखें लालची, कामचोर व ढीठ दिख रही थी। गाल पिचके हुए और कन्धे झुके हुए। पेट इस कदर पीठ से सटा था जैसे किसी मरियल शिकारी कुत्ते का होता है। लपलपाती हुई जीभों से भूख व लोभ के दर्शन हो रहे थे।

कोई आता तो इन लाचार बाबुओं की आंखों में चमक-सी आ जाती। भ्राताश्री का काम इसी दफ्तर में अटका हुआ था। भ्राताश्री काफी देर तक एक-दो लोगों के साथ मत्थापच्ची करते रहे मगर उन लोगों ने सारा मामला पेचीदा बना दिया था। ऐसा लग रहा था कि उन लोगों को अपने काम में कोई दिलचस्पी ही नहीं है।

दरअसल कांटा डालने का उनका यह अपना स्टाईल था। कानून

और नियमों के कड़े कायदे भ्राता के काम के रास्ते में किसी सहस्रबाहु राक्षस की तरह खड़े थे। उन लोगों को भ्राताश्री की बातें समझ में नहीं आ रही थी। भ्राताश्री को उनके दांव-पेंच पल्ले नहीं पड़ रहे थे। छोटे से लेकर बड़े अफसर तक को भ्राताश्री ने खूब समझाया, अंग्रेजी में रौब झाड़ा मगर मामला और भी पेचीदा हो गया। अब थक-हारकर भ्राताश्री ठेठ हिन्दुस्तानी पर उतर आए। नेता का मासूम रूप धरकर व हाथ जोड़कर मुस्कराने लगे थे भ्राताश्री। उनका जादू सचमुच चल गया।

भ्राताश्री ने दो-चार लोगों की टोह ली, तांका, झांका, खांसा, हाथ मिलाए, पैंतरे बदले, ताबेदारी दिखाई। तीन चार लोगों में से एक आदमी पट गया। वह सारी बात समझकर थोड़ा मुस्कराकर बोला, 'बोलो भ्राताश्री, कैसे करना है? जितना गुड़ डालोगे उतना ही मीठा रस मिलेगा। हर चीज का रेट तय है। हम तो इसलिए बोलते नहीं कि इससे रेट खराब होता है। बिना लिए काम तो होना नहीं, इसलिए आप जैसे दुनियादार न तो खुद परेशान होते हैं और हमें खराब करते हैं।'

भ्राताश्री को उस दिन दो-तीन सरकारी व अन्य दफ्तरों में काम थे। अब तो काम निबटाने का उनका मूलमंत्र बन गया था, 'बोलो भ्राताश्री, कैसे करना है?' हम भी खुश और सामने वाला भी, सब के भली करेंगे राम। भ्राताश्री जेब से कड़क नोट निकालते और आगे-पीछे देखकर सामने वाले की हथेली पर रख देते। बाबू का हाथ गर्म क्या होता कि सारा मिजाज ठंडा हो जाता, लहजे में नरमी आ जाती। फाइल को तो मानो तेज पहिए ही लग जाते और वह तत्परता से बड़े अफसर से अनुमोदित होकर आ जाती। इतनी तेज तो शायद ओलम्पियन मिलखा सिंह भी न दौड़ा हो।

काम का क्या है, ससुरा सैकड़ों काम करते हैं, ये बाबू लोग, मर

तो नहीं जाते मगर उन्हें रोज-रोज ऐसा हंसमुख, हर दिल अजीज तथा उदार भ्राताश्री कहां मिलता है, जो अपने दुखड़े न रो कर, बाबू जैसे दीनहीनों की सुध लेता है। दिल खोलकर ऑफर देता है -- बोलो भ्राताश्री, कैसे करना है? वाह! क्या मिठास है, क्या लोच है, क्या माधुर्य है, वाणी से कैसा मीठा रस टपकता है। जेब से कितने हरे-नीले नोट टपकते हैं कि देखकर मन हजारों आशाओं से भर जाता है। लक्ष्मी आती हुई बहुत सुन्दर लगती है। ऐसे में ये बाबू भ्राताश्री के काम को न कर दें, सवाल ही नहीं उठता। वे तो दौड़-दौड़कर भ्राताश्री का काम पूरा करते हैं तथा काम के कागज भ्राता को दस्ती पकड़ाकर अनुगृहित होते हैं।

जहां कई महीने लगने थे वहां लक्ष्मी मैया की कृपा और भ्राताश्री की सूझबूझ से काम मिनटों में हो गया। आज के सारे काम निबटाकर हम भ्राताश्री की मखमली गद्दों वाली नाव सरीखी कार में बैठकर राजपथ पर बह चले। कार में मधुर संगीत गूंज रहा था, 'रात चांदनी, भीगी रोशनी, दूर तक कोई दरम्यां नहीं... जानम समझा करो।'

दो साल बाद भ्राताश्री से मुलाकात हुई। अपना राज्य तो उनके कब्जे में था ही, देश के मुख्य कारोबारों पर उनका एकछत्र राज्य स्थापित हो चुका था। उनका 'वास्ट एंपायर' देखकर मैं तो दंग रह गया। गले लगाकर बोले, 'मैं न कहता था कि इंडिया अब बहुत 'फरटाइल' हो गया है। तुम्हारे लिए भी एक योजना मैने सोची है -- एक अदद अखबार चलाने की। बिजनेस-मैगनेट के लिए एक अदद अखबार जरूरी है, सरकार पर दबाव बना रहता है। सब कुछ तुम पर छोड़ दिया है। तुमने ही देखना है सब कुछ। बोलो भ्राताश्री, कैसे करना है।' अब देखना यह है कि मैं हां कब करता हूं। वैसे इतने बड़े ऑफर को कोई अहमक ही ठुकराएगा।

आधी हकीकत आधा अफसाना

जहां भी दो बूढ़ियों के सिर जुड़ते वहां शन्नो की बातें न होती हों, हो नहीं सकता। शन्नो एक खुली किताब भी है और एक रहस्यमयी पहेली भी। आप बड़ी-बूढ़ियों के टोले में बैठे हैं। आप उन्हें देख सकते हैं, सुन सकते हैं,उनके साथ बोल-बतिया भी सकते हैं मगर उन्हे इस बात का कोई इल्म नहीं है कि आप कौन हैं तथा कब से यहां खड़े हैं। ऐसा हो सकता है श्रीमान। दरअसल ऐसा ही होता है। बुराई करने वाले इतनी तन्मयता के साथ निंदा-रस में डूबे हुए होते हैं कि उन्हे इस बात का भान ही नहीं रहता कि सुनने वाला कौन है तथा कब से आसपास खड़ा है। कुछ आला दर्जे के निन्दक तो अपनी खटिया खड़ी करके दिखा देते हैं कि वे कितने घटिया तथा नीच इन्सान हैं।

ये बड़ी-बूढ़ियां अपनी बातचीत शन्नो से शुरू करेंगी मगर बीच-बज़ार जा कर यह कहकर एक तरफ खड़ी हो जाएंगी, 'वे बलवन्त कौरे, सिर स्वाह शन्नो के, ऊपरवाला सब देखता है। इस लुच्ची-लपत्ती शन्नो ने सारे इलाके के गांवों के लंडे-ठेरे, शरीफ-सयाने, बुडे व गबरू-जवान सब अपने पीछे लगाकर बर्बाद कर दिए। हम देखें या न देखें, सब हिसाब होगा। कीड़े पड़ेंगे इस खसमखानी शन्नो के तन-बदन में। कुछ और बात कर रामदेई, मैंने सुना है कि बीरू सरपंच की नई छोटी बहू की रात जमकर पिटाई हुई है।'

आप अब बैठना नहीं चाहते। वैसे आपको तो पता है ही कि

बीरू सरपंच के घर के अन्दर सब कुछ प्रेमपूर्वक चल रहा है तथा बाहर की अफवाहें सब झूठी हैं। मगर ये बूढ़ी,लुटी-पिटी और सिरफिरी, उम्र से घिसी हुई औरतें और क्या करें? पूरा दिन चुप होकर भी बैठा नहीं जा सकता। घर में मुंह खोलती हैं तो इनकी बहुएं ऐसे-ऐसे ताने देती हैं कि उनकी बोलती बन्द हो जाती है। बेचारी चुप रहकर अपना वक्त गुजारने में ही अपना भला मानती हैं।

चलो उन नौजवान स्त्रियों के टोले की तरफ आप को ले चलते हैं। इन औरतों की उम्र 30-35 साल के आसपास है। इन सब को अपने काम निबटाने की अफरा-तफरी मची रहती है। मरने तक की फुरसत नहीं है इनके पास। किसी की बड़ी लड़की को पहली बार माहवारी आई है, किसी का अपनी छोटी देवरानी के साथ आज तड़के ही गाली-गलौच हुआ है, किसी की सास कुंए की जगत से बुरी तरह फिसली है। उसने मन ही मन सोचा तो यही था कि अगर कुएं के बीच में गिर जाती तो सारा स्यापा ही मिट जाता। अब दिक्कत यह है कि उसकी टांग पर पलस्तर चढ़ा है। दिन रात चारपाई पर ही रोटी-पानी देना पड़ रहा है। मगर बुढ़िया की हिम्मत देखो, वहीं खटिया पर पड़ी-पड़ी हर किसी को टोकती रहती है। सच ही है कि सास तो मिटटी की भी बुरी, कहते हैं कि वह भी बैठी-बैठी हिलती रहती है।

इस तरह की दसियों ऐसी तात्कालिक समस्याएं हैं कि इन बेचारी औरतों को शन्नो के बारे में बात करने की सुध नहीं है। फिर भी एक बार शीला के मुंह से निकल ही गया,' हम से तो शन्नो लाख गुना अच्छी है। बदनाम है तो क्या हुआ, घर के छत्तीस लफड़ों-टंटों से बची हुई है। हम उसे लुच्ची कहती होंगी मगर वह तो सैकड़ों आदमियों के दिलों पर राज करती है। उस का पानी भरने को हर कोई तैयार रहता है। क्या किस्मत है हरामजादी की! एक हम हैं बर्तन मांझ-मांझ कर हथेलियां घिस गई। पति के नीचे बिछ-बिछ कर बदन

चरमरा गए, सारे पुर्जे ढीले हो गए मगर न खसम अपने हुए और न अपने पेट से जाये लौंडे हमारी कद्र जान पाए। हम तो वे बरसाती नदियां है जो सारा साल सूखी पड़ी कराहती हैं। बस महीने- दो महीने हमें कुछ तृप्ति मिलती है जब हमारे फौजी खसम दो महीने की छुट्टी आते हैं, कुछ लल्लो-चप्पो कर के हमे चूमते-चाटते हैं, निचोड़ते-टटोलते हैं और फिर उनके जाने के बाद वही रंडी-रोना। कोल्हू के बैल की तरह दिन रात खप-खप कर हमारी रूह-रहमत ही बदशक्ल हो गई है।'

क्या कहा, उधर बूढ़े किसानों, पेंशनयाफ्ता फौजियों व रिर्टायड सरकारी नौकरों के जत्थे के पास चलें। वहां धूप में काफी सेंक है। दिसम्बर के ठंडे महीने में वे मकानों की गुनगुनी ओट में बैठे ताश खेल रहे हैं, जहां धूप सीधी तेज व तपिशभरी पड़ रही है। सुबह 9 बजे के आसपास से ही सुबह अच्छा-सा नाश्ता लेकर ये लोग इस काम में डटे थे और अब दोपहर का दो-अढ़ाई टाईम हो गया होगा मगर इन ताश के खिलाड़ियों के जोश में कोई कमी नहीं आई है।

क्या इन्हें कोई काम-धन्धा नहीं है? आप सही सोच रहे हैं जनाब। काम तो कई अटके हैं मगर ये बूढ़े तोते काम टालने की कला में बहुत सिद्धहस्त हैं। घर से लड़-झगड़ कर यहां बैठे हैं। इनकी बीवियां पूरी तरह निचोड़ चुकी हैं इन्हे तथा खुद भी उन में कोई दमखम नहीं बचा है। ताश से जीती हुई रकम से शाम तक कुक्कू के होटल से पकोड़े-समोसे मंगवा लेंगे और काकूशाह के जंगल वाले टाबरे से घर की निकाली हुई बाटली भी आ जाएगी। रात नौ-दस बजे घर जाएंगे व बचा-खुचा ठंडा खाना निगल कर वहीं बिस्तर पर गिर जाएंगे। सचमुच वियोगियों जैसी स्थिति हो गई है इनकी। घर वालों ने इन्हें मरा हुआ समझ लिया है। कोई इनसे पंगा नहीं ले सकता। इनका एक ही सटीक जवाब सुनकर सभी चुप हो जाते हैं,

'पैंतीस साल रोडवेज की लारी चलाई है दिन-रात, तब जाकर तीन हजार पैन्शन के काबिल हुआ हूं। किसी के बाप का कुछ नहीं खाता, उल्टे मेरी पैंन्शन से ही घर में महीने भर का राशन आता है। बात करते हैं। '

उन निकम्मे, जुआरी व मस्त लोगों के लिए शन्नो दिलचस्प बातचीत का रोचक मसौदा है। हर रोज शन्नो का कोई झूठा-सा अफसाना गढ़ लेते हैं तथा चटखारे लेकर एक-दूसरे को सुनाकर दिलजोई करते हैं तथा टाईम पास करते हैं।

आज परसा किसान बहुत चहक रहा था। पत्ते अच्छे खुल गए थे उसके। मस्ती में आकर बोला, 'तेजू भाई, आज तक मैने यह राज सबसे छुपा कर रखा। वाहेगुरू की सौगन्ध लेकर कहता हूं। मैंने तो एक दिन खेतों में ही पकड़ लिया था शन्नो को। तब मैं अच्छा गबरू जवान था। क्विंटल की बोरी को फुटबाल की तरह पटक दिया करता था।'

लेखू की आंखें हैरत के मारे फैल गई। रंग के पत्ते से काट लगाकर व सारी बाजी समेटत्ते हुए विजयी मुद्रा में टेढ़े मुंह से बोला, 'ये मुंह और मसूर की दाल। परसे, क्यूं इतनी ऊची फैंक रहा है ? शन्नो और तुझ मलेच्छ के हत्थे चढ़ जाए? अच्छा चल, मान भी लें कि अन्धे शिकारी के पैर के नीचे बटेर आ भी गया, बता तूने उसे पकड़ा और वह इतनी आसानी से तेरी बांहों में आ गिरी।'

परसा उसी तरह गर्व से फूलता हुआ बोला, 'मैंने कहा न कि उस समय उसकी उम्र कोई 16-17 बरस रही होगी। कच्ची सरसों की गन्दल के समान थी वह। जैसे बाजरे का हरा-हरा गुदगुदा सिट्टा होता है न, वैसी ही गोरी गदूदर देह थी उसकी। आंखें ये मोटी-मोटी, एकदम बिल्लौरी। रंग सुर्ख लाल जैसे पकी हुई गेहूं का होता है। घने लम्बे काले-काले बाल। सिर्फ उसे देखने से ही पूरी बोतल का नशा

हो जाए। मैंने तो तभी सोच लिया था कि परसे, रब ने इसे अधंड़ जवानी दी है, क्या यह इसे संभालकर रख पाएगी। वही हुआ न, जरा-सा पांव क्या फिसला इसका, यह तो बिल्कुल ही बेलगाम हो गई। इतनी सुनक्खी औरत में तो सैकड़ों तूफान कैद होते हैं, चाहे तो पूरे पंजाब की नदियों में आग लगा दे। फिर घर में कोई रोक-टोक नहीं। सारा टब्बर ही जरूरत से ज्यादा माडर्न है। बाप ने घरवाली के मरते ही अपनी नौकरानी को पत्नी की तरह बसा रखा है। शन्नो के भाई ने दो औरतें छोड़ने के बाद अब पिछले महीने सरकारी अस्पताल की नर्स को घर में औरत की तरह रखा हुआ है। और शन्नो की तो कुछ न ही पूछ, तू भी रोज देखता है बस अड्डे पर बैठा-बैठा। ससुरी रोज बन-संवर कर शहर जाती है और वहां जिस्म बेचती है। छिनाल कहीं की। सब जानते हैं मगर उसके मुंह पर कहे कौन। पहले हमारे वक्तों की बड़ी-बूढ़ियां होती तो किसी गांव की लड़की की क्या मजाल थी जो यूं सरे-आम वेश्या का धन्धा करने की हिम्मत करती। ससुरी को चोटी से पकड़कर गांव से बाहर कर देती।'

थोड़ी देर जनरल फिलासफी की हजार मीटर वाली रेस लगाने के बाद परसा फिर अपने मुद्‌दे की बात पर आया, 'लेखू भाई, शन्नो को पकड़ तो मैंने लिया था मगर अन्दर से मेरा दिल करतारे ढोली के ढोल की तरह डर के मारे डम-डम बज रहा था। मैंने सोचा कि परसे आज तो तू या तो रेल में या जेल में। तूने इस तेज-तरार्र लड़की से पंगा ले तो लिया, अब या तो किला फतेह कर ले या फिर गांव से बाहर होना पड़ेगा तुझे। शन्नो के बापू की दोनाली बन्दूक मेरी नजरों के सामने घूम गई।'

ताश की बाजी रूक गई थी। कहां यह साला पिद्‌दी-सा परसा और कहां साढ़े पांच फुटी नखरीली व धाकड़ जवान शन्नो। कितनी उंची फैंक रहा है साला। थोड़ी सांस लेकर परसा बोला, 'तो लेखू भाई,

मैं उसे ईख के खेत के ठीक बीचोंबीच ले गया। यह बात मैंने इतने सालों से छुपाए रखी मगर रब्ब की कसम है, सच कहता हूं, मैंने शन्नो को बांहों में भर लिया। उसने थोड़ा-बहुत विरोध भी किया मगर फिर उसकी पकड़ ढीली हो गई। एक बात है औरत चाहे कितनी भी अकड़ और गरूर वाली हो ताकतवर मर्द के सामने अन्ततः हथियार डाल ही देती है। दिल मेरा फत्तू लोहार की चमड़े वाली धौंकनी की तरह डब-डब बेकाबू हुआ जा रहा था। तबीयत से हमने उस घने व हरे-भरे ईख के खेत में प्रेम किया, जफियां डाली व कसमे-वादे किए। लड़की से तब कुछ और करने-कराने का हमें पता नहीं था। फिर यह डर भी खाए जा रहा था कि कहीं कोई देख न ले।'

तेजा खुश्क जुबान पर जीभ फेर कर बोला, 'परसे, साले, तू तो पूरा चार सौ बीस निकला। क्या शानदार चीज पर हाथ डाला तूने। मुझे यह मौका मिलता तो मैं तो निहाल ही हो जाता, भाग जाता उसे लेकर कहीं भी -- मद्रास या सिलीगुड़ी। चाहे बाद में रेलवे की कुलीगिरी ही क्यूं न करनी पड़ती। किसी को मिलता ही न। अच्छा, उसके बाद फिर तेरी शन्नो से कोई मेल-मुलाकात हुई या नहीं?'

परसा ठंडी सांस लेकर बोला, 'उसके बाद ये हरामजादा नम्बरदार का पढ़ा-लिखा छोकरा उस के आसपास मंडराने लगा था। अब शन्नो से अपना कोई इश्क-विश्क तो था नहीं और फिर हम ठहरे अनपढ़ देहाती। शन्नो कस्बे के कालेज में जाने लगी थी। मैं पूरा-पूरा दिन घात लगाकर खेतों में बैठा रहता था कि भूले भटके वह आ जाए तो धर लूं मगर वह कभी पलटी ही नहीं। एक बार उसे अकेली घर में पा कर मैं छत से कूद कर उस के आंगन में पहुंचा। उसकी हवेली का दरवाजा अन्दर से बन्द था। वह गुसलखाने से नहाकर अभी-अभी निकली ही थी। उसका भरा-पूरा, ताजा, गुदगुदा व गठा हुआ बदन देखकर मेरा शरीर तो पके हुए धान की तरह

खड़खड़ाने लगा था। जुबान तालू से चिपक गई थी। इससे पहले मैं उस की ओर हाथ बढ़ाता, हवेली के दरवाजे की सांकल जोरों से बजने लगी थी। मेरी तो सिट्टी-पिट्टी गुम हो गई थी। मैं डरकर दबे-पांव छत के रास्ते से वापिस अपने घर की तरफ भाग लिया था।'

लेखू अगली बाजी के पत्ते बांटता जा रहा था। हर कोई उदास था, खिन्न था व अफसोसजदा था। तभी इन लोगों को घरों से बुलावा आ गया था कि श्मशान-घाट में हर घर से एक-एक लकड़ी पहुंचानी है। आज सुबह चाचा नानकू चल बसा था। तीन बजे मज़ल थी उसकी। अनमने-से वे लोग उठे और शन्नो के ख्यालों में खोये-खोये बेवक्त अपने-अपने घर की तरफ रवाना हो गए।

शन्नो के घर भी चलेंगे जनाब मगर जरा गांव के एक-दो दूसरे मौजिज लोगों के बारे में भी जानकारी लेते चलें जो किसी न किसी कारण से इस बदनाम हस्ती शन्नो से वाबस्ता हैं। आपने सुना था न कि नम्बरदार के पढ़े-लिखे हरामी लड़के शैली का जिक्र परसे ने अपनी झूठी कहानी में किया था। जी हां, शैली से ही शन्नो की कहानी का आगाज होता है।

अब तक तो जो भी मैंने आपसे कहा वह एक प्रकार का बैकग्रांउड था, कहानी कहने की तैयारी थी। अब उत्तर-आधुनिक कहानी में एक ओपनिंग व एक आकर्षक अन्त नहीं होता। पहले के कहानीकार एक संवेदनशील बिन्दू ढूंढ़ते थे, जहां से कहानी शुरू हो और एक तीखा सा अंत, बस बीच में रावण के पुतले की तरह फर्जी भराई कर देते थे।

दरअसल कहानी कहने का मेरा स्टाईल बाकी के कहानीकारों से थोड़ा जुदा ही है। ये आदत मेरी बचपन से ही है। मेरे पिताजी मेरी इस घुमाफिराकर बात कहने की आदत से बहुत चिढ़ते थे। मेरे जरा-सा मुंह खोलने से पहले ही कहते, 'अब बक-बक रहने दे और

सीधी बात बता।' सभी मेरी घुमावदार बातों से बोर होते हों, ऐसे बिल्कुल नहीं है जनाब। मेरी पत्नी तो मेरी जबरदस्त फैन है। मेरा तो मानना यही है कि औरतों से सही पटड़ी बिठाने का एक ही तरीका है कि उनसे खूब गपशप करो। उन्हीं लोगों के गृहस्थ जीवन में खटपट होती है जो अपनी पत्नी से नपी-तुली बात करते हैं। चलो खैर, अब आपको ही देख लीजिए। बहुत सब्र वाले हैं आप। कैसे प्रेम से मेरी किस्सागोई सुन रहे हैं।

अच्छा शैली की प्रेम कहानी पर लौटते हैं। वो क्या है न कि अगर आप जल्दबाजी मचाएंगे तो एक नायाब प्रेमकहानी सुनने से महरूम रह जाएंगे। वैसे आप इतने जल्दबाज हैं नहीं। अब हो भी तो मैं तो बात खींचने की अपनी पचास साल पुरानी आदत छोड़ने वाला नहीं। मुझे मालूम है कि दुनिया वह बात सुनना चाहती है जो अब तक किसी ने भी कही न हो। आज की कहानियां तो जनाब तौबा करिये। रिश्तों के जगंल से शुरू होकर रिश्तों की फांक पर खत्म हो जाएंगी। आप मुंह बाये बैठे रहेंगे कि भाई ये भी क्या बात हुई । ये तो ससुरा हर रोज हमारे आसपास ही होता रहता है। कथा-कहानी में कोई रोचक बात तो होनी चाहिए न। वही घिसा-पिटा यथार्थ का चित्रण। अजी हटाइए यह सब। आज का आदमी वैसे ही इतना खपा हुआ होता है कि कुछ ऑफ-बीट कहें तो थोड़ा कान देता है। इसीलिए मैं तो अपनी कहानियों को स्टीरियोटाइप तथा उबाऊ होने से बचाने के लिए बात कहने के नए-नए तरीके ढूंढता रहता हूं।

शैली और शन्नो में सब कुछ वैसा ही हुआ जैसे कि हर औसत हिन्दुस्तानी प्रेम कहानी में होता है--पहली नजर का प्यार, इशारे, प्रेमपत्र, नदी का किनारा, एक दूसरे से ही शादी करने की कसमें, समाज, दीवारें, वफा, जाति-बंधन, सेक्स, मां बनना, पंचायत का फैसला, प्रेमी-प्रेमिका की शादी या गर्भपात।

इन लकीरों से जुदा कोई भी हिन्दुस्तानी प्रेम कहानी नहीं हो सकती। शन्नो और शैली से कुछ-कुछ क्या सब कुछ ही हो गया। उस कच्ची उम्र में प्रेम बिल्कुल ही अन्धा होता है। शन्नो हद से ज्यादा सुन्दर थी, ये खिड़खिड़ करती हुई, ऊंची लम्बी गोरी सुनक्खी पंजाबी मुटियार।

शैली तो था ही मोटी बुद्धि का, वह प्रेम-वेम क्या समझता। झांसे में रखकर शन्नो को हवस की राह पर ले गया। जवानी की सम्भाल करना सबके बस की बात नहीं होती। शन्नो ने भरी पंचायत में शैली का नाम नहीं लिया। भोली थी न वह मगर उसके लम्पट भाई ने भी कई लड़कियों के पीछे अपने बाल पका लिये थे। बदले की आग में उसने शैली के परिवारवालों से सारी उम्र की दुश्मनी मोल ले ली। इन सब लफड़ों में पड़कर शन्नो भी भोली लड़की न रही। शैली को पिटवाने के लिए शहर के एक लड़के को शन्नो ने पटाया। शैली को राह पर लाते-लाते वह खुद ही पटड़ी से उतर गई। उसके बाद उसके जीवन में आने वाले मरदों की गिनती करना फिजूल की बात है।

आधी सदी के बाद

लाहौर से लौटे हुए शुक्ला जी को दो सप्ताह से ज्यादा हो गए थे मगर वहां एक-एक पल की यादें व संस्मरण उनके जेहन में अब तक ताजा हैं। पड़ोसियों को वहां की बातें बताते हुए जरा भी नहीं थकते वह। अब जाकर उन्हे लगता है कि बताने लायक सारी बातें वह कह चुके हैं। जिस मुख्य काम के लिए वह अचानक लाहौर गए थे, उसका जिक्र सिर्फ एक दो खास लोगों से ही किया था उन्होंने।

सन 47 के विभाजन के दौरान वह लाहौर से किंग्जवे कैम्प दिल्ली आ गए थे। लाहौर में इतना बड़ा घर था उनका। पिता गर्वनमेंट कालेज में प्रोफेसर थे। भरा-पूरा परिवार था। ताऊजी नामी वकील थे तथा दादाजी तहसीलदार के ओहदे से रिटायर हुए थे। पिता 40 बरस की उम्र में ही चल बसे थे। उनकी जींवत फोटो शुक्ला जी से कम्प्यूटर की मदद से बनवाकर अपने लिविंग रूम में लगा रखी थी। खुद ही बताते हैं कि यह उनके पिता की फोटो है वर्ना हर कोई यही मान लेता है कि यह शुक्ला जी की जवानी की फोटो होगी। उनसे जुड़ी कई और बातें बताते हैं वह।

और शुक्ला जी की मां--अभी तीन बरस पहले मौत हुई है उनकी। हैरानी होती है सुनकर। शुक्ला जी खुद बियासी बरस के हैं तो उनकी मां तो सौ से बहुत ज्यादा। दबी हुई मुस्कान से कहते हैं, 'पिछले बीस बरसों से बैड पर ही थी। बड़े भाई जो राजदूत थे, उनके पास रहती थी मुम्बई में।'

शुक्ला जी रेलवे से चीफ इन्जीनियर के पद से कोई 25 वर्ष पहले रिटायर हुए थे। एक ही बेटी है उनकी, कोलकाता में ब्याही है किसी क्लास वन अफसर के साथ। दोहता यू एस ए में साफटवेयर इन्जीनियर है--आई आई टी पास है। हर कहीं उनके रिश्तेदार जहां कहीं भी हैं, बहुत ऊंचे ओहदे पर हैं। कोई पिछड़ा हुआ या गरीब रिश्तेदार नहीं है उनका, शायद हो भी मगर शुक्ला जी ने कभी उसका जिक्र नहीं किया।

आप उनके पास बैठे हैं और उनके सेल पर कोई फोन आ गया तो उसी के बारे में डिटेल से बताना शुरू कर देंगे शुक्ला जी, 'यह मोहनसिंह का फोन था। जब मैं धर्मपुर-शिमला लाईन पर ट्रैक-सप्लाई आफिसर था तो उन दिनों मोहन सिंह उस एरिया का सबसे बड़ा ठेकेदार था। एक दिन टाली से लाईन चैक करके मैं लौटा ही था कि एक अप-टू-डेट सरदारजी ने मुझे स्टेशन पर एक बुके दिया। मैं हैरान था कि ऐसा कोई मौका तो था भी नहीं और हम परिचित भी नहीं थे। बुके लेने से पहले ही मैंने कहा कि वी आर नाट नोन टू इच अदर। सरदारजी ने हाथ दबाते हुए कहा, 'नहीं हैं तो हो जाएंगे। आप की इस लाईन पर नई पोस्टिंग हुई है न, अब तो हमारी एक ही लाईन है।' मैंने कहा कि आइए चलकर दफतर में बैठकर बातें करते हैं।'

थोड़ी सांस लेकर शुक्ला जी बोले, 'दफ्तर में उस आदमी की बातें सुनकर मेरा तो खून खौल उठा। फिर भी मैंने कूल रहते हुए कहा, 'सरदार जी आप अप-टू-डेट व सभ्य आदमी हैं आपसे बदतमीजी नहीं करूंगा। आप मुझे पूरी तरह नहीं जानते। पूरे महकमे से पूछ लेना कि मनोहर लाल शुक्ला किस फितरत का आदमी है। आपने अपनी सही जात तो बता ही दी अब शायद हमारी मुलाकात फिर न हो। प्लीज जाइए आप।' वह आदमी संयत स्वर में बोला, 'शुक्ला जी, आपको मोहन सिंह की रेपुटेशन का पता नही है। मैं तो

आपको परख रहा था कहीं आप दो नम्बर के लोगों को पसन्द तो नहीं करते। आप मेरा माल देखना और मेरे बारे में बाकी मालूमात जानकर बताना कि हमारा परिचय कितने दिन चलेगा।' सच में मो. हनसिंह निरा सोना था। जितना ईमानदार मैं था, वह उतना ही काबिल ठेकेदार। अंग्रेजों के जमाने से ही चल रहा था उनका यह धन्धा। आजकल अपने ही शहर में चार कनाल की कोठी है उसकी। बेटे का इम्पोंटिड फर्नीचर का एवन शोरूम है करोल बाग में--वही सेलेक्शन फर्नीचर वाले। अब तक हम अच्छे दोस्त हैं, हर हफ्ते हम एकाध पार्टी कर ही लेते हैं, कभी मैं चला जाता हूं, कभी मोहनसिंह आ जाता है। वह भी मेरी ही तरह छड़ा-छांट ही है। '

शुक्ला जी को इम्प्रेस करना बहुत ही मुश्किल काम है। गायत्री ग्रुप हाउसिंग सोसायटी में सातवीं मंजिल के बी ब्लाक में चार बैड रूम का फ्लैट है उनका। घर में सुविधा की हर चीज है। घर में दुर्लभ व एंटीक वस्तुओं की भरमार है। उनकी एक आया तो सिर्फ घर की चीजों के रख-रखाव व झाड़-पौंछ में ही दो घंटे लगाती है। शुक्ला जी बड़े शौक से अपने घर की साफ-सफाई करवाते हैं। जब भी कहीं कुछ दिनों के लिए बाहर जाते हैं, तो विशेप पालिथान कवरों से हर चीज ढककर जाते हैं।

दूसरी आया हर रोज तीन बार आती है, शुक्ला जी का खाना बनाने के लिए। शुक्ला जी का खाना खाने का वक्त बिल्कुल फिक्स है। रात दो पेग विस्की के जरूर लेते हैं। घर में ही छोटा-सा बॉर बना रखा है। रात नौ बजे तक खाना हो जाता है। सुबह आठ बजे नाश्ता और दिन में एक बजे लंच। शुक्ला जी सोसायटी में कहीं भी बैठे हों, हर वक्त उनकी नजर अपनी घड़ी पर रहती है। खाने के वक्त से पांच मिनट पहले ही उठ खड़े हो जाएंगे। सुबह सैर के शौकीन हैं। धुंधभरी सर्दी भी उन्हे नियमित सैर से नहीं रोक सकती।

80 से उपर के इस यंगमैन को रोजाना पौने छह बजे सैर पर निकलता देख लोग अपनी घड़ियां उनसे मिलाते हैं।

बहुत कम लोगों को पता है कि शुक्ला जी आज के जमाने के आदमी हैं। उनके तीन-चार हम-प्याला व हम-निवाला दोस्त यार जानते हैं कि शुक्ला जी अपने जमाने में कितने रोमांटिक आदमी रहे हैं और अब भी...। बीवी सुमन जिंदा थी तो शुक्ला जी के पांव में बेड़ियां थी। फिर शुक्ला जी के कठिन दिन आ गए। सुमन को ब्रेसट कैंसर हो गया था। शुक्ला जी का एक पांव दिल्ली में रहता था और एक मुम्बई में। मुम्बई के डाक्टरों पर बहुत भरोसा था उन्हें। सुमन की एक छाती को रीमूव करवाना पड़ा। कीमो-थेरेपी में उनके बाल तेजी से झड़ने लगे थे। शुक्ला जी ने अपनी बीवी के लिए विदेश से खास विग मंगवाई थी। सुमन बहुत फैशनेबुल थी। उसका खानदान पॉलिटिशन्ज का था। हर वक्त उसके गले व हाथों में हीरे जगमगाते रहते थे।

कैंसर से तो शुक्ला जी ने अपनी बीवी को बचा लिया। एक दिन बाजार में सड़क पार करते हुए एक तेज कार ने सुमन को आकर टक्कर मारी और वह अस्पताल ले जाते हुए रास्ते में ही दम तोड़ गई। एक साल तक तो शुक्ला जी अपने आप में नहीं रहे। हर वक्त बच्चों की तरह फूट-फूटकर रोते थे। बेटी के पास भी जाते मगर हफते दो हफते में ही लौट आते। अपने घर में वह खुलकर सांस लेते थे। धीरे-धीरे शुक्ला जी अपनी बीवी के जाने का गम भूलते गए।

पत्नी के जाने के बाद उनकी जीवन-शैली में बहुत बदलाव आया। पैसे की तो कोई कमी थी नहीं। अच्छी कम्पनियों के कुछ शेयर बेचे और शुक्ला जी ने अपनी पुरानी ज़ेन बेची और नई सेंट्रो ले ली। गोल्फ क्लब की मेम्बरशिप ले ली। पिछले साल दस दिन सिंगापुर घूमकर आए। सुनने में तो यही आया था कि शुक्ला जी

अपनी आया को भी सिंगापुर साथ ले गए थे। यहां सोसायटी में बदनामी से बचने के लिए खाना बनाने वाली अपनी कामवाली माया से थोड़ा रिजर्व रहते हैं। वैसे तो माया है भी बहुत चुस्त और स्मार्ट। सुनते तो यह भी हैं कि शुक्ला जी ने अपनी बीवी के सभी कीमती कपड़े और गहने माया को दे दिए हैं। हर वक्त सबके सामने शुक्लाजी माया की खुलकर तारीफ करते हैं कि आंधी हो या तूफान माया कभी उनके यहां आना मिस नहीं करती और हमेशा ठीक वक्त पर ताजा और लजीज खाना बनाकर परोसती है।

खैर, उनके हमप्याला लोग तो यकीनी तौर पर सब कुछ जानते होंगे। शुक्ला जी तो दो पेग से उपर शराब पीते नहीं कि नशे में बहककर अपने दिल के गहरे कोने में दबी कोई राज की बात बता सकें। एक बार पड़ोसियों के बेटे की शादी के रिसेप्शन पर ज्यादा हो गई थी मगर मजाल है कि दिल की कोई बात जुबान पर लाए हों।

शुक्ला जी नास्तिक नहीं हैं मगर पूजापाठ नहीं करते या मंदिर जाते किसी ने आज तक नहीं देखा उन्हे। जहां हिन्दुस्तान में आदमी रिटायरमेंट के बाद मंदिर का रुख कर लेता है, शुक्ला जी इस मामले में काफी माडर्न हैं। धार्मिक किताबें तो पढ़ते रहते हैं वह। अपनी सोसायटी में कहीं कोई पाठ या कीतर्न हो तो वह बिला-नागा सबसे पहले पहुंचते हैं। घर में कम्प्यूटर पर इंटरनेट खोलकर देखते रहते हैं, अखबारें पढ़कर या केबल टीवी देख कर दिनभर बिजी रहते हें। दिन में बिना मतलब सोते नहीं। हर वक्त टिप-टाप मिलेंगे। कोई जाए तो उसकी खातिरदारी में कोई कसर नहीं छोड़ते। साथ में अपने भाई-बहनों, नाती या जंवाई बाबू की उपलब्धियों के किस्से और ताजा जानकारियां उपलब्ध करवाते रहेंगे।

जो उनके पास बैठा है, उसके बारे कोई ज्यादा मालूमात रखना शुक्ला जी जरूरी नहीं समझते। हर वक्त अपनी या अपने हाई स्टेट्स

वाले रिश्तेदारों की बातें। फिर भी लोग उनके घर आते ही रहते हैं खासकर शाम आठ बजे के आसपास, जब शुक्लाजी का जश्नेमर्सरत यानि सोमरस पीने-पिलाने का समय होता है।

सोसायटी की यंग व आधुनिक लेडीज में शकुला जी बहुत ही पॉपुलर हैं। कोई भी लेडी किसी भी वक्त उनकी कार की सेवा ले सकती है जैसे बच्चे की स्कूल वैन मिस हो जाए या किसी रिश्तेदार को स्टेशन या एयरपोर्ट छोड़ना हो तो शुक्ला जी बहुत तत्परता दिखाते हैं। किसी के घर कोई किट्टी-पार्टी, बर्थ-डे, एनीवर्सरी, न्यू-यीअर या लोहड़ी-होली का रंगारंग प्रोग्राम हो तो शुक्ला जी की भागेदारी सबसे सक्रिय होती है।

पिछले साल सोसायटी की ए.जी.एम. मीटिंग के बाद अच्छा खासा प्रोग्राम था। कई तरह की खेलों व आइटमों का आयोजन था। खासतौर पर म्यूजीकल चेअर में शुक्ला जी ने हर वर्ग के लोगों को हरा कर कई ईनाम जीते। बोले, 'इस रेस को जीतने का एक ही मूलमंत्र है -- धीरे-धीरे चलो, भागने की जरुरत नहीं है, नजर किसी भी पास की कुरसी पर हर वकत जमी रहनी चाहिए।' तम्बोला व गीत-ग़ज़ल में भी शुक्ला जी का कोई मुकाबला नहीं। उनके हमप्याला दोस्त बताते हैं कि शराब के दौर के दौरान वह बहुत ऊंचे पाये की शायरी सुनाते हैं।

इधर उत्तर भारत में कड़ी सर्दी पड़ती है और मई-जून में चिलचिलाती हुई लू। इन दिनों शुक्ला जी मुम्बई या कोलकाता चले जाते हैं। कहते हैं, 'वहां भी मैं महीने के बाद बोर होने लगता हूं। हर कोई अपने काम में व्यस्त रहता है तथा रात ग्यारह बजे से पहले घर नहीं लौटता। मुझे एक कार और एक ड्राइवर दे देते हैं। मेरा भी मन करता है कि कहीं मस्ती करूं मगर ड्राइवर के सामने कुछ कर नहीं पाता, वह हर पल साथ जो होता है। फिर भी मैं कई मौके

निकाल ही लेता हूं। दिल्ली से बिल्कुल जुदा है मुम्बई। कोलकाता तो कमाल ही है। बस पैसे कुछ ज्यादा खर्च करने होते हैं और एक से एक जवान जिस्म। हैरानी हो रही होगी कि बियासी की उम्र में जवान लड़की के साथ कोई परेशानी...। अजी जनाब, मर्द कभी बूढ़ा नहीं होता फिर यंग लड़की का साथ अपने-आप में इतना रोमांचक होता है कि स्टीमुल्स मिलता रहता है। औरत ज्यों-ज्यों बूढ़ी होती जाती है, सैक्स से पीछे हटती जाती है। नेचर ने कुछ सिस्टम ही ऐसा बनाया है, ताकि जवान होती मादा को नर की किल्लत न रहे। उम्र के साथ-साथ आदमी की सैक्स की भूख बढ़ती जाती है। मानव सभ्यता के विकास का मूल कारण भी यही है। सेक्स हमे एक्टिव रखता है। और यंग औरत के साथ कुछ प्यार-मुहब्बत जैसे जज्बात हों तो सैक्स का मजा बढ़ जाता है और जिंदगी में जोश बना रहता है। वैसे लड़की खूबसूरत हो तो सैक्स चाहे करो न करो, साथ हो तो भी...। सिंगा. पुर में एक अधेड़ औरत मेरे पीछे पड़ गई कि मेरे साथ इंडिया चलेगी। इधर की ही एक पंजाबी फेमिली की थी। मैं अन्दर से डर गया कि तेरे को साथ साथ ले चलूंगा, तो सारी सोसायटी मेरा बायकाट कर देगी। मैंने झूठमूठ कह दिया कि मेरी पत्नी है वहां और उसका भाई पुलिस में आई जी है। सुनकर वह भी ठंडी पड़ गई। कुछ दिनों तक उसके फोन आते रहे। दूर बहुत है सिंगापुर, बार-बार जाना मुश्किल पड़ता है। दिल्ली में कहीं रख लूं उसे मगर यहां परिचित बहुत हैं।'

पिछले साल शुक्ला जी को लाहौर जाने की खब्त सवार हो गई। वह बोले, 'वो जिसे कहते हैं न नॉसटेलजिया, हम पर भी हावी हो गया। मैंने लाहौर में अपने पुश्तैनी घर के मौजूदा मकान-मालिक को चिट्ठी लिखी थी कि मैं उस मकान को देखना चाहता हूं और कुछ दिन वहां रहना चाहता हूं अगर उस घर को तोड़ा नहीं गया हो तो मेरी आधी सदी की ख्वाहिश पूरी हो सकती है। अब तो लाहौर दिल्ली

बस सर्विस भी लाजवाब है। मेरा भतीजा विदेश मंत्रलय में क्लास वन पोस्ट पर है।'

थोड़ी सांस लेकर बोले, 'खैर हफ्ते बाद लाहौर से पत्र आया। फोन नम्बर दिया हुआ था। मैंने फोन किया। उधर से सकीना अहमद बोल रही थी। लाहौर के सनातन धर्म कालेज में मेरी क्लास-फैलो थी यह सकीना जिसे प्यार से मैं सकु कह कर बुलाता था। कितना प्यार था हम दोनों में। हमारी मुहब्बत में इतनी तुर्शी इसलिए भी थी क्योंकि हमें पता था कि हमारी मुहब्बत परवान नहीं चढ़ सकेगी। पार्टिशन के बाद मैं तो इधर आ गया और उस बावरी सकु ने हमारा मकान खरीद लिया। फोन पर बोला कि उसने उस घर की तमाम चाजों को वैसा ही सहेजकर रखा हुआ है। वह तो कई बरसों तक मेरा इन्तजार करती रही कि मेरा कोई कान्टेक्ट नम्बर मिल जाए। उम्र के पहले प्यार का नशा कुछ और तरह का होता है। इस नशे का सरूर सारी उम्र नहीं उतरता। सकु से मिलकर मुझे लगा कि मैं फिर से अपनी टीनेज उम्र में चला गया हूं। सारा सारा दिन हम लाहौर क्री उन गलियों में घूमते रहते जहां हमने पचास साल पहले अपनी जवानी के दिन हंसते-खेलते गुजारे थे। अब अस्सी साल की औरत के जिस्म के जियोग्रफिए से तो आप वाकिफ ही होंगे, एक हफ्ते में ही मेरा मन भर गया। हमारे बीच साठ सालों का वक्फा था। उसके मां-बाप अमीर थे, इसीलिए सकु को उम्र-भर काम करने की जरूरत महसूस नहीं हुई। फिर अपने पति की जायदाद भी मिल गई उसे। मैंने उससे कहा कि दस साल पहले मुझे तुम्हारा पता होता तो मैं तुम्हें भारत ले जाता, बीवी के मरने के बाद तुमसे शादी कर लेता। सकु बोली कि वह अब भी मेरी इन्तजार में बैठी है। मगर अपनी बेटी और सोसायटी के डर से मैं लाहौर से जल्द ही भाग आया। यहां मेरी लाइफ आजादी की है। सकु को साथ ला कर मैं इस आजादी में खलल नहीं डालना

चाहता। जिंदगी सेंटीमेंटस के सहारे नहीं गुजरती। सकु का फोन आता है तो मैं कह देता हूं कि मेरे दोहते की शादी हो जाने के बाद ही मैं पुनः लाहौर आऊंगा। मुझे पता है कि अब दुबारा वहां जाना नहीं होगा, कहते ही शुक्ला जी ने पेग उठाया और उसमें उठते हुए सोडे के बुलबुले देखने में तल्लीन हो गए।

वापसी

आज फिर शुभ्रा का खत आया था, स्पीड पोस्ट से। मैं हैरान था कि हर रोज तो मोबाइल पर इतनी बातें होती हैं फिर खत लिखने की नौबत कैसे आ गई। दरअसल हमें मिले साल से ऊपर हो गया था, इसीलिए उसके गिले-शिकवे बहुत बढ़ गए थे। भारी मन से मैं उसका खत पढ़ने लगा। उसके खत में बेखबरियों, बेवफाइयों और संगदिली की शिकायतें और शिकवे-उलाहने थे। अगले पेज पर भी बादस्तूर एक दूसरे की जुदाई में गीली लकड़ियों की तरह सुलगने, पानी के बिना मछली की तरह तड़पने और साबुन की टिकिया की तरह घुलते जाने का जिक्र था।

एक बात हर तीसरे वाक्य के बाद लिखी होती -- कहीं तुम मुझसे दूर तो नहीं हो जाओगे न, मुंह तो नहीं फेर लोगे? मैंने तो अपना तन मन तुम्हें समर्पित कर दिया, कहीं तुम भी मेरे पति की तरह तो नहीं करोगे? मेरे हो कर भी...। फिर भावुक शब्दों में लिखा था -- मैं यहां इतने लाखों इन्सानों के बीच अकेली, लगातार अपनी पहचान खोती जा रही हूं। तुम में वह नजर आता है, जो दूसरों में नजर नहीं आता, मैं हमेशा तुम्हारे साथ रहने में गर्व महसूस करूंगी। कहीं तुम बदलने तो नहीं लगे हो। तुम्हारी बातों से तो लगता है कि तुम हारने लगे हो। तुम मिले थे, तो लगा था कि अब मेरा कोई है जिसके सहारे में जीवन को सार्थक ढंग से काट सकूंगी। अब लगातार तुम से दूर रहकर एक अनसोचा डर मुझे खाए जा रहा है कि कहीं

मैं तुम्हे खो न दूं। अब तुम से कब मुलाकात होगी। तुम मिलो तो दिल का सारा गर्द व गुबार उतरे।

पिछले एक साल से शुभ्रा मेरी जिन्दगी में एक तूफान बन कर आई थी। दिन में कई बार फोन करती। अपनी कहानियां मुझसे डिस्कस करती। हमारे बीच हर किस्म का फासला था -- उम्र का, स्थान का, ख्यालात का, नजरिये का। एक साल पहले दिल्ली में एक साहित्यिक गोष्ठी में शुभ्रा से मेरा परिचय हुआ था। उस गोष्ठी में मेरा महत्वपूर्ण आख्यान था। शुभ्रा की शिरकत भी एक वक्ता की हैसियत से थी। वह एक सरकारी कालेज में लैक्चरर थी। उसके दो कविता संग्रह आ चुके थे। विवाहित थी और दो बच्चों की मां थी। विश्वविद्यालय के परिसर में बने विश्राम गृह में हमें ठहराया गया था। वहां हमारे कमरे आमने-सामने थे। मेरे नाम से वह बहुत पहले से ही वाकिफ थी, क्योंकि मेरी कहानियां पिछले कई बरसों से अच्छी पत्रिकाओं में छप रही थी और मेरे पांच कहानी संग्रह आ चुके थे।

अभी गोष्ठी का पहला ही दिन था और शुभ्रा ने मुझे ढूंढ़कर अपना परिचय दिया, 'शुभ्रा वर्मा, आप तो मुझे जानते नहीं होंगे मगर मैं आप को नाम व चेहरे से अच्छी तरह जानती पहचानती हूं।'

मैंने मजाक में कहा, 'क्या मेरा नाम इतना बदनाम है और बदमाशों जैसा है कि बिना अपना परिचय दिए आपने मुझे पहचान लिया।'

'नहीं, सर आपकी तो हमारे शहर की सभाओं में अच्छी धूम है, हम तो आपको आमंत्रित करने की योजना बना रहे थे। मैं तो समझती थी कि आप खासे बुर्जग होंगे जैसा कि आपकी कहानियों की परिपक्वता से अन्दाजा लगता था मगर आप तो मुझ से भी जवान निकले।'

'अजी, अभी तो मैं जवां हूं मगर आप भी माशाअल्लाह कम

हसीन नहीं हैं।' बड़ी देर तक हम साथ-साथ बैठे चहकते रहे। गोष्ठी के पहले सत्र के बाद शाम को हम कनाट प्लेस की तरफ घूमने निकल गए। शुभ्रा का अंतरंग साथ पाने के लिए मैंने टैक्सी कर ली थी। इतने सारे लोगों की भीड़ होते हुए भी हम एक दूसरे में इतने खो गए थे कि सबसे किनारा होते गए और पहले ही दिन एक दूसरे के इतने करीब आ गए कि कोई सपने में भी नहीं सोच सकता था।

शुभ्रा तो मेरे नाम की दीवानी थी। मेरी बहुत सी कहानियों की कटिंग उसने फाइलों में सम्भाल कर रखी हुई थी। कई कहानियों के अन्त उसे पसन्द नहीं थे। उनके बारे में हम बातें करते रहे। लगातार बातें करते वह जरा नहीं थकी थी। मेरी कई कहानियां उसे जुबानी याद थी। इस वजह से भी मेरी उत्सुकता उसमें बढ़ गई थी। एक तो वह गज़ब की सुन्दर थी और फिर बुद्धिजीवी भी। ऐसी स्त्रियां तो कहानियों में ही मिलती हैं। उसने लेखन के बारे में हजारों सवाल पूछे। वह ठहरी साहित्य में पी एच डी और मैं विज्ञान का स्नातक।

साहित्य शुभ्रा के रोम-रोम में बसता था। वह पागलों की तरह साहित्य को समर्पित थी। बस एक समस्या थी उसकी। पढ़ने के मामले में उसकी बात ठीक थी मगर जब कुछ लिखने की बात आती तो कागज कलम दगा दे जाते उसे। अपनी कई कहानियां उसने मुझसे डिस्कस की जो अधूरी रह गई थी, क्योंकि उसे स्वयं पर भरोसा नहीं था। शुभ्रा कविता फिर भी अच्छा लिख लेती मगर उससे वह संतुष्ट नहीं थी। वह मेरी तरह सफल कहानीकार बनना चाहती थी। एक दो जगह उसकी कहानियां छपी भी और उसे जुड़े कई रोचक प्रसंग उसने सुनाए भी कि कैसे उस अखबार व पत्रिका के सह-सम्पादक उसका पीछा करते-करते उसके कालेज तक आ पहुंचे थे। उनके मृदुल व्यवहार से वह उनका इरादा भांप गई थी और उसने उन्हें भगा दिया था।

उस शाम हम दस बजे तक क्नाट प्लेस के गोल बरामदों में घूमते रहे। पहले दिन ही उसने अपने जीवन की सारी बातें मुझे बता दी और मेरे व्यक्तिगत जीवन में भी झांक लिया था। अकेले दिल्ली आने की यह उसकी पहली यात्रा थी। उसके पति महोदय ने उसके साथ आना था मगर ऐन वक्त पर एक दिन पहले उसे अपने बॉस के साथ कोलकाता जाना पड़ा। बच्चे अपनी मां को सौंपकर शुभ्रा इस तीन सौ किलोमीटर की यात्रा पर अकेली चली आई थी। वह विश्वविद्यालय के सभागार में प्रेमचन्द पर प्रवचन देने का लोभ रोक न पाई। शुभ्रा ने पी एच डी प्रेमचन्द के साहित्य पर ही की थी। अगले दिन कवि सम्मेलन था जिसमें उसने भी कविता सुनानी थी। देशभर से चुने हुए साहित्यकार आमंत्रित थे।

बार-बार शुभ्रा का मुझे सर कहना अखर रहा था। मैंने कह दिया कि अब हमारी दोस्ती काफी गहरी हो चुकी है, अब तो मुझे सर कह कर न बुलाओ।

शुभ्रा चहकी, 'नहीं सर, आप तो मेरे गुरु हैं। अब तो आप की दीक्षा से ही मेरा कल्याण होगा। चाहे दोस्त समझिये या अपनी शिष्या, अब तो आप ही मेरा जीवन सार्थक करेंगे। भागते-भागते मैं थक गई हूं। आपका स्वभाव मुझे बहुत अच्छा लगा और जीवन के प्रति आपका दृष्टिकोण...।'

मुझे झिझक हो रही थी। इतनी सुन्दर और सुशिक्षित स्त्री, उम्र में मुझसे दस साल छोटी, सरकारी कालेज में लैक्चरार, मुझ साधारण व्यक्ति की इतनी इज्जत करती है, शायद मेरी कहानियों की वजह से। ऐसी औरत का साथ पाने के लिए जैसे मैं बरसों से तरस रहा था। अब मेरी चिर-संचित इच्छा पूरी होने जा रही थी। अन्दर ही अन्दर मैं बुरी तरह कांप रहा था। कहीं यह बन्द आंखों का सपना तो नहीं। शुभ्रा के साथ कहां तक जा पाऊंगा मैं।

शुभ्रा कहे जा रही थी, 'आपकी कहानियां की जान है आपकी सटीक व सधी हुई भाषा और आज के समय के अनुरूप आपके कथानक। आप पाठक को उलझाते नहीं, उसे सीधे समस्या की जड़ में लेकर जाते हैं। आपकी कथाओं में गजब की विविधा है। मैं सोचती थीं कि यह आदमी कितनी जगह घूमता होगा -- इतने अद्भुत स्थल, इतने अनोखे मंजर, देश दुनिया के हर धर्म व शेड के लोगों को कथा का पात्र बनाना। सर, आप सोच भी नहीं सकते कि कुछ पत्रिकाओं के मैं सारे अंक खरीदती हूं , आपकी कोई नई कहानी पढ़ने के लिए। यू टच माई हार्ट, सर! बाकी किताबें तो दिमाग को कंपकपाती है मगर आपके पात्र सीधे मेरे मन को छूते हैं।'

खाना तो हम बाहर ही खाकर आए थे। गेस्ट हाउस के डायनिंग हाल में अभी मेहमानों ने खाना खत्म नहीं किया था। कुछ लोग मुझे ढूंढ रहे थे। अतः मुझे उनसे दूर रखने के लिए शुभ्रा मुझे अपने कमरे में ही ले गई। पोजेसिव होने की इन्तहा थी यह।

मन ही मन मैं भी गहरे रोमांच में था। चाहता था कि हमारा यह सम्बंध प्रगाढ़ से प्रगाढ़तम हो मगर बहुत गहरे धसंने का मेरा इरादा नहीं था। मैं तो उसे नजदीक से छूकर महसूस करना चाहता था। हमारे बीच हजार मील का फासला था। हम दोनों शादीशुदा थे, बाल-बच्चों वाले थे। हमारी दोस्ती का आधार साहित्य ही था और एक्स फैक्टर था जो विपरीत लिंगों में अक्सर होता है कि वे एक दूसरे के प्रति बड़ी तेजी से खिंचे चले आते हैं मगर बाद में ...।

शुभ्रा तो दीवानगी की हद तक मुझे पसन्द करने लगी थी। इन तीन दिनों की गोष्ठी का एक एक पल मेरे साथ बिताना चाहती थी। दरअसल मेरी भी कमजोरी था कि मैं भी उसके रूप पर मोहित हो गया था। इतना टूटकर कभी किसी ने मुझे कभी नहीं चाहा था। मैं चाहता था कि वह मुझे अपनी बांहों में भर कर मेरा कचूमर निकाल

दे। शुभ्रा कह रहा थी, 'सर, आप का तो पता नहीं मगर मुझे आज मन की मुराद मिल गई है। आपको इतना करीब देखकर मैंने अपनी सभी वर्जनाओं और मर्यादाओं को तिलांजली देने का मन बना लिया है। किसी भी कीमत पर मैं आपको सारी उम्र के लिए अपने लिए मांग रही हूं। मेरा सब कुछ ले लो मगर अपना साथ मुझे दे दो। आपके साथ मेरी गजब की कैमिस्ट्री मिलती है। मैं जानती हूं कि इतनी दूर रह कर हम एक दूसरे के साथ किस तरह जुड़े रह सकते हैं। आजकल मोबाइल है, पत्र-व्यवहार है और फिर समय-समय पर हम मिलेंगे न। आप सब कुछ जानते समझते हैं। मैं खुद ही स्वयं को आपको समर्पण कर रही हूं। समाज इसे गलत समझता होगा मगर आपको सदा के लिए अपने दिल में बसाने के लिए मैं इसे जरूरी समझती हूं। हमारे बीच जिस्म की दीवार नहीं होनी चाहिए। मेरा स्वार्थ नहीं हैं कि आप से कुछ अनुचित काम करवाना है मुझे मगर आपका साथ अब मुझसे छूटेगा नहीं।'

शुभ्रा मन बना चुकी थी। अब उसे कोई तर्क दे कर समझाना सम्भव नहीं था। अन्दर ही अन्दर खुद मैं भी उसके रूप का चितेरा था। वह मेरे गले से लिपट गई और उस रात हमने दिल खोलकर एक दूसरे से प्यार किया। धनुष की प्रत्यंचा पर बाण सरीखी चढ़ी शुभ्रा ने दिल से मेरे सामने खुद को प्रस्तुत कर दिया। मैं तो यह देखकर रसविभोर हो गया कि साहित्य में लिखी जाने वाली ये बातें कभी मेरे साथ भी सच हो सकती हैं। मैंने शुभ्रा से कोई सवाल नहीं किया। उसने इस जिस्मानी प्रेम को लेकर एक ही तर्क दिया था कि दिमागी खुराफात के साथ-साथ अगर हममें एक-दूसरे के प्रति दैहिक आकर्षण भी होगा तो हमारा साथ कभी छूटेगा नहीं। आप मेरी तरफ खिंचे चले आएंगे।

वे तीन रातें मैंने शुभ्रा के साथ स्वर्ग जैसे आनन्द से काटी।

पहले मुझे लगा था कि शायद पति में कोई कमी होने के कारण शुभ्रा ने पहली ही नजर में मुझसे जिस्मानी सम्बंध बनाने का मन बना लिया हो मगर जब उससे विस्तार में चर्चा हुई तो पता चला कि उसके पति से उसे कोई शिकायत नहीं थी।

एक ही ढर्रे का जीवन जीते-जीते वह बोर हो गई थी। मुझे सामने पाकर उसे लगा कि हजार मील का फासला पाटने के लिए उसके पास एक ही रास्ता है कि वह मुझसे आशिक-महबूब की तरह पेश आए। शुभ्रा के प्रस्ताव में कोई गन्दगी नहीं थी। वह आज की औरत की तरह अपने पैरों से चलकर मंजिल तक पहुंचना चाहती थी। साहित्य में दूसरे आदमी के प्रति अतिरिक्त मोह को कागज पर उतारना अलग बात थी मगर कुछ नया अनुभव करने के लिए शुभ्रा ने भी जिस्म की हदों से आगे देखने का साहस करना चाहा और वह कामयाब रही। जैसे एक अभिनेता किसी चरित्र को बाखूबी निभाने के लिए उसमें पूरी तरह घुस जाता है, वैसे ही एक कहानीकार कुछ स्थितियों को ठीक से समझने की गर्ज से अपने साथ कुछ अनूठे प्रयोग भी कर गुजरता है। चलते समय हमारा मन बहुत भारी था। हमें अपने-अपने घरों को लौटना था। सपनों की दुनिया की अवधि कितनी होती है। आंख खुलते ही आदमी खुद को यथार्थ की जमीन पर पाता है।

आज शुभ्रा के इस भावुक खत ने मुझे सोचने पर मजबूर कर दिया कि हमारे बीच आखिर कैसा रिश्ता है। शुभ्रा भी अपने उद्देश्य से भटक रही थी और मैं भी उसे ही सब कुछ मान बैठा था। ठंडे मन से मैंने उसे जवाब दिया, 'शुभ्रा, अपने सुन्दर नाम के विपरीत तुम्हारा यह अरण्य-रोदन हमें कहीं का नहीं छोड़ेगा। मान लो हमें समाज का डर न भी हो तो भी क्या? टीन-ऐजर्स की तरह हमारा यह व्यवहार कहां तक उचित है। एक सही लेखक समाज को सच्ची राह

दिखाता है। साहित्य समाज का दर्पण होता है। एक बार हम बहक गए तो इसका यह अर्थ नहीं कि हम कीचड़ से बाहर ही न निकलें। अपनी सोच को साफ करो और साहित्य को मिशन की तरह समझो और स्वस्थ साहित्य की रचना करो। एक शायर ने ठीक कहा है -- जिस्म हमराह बने तो इसे अपना समझो, ये अगर बीच में आए तो हटा दो यारो। तुम से एक अच्छी कहानी की इन्तज़ार में, तुम्हारा -- सर।' पत्र पोस्ट करते ही मेरे मन से सारा बोझ हट गया था।

मेरे साजन हैं उस पार

मुझे अपने बारे में कुछ कहने में बहुत असहज लग रहा है क्योंकि अब तक मेरा जीवन एक बन्द किताब रही है। अपने बारे में सोच-सोचकर मैं रोती रही हूं, कुढ़ती रही हूं, दुखी होती रही हूं मगर उसके बारे में सिलसिलेवार कहानी बनाकर कहना मुझे बहुत कठिन लगता है।

मुझे किताबें पढ़ने का कभी शौक नहीं रहा। पहले फिर भी कोई पत्रिका पढ़ लेती थी मगर शादी के बाद तो मैं अपने ही झमेलों में ही इतना त्रस्त और पस्त रही कि क्या पढ़ती और क्या लिखती। हां, एक बात अब मेरी समझ में आई है कि अगर मुझे लिखने, पढ़ने, संगीत, चित्रकारी या कोई अन्य शौक होता तो अकेलेपन का अब तक जो अवसाद और यंत्रणा मैंने झेली है, वह शायद कम होती।

मैं दूसरों में ही सुख ढूंढ़ती रही। पहले मेरे लिए पैसे का बहुत आर्कषण था। लाखों रुपए पाने और खर्च कर देने के बाद मेरी समझ में आया कि सुख का असली खजाना तो कहीं और ही छुपा हुआ है।

सारी उम्र मैं जिस असाधारण सुख की इच्छा व कल्पना करती रही वह दरअसल एक भ्रम ही था। असली सुख तो मन की शांति से ही पाया जा सकता है। मैं सारी बात पहले दिन से ही बताऊं तो ही ठीक रहेगा।

मेरे पति सौरभ ने मुझे कभी ठीक से समझा ही नहीं। वह तो मुझे समझ गया मगर मैंने उसका असली रूप पहचानने में बरसों लगा

दिए। शादी के पहले साल में ही हमारी ठन गई थी। वह कभी मेरा पति बना ही नहीं। और फिर मैं भी उससे बदला लने पर उतारू हो गई थी। उसने मुझे रुसवा किया और मेरे सामने वह दूसरी औरतों के पीछे भागता रहा।

मैं भी उसकी वफादार पत्नी नहीं रही।

मैंने उसे खो दिया। उसे यह बात बहुत सालों तक पता ही नहीं चली कि मैं उसकी कुछ नहीं रही।

आपस में धोखा देने की ये गन्दी रणनीतियां मैंने उसी से ही सीखी थी। मैं सोचेने लगी थी कि अगर वह दूसरी औरतों के चक्कर में है और यहां तक कि अपनी सगी भाभी से उसके सम्बंध हैं तो फिर मैं उससे पीछे क्यूं रहूं। मेरे पास तो उससे कहीं ज्यादा मौके हैं, आजादी है और खाली समय है।

मैं इस वहम में थी कि सौरभ सदा के लिए मेरे हुस्न के जादू में बंधा रहेगा मगर वह तो कहीं ज्यादा खेला-खाया था। मुझ जैसी न मालूम कितनी सुन्दर स्त्रियों का अंतरंग सानिध्य पा चुका था वह। एक मुझ बावरी नादान छोटे शहर की कच्ची अनुभवहीन लड़की से कहां तसल्ली होती भला उसकी।

वह मर्चेंट नेवी में सैकंड अफसर था जब हमारी शादी हुई थी। तब मैं कालेज में थी। मैं ऊंची-लम्बी, खिड़-खिड़ करती और अलमस्त लड़की थी। मेरी यह इच्छा नहीं थी कि मेरी शादी किसी रईस घर में हो। मैं एम फिल करके कालेज में पढ़ाने का ख्वाब पाले बैठी थी कि घर वालों ने मेरा रिश्ता कर दिया। वे सौरभ की दौलत से प्रभावित हो गए थे।

दिल्ली की मेरी डाक्टर बुआ ने मुझसे कहा था, 'देख रानी, तुम लोग छोटे शहर के हो। सौरभ का खानदान काफी बड़ा भी है और हमसे कहीं अधिक समृद्ध भी। सौरभ नौ महीने समुद्र में रहता है और

कहावत भी है कि एक नेवी अफसर की हरेक बन्दरगाह पर एक परी इन्तजार कर रही होती है। ऐसे में तुझे बहुत होशियारी से सौरभ को अपने प्रेम जाल में बांधकर रखना होगा।'

शादी के दो महीने तक ही सौरभ ने मुझे भरपूर प्यार और तवज्जो दी। जब वह नौ महीने बाद छुट्टी आया तो उसका बदला हुआ रूप मेरे सामने आया। मेरे साथ किसी प्रकार की कोई चीज सांझा करने के हक में वह नहीं था।

वह कितना कमाता है, कहां उसने पैसे जमा करके रखे हैं और कहां निवेश किए हैं, यह बात वह घर में मां-बाप या भाई को तो बताता मगर मुझे बताना जरूरी नहीं समझता था। अपने पिता और भाई से पूरा दिन सलाह करता रहता। अपनी मां की तो आंख का इशारा समझता था। मैं इन्तजार करती रहती कि कभी मुझसे भी वह घर के बारे में सलाह-मशविरा ले या कोई दिल की बात शेयर करे।

मेरे पास बस रात के समय ही आता। खूब शराब पीकर। शुरू में मैंने सोचा कि अपनी अदाओं और नाज-नखरों से मैं उसे अपने वश में कर लूंगी मगर वह बहुत चंट और अनुभवी था। जब बच्चे हो गए तब तो उसने खुले आम मेरी उपेक्षा करनी शुरू कर दी।

प्रेम मनुष्य को भला आदमी बना देता है मगर प्रेम के बदले अगर आदमी को उपेक्षा मिले तो वह भी अन्ततः वैसा ही पतित हो जाता है।

कुछ ही सालों के अन्दर ही सौरभ मेरे हाथ से फिसल गया। मेरी बुआ ने कितना सही कहा था, 'वह अमीर रईस है और बिगड़ा हुआ है। पहले वह तुम्हें पालतू बनाएगा, तुम्हारी रक्षा करेगा फिर कुछ दिनों में वह तानाशाह बन जाएगा। तुम्हारे ख्यालों तक पर नियंत्रण रखना चाहेगा।'

मैंने कई जादू-टोने व टोटके आजमाए। खुद को कुकिंग में दक्ष

बनाया। नए फैशन के कपड़े पहनने शुरू कर दिए, बिस्तर में एक दासी की तरह उसके सामने प्रस्तुत होती रही, मगर सौरभ पर मेरा रंग न चढ़ पाया।

उसने मेरा मासिक खर्चा बांधा हुआ था। मुझे उस घर में सुख-सुविधा की कोई कमी नहीं थी। मायके के लोग मुझे सचमुच की रानी समझते थे। और मैं थी भी। हजारों रुपए मेरे वैनिटी बैग में पड़े रहते।

कोई सोच भी नहीं सकता था कि मुझे भी कोई दुख तकलीफ हो सकती है, मगर मैं ही जानती थी कि उस बड़े से समृद्ध घर में मेरी असली औकात क्या थी?

मेरी स्थिति एक काल गर्ल से ज्यादा नहीं थी। अपने पति से मुझे सिर्फ पैसे मिलते थे और बदले में मुझे उसके बिस्तर में उसके नीचे बिछना पड़ता था। मैं उसे इनकार नहीं कर सकती थी, क्योंकि वह हर पहली तारीख को मुझे मोटी रकम देता था।

मैं रानी थी सिर्फ रात की रानी। दिन के उजाले में मेरे पति ने कभी मुझसे नहीं कहा कि चलो नई मूवी लगी है, देखकर आते हैं या एक साथ बाजार चलते हैं या किसी हिल स्टेशन पर घूमने चलते हैं।

वह हमेशा कहता, 'रानी मैं यहां तीन-चार महीने सिर्फ रिलैक्स करने आता हूं। वहां दिन-रात उफनते, सांय-सायं करते, गहरे काले समुद्र में दिन-रात ड्यूटी करते-करते बुरी तरह थक जाता हूं। हर बार वहां वापिस जाने को मेरा मन नहीं करता। मैं सोचता हूं कि इस बार यहीं कोई बिजनेस करूंगा। अब इस उम्र में मुझसे यह सब नहीं होता। बीस साल का था, तब से इतनी जोखिम भरी नौकरी कर रहा हूं। कई रातें जागकर काटनी पड़ती हैं मुझे। बहुत ही कठिन डयूटी है मेरी।

मैं बहस करती, 'मैंने और भी मर्चेंट नेवी अफसरों की पत्नियों

से बात की है। उनके पति ऐसी शिकायतें नहीं करते। वे अपनी पत्नियों को पूरा समय देते हैं। वे दिन-रात शराब में डूबे नहीं रहते या गोल्फ खेलने के बहाने औरतबाजी नहीं करते।'

'मेरी प्राब्लम कुछ और है। उनकी कुछ और। उनकी पत्नियां हो सकता है खिले चेहरे से उनका स्वागत करती हों।'

'वे अपनी पत्नी को मन के भेद बताते हैं। उनका चरित्र भी बेदाग होता है।'

इतना कहने से ही सौरभ भड़क जाता। कई रातें घर से गायब हो जाता। घरवाले कहते कि कुल्लू-मनाली गया है दोस्तों के साथ । वे उसकी तरफदारी करते।

मैं यह नहीं पूछ सकती थी कि वह कितना कमाता है और कैसे खर्च करता है। वह कहता कि यह मेरा सरोकार नहीं। उसका माना था कि घर में औरत को पति से ज्यादा समझदार नहीं होना चाहिए। उसे घर के फर्नीचर का एक शालीन और जरूरी हिस्सा बनना चाहिए -- मात्र शो पीस। उसे स्वामिभक्त, आज्ञाकारी और कर्तव्यनिष्ठ होना चाहिए।

वह चाहता था कि औरत सदैव अपने पति की सभी कार्यवाहियों का सर्मथन करे। वह हमेशा शांत स्वभाव, व्यवहारकुशल और दक्ष-सुघढ़ हो। पुरुष औरतों की इन्ही निष्ठाओं को अपने अहम् का जरूरी सहारा मानते हैं।

फिर कुछ और बातें भी थी जिनके कारण हमारे बीच तनातनी बढ़ रही थी। वह अपनी बड़ी भाभी के पूरे तरह वश में था। उस से सौरभ के अंतरंग सम्बंधों का मुझे पता चल चुका था मगर सौरभ अब भी इस पर विराम लगाना नहीं चाहता था। बाकी घर के सदस्यों को भी उसका अनुमोदन प्राप्त था।

कारण एक ही था। सौरभ का बड़ा भाई जिस बिजनेस को

संभाल रहा था उसमें सारी पूंजी सौरभ की ही लगी हुई थी।

सौरभ से मैं सिर्फ रात के समय ही बहस कर सकती थी। रात में मैं उससे उलझती। शाम को वह गोल्फ खेलने चला जाता। सुबह लेट उठता और फिर अपनी मां या भाभी के कमरे में बैठा रहता।

रात नशे के आलम में मेरे पास आता। ऐसे में मैं उसे धिक्कार नहीं सकती थी। फिर तो मुझे छोड़ने का उसे मौका ही मिल जाता।

वह सोने का अंडा देने वाली मुर्गी थी। मेरा खर्च भी उसने बढ़ा दिया था। मुझे हर पहली तारीख चालीस हजार रुपए मिल जाते। ऐसे में मैं खुलकर उसका विरोध न कर पाती थी। डर था कि वह मेरा खर्च ही न बन्द कर दे। यह एक ऐसी लड़ाई है जो शुरू तो होती है मगर कभी खत्म नहीं होती।

एक बार बात कुछ ज्यादा ही बढ़ गई थी। मैं जिद पर अड़ गई थी। मैंने सोचा कि आज फैसला कर ही लूं।

मैंने पूछा, 'मुझे शादी से पहले का हिसाब मत दो। मुझे कल तक का हिसाब भी मत दो। मगर मैं तुम्हारी पत्नी हूं। आज से मुझे पता होना चाहिए कि मेरा पति कितना कमाता है। कल बच्चे बड़े होंगे। खर्च बढ़ेगा फिर तुम्हे कुछ हो गया तो मेरा क्या होगा। यहां की सारी जयदाद तो तम्हारे पिताजी के नाम पर है। मुझसे इन्साफ कौन करेगा?'

सौरभ बात टालकर कहता, 'देखो रानी, घर में मैं ही सबसे ज्यादा कमाता हूं। भाई की फैमिली की भी मेरी जिम्मेवारी है।'

मैं कहती, 'पिछले दस सालों से हमारी शादी के बाद तुमने करोड़ों कमाए और जो भी जमीन-जयदाद या दुकान खरीदी गई उसमें तुम्हारा नाम तक नहीं।'

'तुम्हें बिजनेस की ए बी सी नहीं मालूम। तुमसे बहस करना फिजूल है।'

‘बच्चे कितने महंगे स्कूलों में जा रहे हैं। कल तुम्हे कुछ हो गया तो उन्हे कैसे पालूंगी मैं।’

‘मैंने अपना करोड़ों का बीमा करवाया है।’

‘मेरे पास कोई कागज-पत्र नहीं। मैं क्या जानूं।’

‘मुझ पर यकीन नहीं हैं तुम्हे?’

‘मेरे घर का खर्च अब पचास हजार रुपए महीना हो गया है। बच्चों की फीसें, ट्यूशन, बिजली और खाना-पीना।’

‘ठीक है, अब से तुम्हारा महीने का खर्च पचास हजार रुपए कर देता हूं।’

‘मुझे तुम्हारे बैंक की चैक बुक से पैमेंट चाहिए और पास बुक मेरे पास रहे।’

‘ये तुम्हारी सिरदर्दी नहीं है । तुम्हे हर पहली को घर बैठे कैश मिलता रहेगा।’

‘पत्नी को पता होना चाहिए कि उसका पति कितना कमाता है।’

‘मैं साल में तीस लाख कमाता हूं।’

‘और चौबीस लाख तुम खुद पर खर्च करते हो।’

‘मैंने बताया न कि हम फार्म हाऊस बना रहे हैं।’

‘ये तुम्हारा नहीं तुम्हारे भाई-भाभी का है।’

‘मुझे पागल समझ रखा है क्या?’

‘तुम कहां पागल हो। तुम तो सबके बाप हो। अपनी छुट्टी में मेरी आंखों के सामने लाखों रुपए लुटाकर रंडियां नचाते हो। शिप पर पता नहीं क्या-क्या करते होंगे?’

‘तुम ऐसा कैसे कह सकती हो?’

‘मैंने अपनी आंखों से तुम्हें भाभी के साथ कार में देखा है उसे किस करते हुए। जब शिप पर जाते हो तो कंडोम के ढेरों पैकेट डालकर ले जाते हो।’

'तुम केजी हो गई हो। तुम्हारी मानसिकता तो वहीं रही लोअर मिडिल क्लास वाली। यहां कुछ दिन शांति से रहने नहीं देती मुझे । तभी तो मुझे ओवरडिंक करना पड़ता है। तुम्हारे ताने हजम करने के लिए।'

'बुहत हो गया अब तक। अब मैं तुम्हारी तानाशाही बिल्कुल नहीं चलने दूंगी।'

'तुम रोकोगी मुझे, मुझ को। तीन लाख महीना कमाने वाले को। सारा खर्च बन्द करके तुम्हारे पेंशनर बाप के पास भेज दूंगा तुम्हें। यहां आने को तरस जाओगी।'

'हां हां, मुझे हिसाब चाहिए एक एक पाई का।'

'अच्छा, मैं देता हूं तुम्हे हिसाब।'

उसने मुझे कसकर चांटा मारा। मुझे इसकी उम्मीद नहीं थी। आज तक उसने मुझ पर हाथ नहीं उठाया था।

मुझे भी गुस्सा आ गया। मैंने उसे गालियां दी। खूब लानत-मलानत की। जितनी कड़वी बातें उससे कह सकती थी मैंने कही। गुस्से में आदमी लिहाज नहीं करता।

अब तक जितने भी दंश मैंने सहे थे, उन सब का बदला मैंने उसे गन्दी गालियां देकर लिया। उसकी भाभी से उसका कार में किस करना, उसकी जवानी के लफंडरपन के किस्से जिसमें शिप पर पार्टी के दौरान वह विदेशी लड़कियों के साथ नाचा-सोया था और उसके शराबनोशी और औरतबाजी के हर गलत-सही दोष को लेकर मैंने उसे ताने-उलाहने दिए। उसके बाप की ऐशपरस्ती और उसके भाई के नामर्द होने के तंज दिए कि सुनकर वह ऐसे तिलमिलाया जैसे गर्म टीन की छत पर बिल्ली तड़पती है।

उसकी आंखों से तो अंगारे बरसने लगे। वह गुस्से में पागल हो गया। उसने पहले गालियों की बौछारें शुरू कर दी। मेरे मां-बाप को

कोसा। मुझ पर कई तरह के लांछन लगाए, जो उसकी भाभी ने मेरे खिलाफ उसके कच्चे कानों मे भरे थे। मेरी फिजूलखर्ची को लेकर मुझे डफर और अनपढ़-गंवार कहा।

अपने-अपने कटु शब्दों के पैने बाणों से हमने एक दूसरे पर खूब जहर उगला।

चीखने चिल्लाने से उसका गला दुखने लगा तो वह हिंसा पर उतर आया। लातों और घूंसों से उसने मुझे जानवरों की तरह पीटा। फिर उसने मेरा गला घौंटने की कोशिश की।

चिल्ला चिल्लाकर मैं थक गई। वह उंची आवाज में मुझ पर चिल्ला रहा था। मेरे बैडरूम के बाहर घर के सारे सदस्य जमा हो गए थे। वे सांस रोके सारा तमाशा देख रहे थे। सब खुश हो रहे थे कि आज इस रानी का पत्ता साफ हो गया। कितने अरसे से वे इस फिराक में थे कि हम मियां-बीवी की लड़ाई भड़के और वे पुनः घर की कमान संभालें मगर मैं ही सारा अपमान हर बार पी जाती थी और हमारा युद्ध विराम हो जाता था।

किसी ने आकर सौरभ का हाथ नहीं पकड़ा या मेरा बचाव करने की पहल नहीं की। शायद वे इसी दिन का इन्तजार कर रहे थे। मेरे पतन से उन्हे फायदा ही फायदा था। मुझसे उन्हें क्या हमदर्दी हो सकती थी। वे तो पैसे के मीत थे। सौरभ उनकी मुंह मांगी मुरादें जो पूरी करता था।

मैं बुरी तरह रो रही थी। चीख-चिल्ला रही थी। सौरभ और भी फुंफकार रहा था। एक बार फिर उसने मेरे बाल पकड़कर घसीटा और चुप करने को कहा।

अब मैं चुप कैसे हो सकती थी। उसने टी वी चलाकर उसकी आवाज बहुत ऊंची कर दी। उसके इस वहशी बर्ताव पर मैं हैरान थी, दुखी थी, खौफजदा थी।

उसने मुझे पीटा और मैंने किसी से कुछ नहीं कहा। मैं किस से कहती! उस दिन वह मेरे बैड रूम से निकल गया और फिर नहीं लौटा। सारी रात मैं सोचती रही कि अब मेरा क्या होगा! क्या मुझे कोई नौकरी देगा? मायके जाकर मैं इन बच्चों को कैसे पालूंगी? क्या सौरभ मेरा खर्च बन्द कर देगा?

अब एक बार उसने मुझ पर हाथ उठाया है, तो क्या मुझे बार-बार पिटना होगा। अपने आत्मा को इस तरह कुचलकर सारी उम्र अपनी कामवाली माइयों की तरह निर्लज्ज की जिन्दगी जीनी होगी जिनके जाहिल शराबी पति हर रोज उन्हें पीटते हैं।

अब मैं रानी नहीं, एक नौकरानी से भी गई-गुजरी बन गई थी। मेरा कद एक ही रात में बहुत छोटा हो गया था। यदि कोई रेखा छोटी करनी हो तो उसे बिना काटे उसके बगल में एक लम्बी रेखा खींच देने से यह काम आसानी से हो जाता है।

गौरव ने मुझे जैसे जमीन पर पटक दिया था। घर के दोयम दर्जे के लोगों को सारे अधिकार मिल गए थे। वह उन्हीं से बतियाता, हंसता, खेलता, उनके साथ खाना खाता और वहीं कहीं सो जाता। अब तो शायद भाभी के बैडरूम में ही सोता था।

सौरभ की पन्द्रह दिन की छुट्टी अभी पड़ी थी। इस दौरान हमारा आमना-सामना नहीं हुआ। मैं बार-बार पिटने को तैयार नहीं थी। हम दोनों अजनबियों की तरह एक ही घर में रहे। घर में कई कमरे थे।

वह मेरे बैड रूम में नहीं आया। भाभी ने भी मुझसे बोलना छोड़ दिया। उनके तो पौ-बारह हो गए।

सोने का अंडा देने वाली मुर्गी अब पूरी तरह उनके कब्जे में आ चुकी थी। इधर मैं पागल अपने अभिमान में तनी बैठी रही। मैं सौरभ से माफी क्यूं मागूं? एक बार झुक गई तो फिर सारी उम्र जूते खाते

गुजरेगी।

इस बीच पहली तारीख आई। सौरभ ने बड़े भाई के हाथों लिफाफा भिजवाया। पूरे पचास हजार रुपए थे।

मैंने समझा कि अभी भी कुछ नहीं बिगड़ा। शिप पर जाने से पहले सौरभ और मेरी बातचीत शुरू हो जाएगी। मगर अब सब कुछ उल्टा ही होने लगा। भाभी सरे आम सौरभ के साथ मार्कीट जाती, हंसती खेलती। मैं ही रह गई थी खपने-कुढ़ने के लिए।

जिस स्त्री के मन में प्रेम के लिए उत्साह न हो उसे किसी से भला ईर्ष्या या जलन भी क्या होगी। आदमी वही देखता है जो देखना चाहता है। मनुष्य अपने सरल इच्छाओं और आसान जरूरतों के अनुसार सिंद्धांतों की रचना कर लेता है।

हम एक दूसरे को झुकाने पर तुले रहे। सारा घर उसके साथ था। उसे इतनी टेंशन नहीं थी। फिर करोड़ों रुपए उसके पास थे। वह चाहे जिस मर्जी औरत को हासिल कर सकता था। मेरे सामने क्यूं झुके वह।

मुझे वह बिना बताए और मिले बगैर ही सौरभ शिप पर चला गया। वहां से वह अपने भाई को निर्देश देता और वह मेरा खर्च का लिफाफा हर पहली तारीख को थमा जाता। इससे अधिक अपमानित बात मेरे लिए और क्या था कि मेरे पति की कमाई का यह तुच्छ हिस्सा मुझे ऐसे दिया जाता था कि जैसे मैं उस घर में बच्चों की गर्वनेस हूं।

घर में कोई आदमी मुझ से बात नहीं करता था । मैं उनके खर्च में कटौती की मांग जो करती थी। सौरभ था तो ये लोग फिर भी औपचारिकतावश बात कर लेते थे मगर अब सबने मुंह फेर लिया था।

मेरी जिन्दगी का वह सबसे खराब पीरियड था। मेरा पति था

मगर मैं उसे अपना नहीं कह सकती थी। वह इतना निष्ठुर हो गया था कि अपनी छोटी बेटी अक्षिता से भी फोन पर बात नहीं करता था। हम दुश्मन की तरह नफरत पाले विरोधी खेमे में प्रतिकार और द्वेष के हथियार लिए हुए बैठे थे। एक दूसरे से आत्मसर्मपण करवाना ही अब हमारा लक्ष्य बन चुका था।

और यही से सौरभ के खिलाफ विद्रोह का पहला बीज मेरे मन में अंकुरित हुआ था। यह तो तय था कि मैंने उसकी गुलामी नहीं करनी और उसकी मार नहीं खानी मगर मैं आशंकाओं से घिरी हुई थी कि अब आगे में क्या करूंगी। मेरा दिमाग सुन्न हो गया था और मैं कोई ठोस निर्णय नहीं कर पा रही थी।

मैं डरी हुई थी। मैं उसकी स्कीम का कभी हिस्सा नहीं रही थी। वह खर्चा देता था तो मैं उस घर में अपने दिन पूरे कर रही थी। मैं भूखी, नंगी और तमाम तरह की बेड़ियों से जकड़ी हुई थी। घर के अहम कमाऊ सदस्य की बीवी होने के नाते मुझे बोलने की पूरी आजादी थी मगर मेरे पास असरदार व तर्क करनेवाली आवाज नहीं थी, मुझमें आत्मविश्वास की कमी थी और मेरे पास कोई कारगर विकल्प नहीं थे।

मैं अपने पति की तानाशाही रवैये के सामने पहले दिन से ही डरी हुई थी। मैं उसके पिता, भाई और भाभी से आतंकित थी। अब इस बड़े युद्ध के बाद मैं इस डर से आजादी चाहती थी और मैं विश्वास के ठोस धरतल पर खड़ा होना चाहती थी।

मैं जानती थी कि मैं क्या हूं मगर मैं यह नहीं जानती थी कि मैं क्या हो सकती हूं या हो सहती थी। मुझे अपने मूलभूत मान्यताओं के बारे में प्रश्न करना सीखना था ताकि अपने विकास और बेहतरी की सम्भावनाओं के मार्ग फिर से खोल सकूं जिन्हें अनुकूलन द्वारा लगातर बन्द रखा गया था।

मैं अपनी उत्सुकता को उपयोगी विषयों की तरफ मोड़ना चाहती थी और उन नेमतों और सुविधाओं के बारे में सोच रही थी जो कुदरत ने मुझे बख्शी थी मगर इस पुरूष शोषित समाज ने मुझसे वे सारी नेमतें खसोट ली थी।

मैं पैदा तो अपने पुरुष की साथिन के रूप में हुई थी, मगर अब उसकी गुलाम और उस पर आश्रिता बन गई थी और अब उसकी शोषिता थी। वह कभी भी मुझे केश से पकड़कर खींचकर घर से बाहर धक्का दे सकता था। कोई मान्यता, कानून या रिवाज मुझे आश्रय नहीं दे सकते थे। यहां से भागकर मायके चली जाती तो मेरे माता-पिता का यही कहना होता -- 'जहां तेरी डोली उतरी थी अब वहीं से तेरी अर्थी उठेगी।' यह कमजोर व पिछड़े लोगों का आसान और हारा हुआ तर्क ही तो है। वे मेरी लड़ाई से खुद को बचाना चाहते हैं।

मेरी कमजोरियां ही अब मेरी मान्यताएं बन गई थी । मुझे आजादी थी मगर उस आजादी का अर्थ मेरे लिए कुछ भी नहीं था। पिंजरे का दरवाजा खोल दिया गया था मगर मुझ सहमी हुई और पिटी हुई न जाने कब से बुलबुल उड़ना भूल चुकी थी।

मेरे पास कार थी, ड्राइवर था। बच्चे अच्छे स्कूलों में जाते थे। घर में कामवालियां थी सो कोई काम करने की दिक्कत नहीं थी। बच्चे स्कूल से आते तो घर पर ही टयूशन पढ़ाने टीचर आ जाते। मुझे कोई सिरदर्दी नहीं थी सिवाए अपने पति की बेवफाई और बेरुखी की।

मेरे पास समय ही समय था और बातें ही बातें थी और सच तो यह था कि खुद से बातें करते-करते मैं थक चुकी थी। शाम घिरती तो मैं अंधेरे बन्द कमरे में कुर्सी डालकर बैठ जाती। मेरी उदासी और मेरी टूटन मुझे घेर लेती।

मैं सोचती रहती तो कभी शून्य में ताकती रहती। दरअसल मैं खुद भी अपनी लड़ाई लड़ने के पक्ष में नहीं थी। मैं खुद को किस्मत के हाथों सौंप देने के हक में थी कि अब जो होगा वही सही। मुझे पता था कि धारे के साथ बहने में लाख दुख हों मगर सुविधा तो है। कोई सिरदर्दी या जोखिम तो नहीं है न। धारे के खिलाफ चलूंगी तो मुसीबतें ही मुसीबतें झेलनी होंगी।

अब तो मुझे सौरभ की छुट्टी आने का इन्तजार था। मेरी थकी, बोर, बेकार और नीरस जिन्दगी का अगला मोड़ न जाने कितनी दूर था!

मैं घर के उदास अंधेरे कोने में बैठी रहती। अपने और सौरभ के बीच बढ़ती खाई के बारे में सोच-सोचकर हलकान होती रहती। बच्चों की खातिर वह हम से नाता नहीं जोड़ेगा क्या!

लोग कहते हैं कि बच्चे पति-पत्नी के बीच पुल का काम करते हैं। क्या वह परेशान नहीं होता होगा। उसकी आदत जानती थी मैं। रोज शराब पीकर मस्त रहता होगा। या कोई औरत साथ रख ली होगी। लोगों को कह दिया होगा कि बीवी है।

बच्चे पूछते कि पापा का फोन क्यूं नहीं आता तो पहले मैं बहाना लगा देती कि वह वहां हैं, जहां से फोन नहीं हो सकता। मगर अब तो मैंने उन्हें साफ बता दिया था कि उनके पापा बहुत गन्दे आदमी हैं जो किसी अन्य औरत के साथ रहते हैं।

अब तो मेरे बच्चों को दादी-दादी व ताई-ताऊ से भी नफरत हो गई थी। मुझे आशा थी कि जल्द ही सौरभ वापिस मेरे पास आ जाएगा। वह गलत था मगर मैं तो अपनी जगह सही थी। भगवान इतना कहर नहीं बरसा सकता।

तभी एक दिन मेरी पुरानी क्लास फैलो रीटा मुझे बाजार में मिल गई। हम दोनों में खूब गहरी दोस्ती थी। मगर मेरी शादी के बाद

उससे मिलना नहीं हो सका।

उसके पति पुलिस अफसर थे और इसी साल इस शहर में उनकी तैनाती हुई थी। रीटा मुझे अपने घर ले गई। कुछ दिनों बाद होटल की किट्टी पार्टी में उसने मुझे भी बुलाया। धीरे-धीरे मेरा सोशल सर्कल बढ़ने लगा। कुछ और हंसमुख व हाई-फाई लेडीज से मेरी जान-पहचान हुई। सौरभ का दर्द कुछ-कुछ भूलने लगी थी।

मुझे यह असंतोष संजोकर रख लेना चाहिए, क्योंकि सुखी जीवन की मांग की यह पहली सुगबुगाहट थी जो मैं अपने होठों पर ला रही थी। हम एक दूसरे के साथ दिल खोलकर बातें करती एक दूसरे को मन के भेद बताती तथा अपने इस संताप से बाहर निकलने का मार्ग ढूंढने की कोशिश करती।

सौरभ को गए साल हो चुका था। वह किसी भी समय आ सकता था। जब मैं सहेलियों के साथ बाहर जाने लगी तो एक बार फिर जीवन के प्रति मेरी रुचि बढ़ने लगी।

मैंने नए फैशन के कपड़े डालने शुरू कर दिए। ब्यूटी पार्लर जाने लगी। रीटा के घर तो हर सप्ताह चली जाती। कभी वह मेरे घर आ जाती। सौरभ को गए सवा साल हो गया।

तब मेरा माथा ठनका। कहीं वह मुम्बई से ही वापिस तो नहीं चला गया। मैंने आसपास छानबीन की। कोई भी कम्पनी नेवी अफसरों को लगातार एक साल से ज्यादा के समझौते पर नहीं रखती। एक दो नेवी अफसरों की बीवियों से मैंने पूछताछ की।

सौरभ का झूठ अन्ततः मेरे सामने खुल ही गया। मैंने उसकी कम्पनी को फोन किया। पता चला कि उसने दो महीने की छुट्टी भारत में रह कर काटी है। एक नेवी अफसर की बीवी ने मुम्बई में अपनी बहन से सारा पता करवा दिया। सौरभ का एक दूसरा लफंडर दोस्त भी उसके साथ था। सौरभ की भाभी वहां एक महीना उसके

साथ होटल में रही। इससे भयावह खबर मेरे लिए और क्या हो सकती थी। कई दिन मैं घर से बाहर नहीं निकली। रीटा को सब बताना पड़ा। उसने कहा कि ऐसे शराबी और बेवफा के लिए मैं अपनी जवानी होम करने पर क्यूं तुली हूं।

अब मैंने सौरभ से बदला लेने का मन बना लिया। मेरे आसपास सारी सोसायटी एकदम आधुनिक और बिंदास थी। एक मैं ही थी जो जली-बुझी और पुरातनपंथी जलकुकड़ी थी। अगर मुझसे टूटकर सौरभ खुशी जीवन जी सकता है तो मैं क्यूं पीछे रहूं। मैं भी कोई पार्टनर ढूंढ सकती हूं।

मेरे रुझान में भी बदलाव आने लगा। बस सौरभ के बराबर होना है हर चीज में चाहे वह अनैतिकता ही क्यूं न हो। अब किसके लिए अपना शरीर बचाकर रखना है। बच्चों के पास अब मेरे लिए समय नहीं था।

रीटा के घर मुझे देर शाम हो जाती। वहां हंस खेलकर वक्त गुजर रहा था मगर मन ही मन अब मैं गिरने को तैयार बैठी थी। अब सौरभ के सामने हथियार नहीं डालने थे मुझे। कानूनी दांव-पेंच मुझे सब आ गए थे। सौरभ मेरा खर्चा बन्द नहीं कर सकता था।

मैं अपनी सैक्स की भूख पूरा करने के फिराक में नहीं थी। सैक्स में तो बहुत पहले मेरी रुचि नहीं रह गई थी। मुझे तो सौरभ को मजा चखाना था कि जिसका उसने तिरस्कार किया वह इतनी गई गुजरी नहीं है कि कोई स्टेट्स का आदमी उसे प्यार नहीं दे सकता। बस एक बार मैं सौरभ के सामने उस आदमी की बांहों में दिखाना चाहती थी खुद को।

जब से मैं रीटा के पति अशोक से मिली थी तभी से उसका व्यक्तित्व मुझे बहुत भा गया था। अपनी सहेली के पति को खराब करने का मेरा कोई मंशा नहीं था मगर क्या करूं एक वही था, जो

मुझे सबसे आसान शिकार लगता था।

मैंने उसे अपने जाल में फंसाना शुरू कर दिया। यह काम इतना आसान नहीं था मेरे लिए। वह मुझसे काफी घुलमिल गया था और फिर रीटा को मुझ पर शक भी हो सकता था।

मैंने जानबूझ कर अशोक से तब-तब फोन करना शुरू किया जब कि मुझे पता होता था कि रीटा घर पर नहीं है। अपनी गाड़ी के खराब होने का बहाना बनाकर अब मैं अशोक को बहुत बार बुलाने लगी थी कि वह मुझे किट्टी वाले स्थान पर छोड़ आए। कभी बच्चों के स्कूल में पैरेंट-टीचर मीटिंग में अशोक को ले जाती तो कभी बैंक के किसी काम के लिए। उससे रोमांटिक बातें करने लगी।

औरत चाहे तो फिर आदमी को आगे बढ़ने से कोई नहीं रोक सकता। बीच-बीच में मैंने चैक कर लिया था कि अब शिकार मेरी पूरी गिरफ्त में है।

जल्दी ही अपने मिशन की तरफ बढ़ने में मुझे रास्ता दिखाई दिया। हम किट्टी फ्रेंड्स ने इस बार क्रिसमस मनाने के लिए रीटा के घर में ही इन्तजाम कर रखा था।

मैं जानबूझ कर टैक्सी करके रीटा के घर आई थी ताकि देर रात वापसी में अशोक को कहूं कि वह अपनी कार में मुझे घर छोड़ आए। काफी देर तक हमने तम्बोला खेला, गन्दे जोक्स सुनाए व गाने सुने-सुनाए। केक कटने के बाद हमारी हैरानी की सीमा न रही जब रीटा ने शैम्पेन की बोतल निकाली।

संयोगवश उस दिन उन की शादी की सालगिरह थी। हमें शुरू में शैम्पेन लेने में झिझक हो रही थी मगर जब पहला पेग पीया तो फिर दिमाग में सरूर छाने लगा। जानबूझ कर मैंने कुछ ज्यादा ही गटक ली। मेरे दिमाग में शैतान उत्पात मचा रहा था।

अशोक मुझे अपनी कार में घर छोड़ने जा रहा था। रास्ते में हर

तरफ लोग क्रिसमस बहुत उल्लास से मना रहे थे। होटलों में खूब चहल पहल थी। नशा मेरे दिलोदिमाग पर बुरी तरह छाया हुआ था।

मेरे हौंसले और भी बढ़ गए थे। मैंने अशोक का हाथ थामते हुए रोमांटिक अंदाज में कहा, 'तुम तो यार इतनी तेज कार चला रहे मानो मैं एक बोझ हूं जिसे तुम जल्दी से मेरे घर उतारना चाहते हो।' अशोक ने कार सड़क के एक तरफ रोक दी। हम दोनों आलिंगनबद्ध हो गए।

उस रात ने मेरे मन में फंसे सारे विकार धो दिए। अब तक मैं मानती थी कि एक औरत सिर्फ अपने पति की ही होती है मगर अब मुझे अपनी मूर्खता का अहसास हुआ।

एक आवारा लम्पट पति जो अपनी पत्नी का सही महत्व नहीं पहचानता, उसके मान-सम्मान को ठोकर लगाता है, उस हरामी के लिए सति सवित्री बनना कहां की समझदारी है।

उसके बाद मैंने पीछे मुड़कर नहीं देखा। मैं उससे बदला लेने पर उतारू हो गई थी और उसकी वफादार पत्नी नहीं रही। धोखा देने की यह चालें मैंने उसी से ही सीखी। मैं सोचेने लगी कि मैं उससे पीछे क्यूं रहूं। मेरे पास तो ज्यादा मौके हैं, आजादी है और समय है।

फिर मैंने ही सौरभ को फोन करके सॉरी कहा । झूठ-मूठ कहने में भला क्या जाता है। इस बार जब वह छुट्टी आया तो पहली रात में ही वह मेरा गुलाम बन गया। अब मुझे सारे तरीके पता जो चल गए थे उसे रिझाने के। हर बार मिलन के बदले में वह मुझे कीमती से कीमती उपहार खरीदकर देता। उसकी छुट्टी खत्म हाने के बाद अपने पुरुष दोस्तों से मेरी मौज मस्ती खूब मजे की रहती।

मुझे सिर्फ एक ही अफसोस व अपराध बोध सालता रहता है। सौरभ ने अन्ततः मुझे अपने जैसा ही बना दिया -- पतित, धूर्त और दोगला।

जलती हुई नदी

अपने छोटे-से जीवन में मैंने खुद को बड़े संघर्ष से सहजेकर रखा। हर बार कोई न कोई बलात्कारी मेरे सपनों को चूर-चूर करता गया और मैं इस आस पर हर बार मर-मर कर पुनः जिन्दा होती रही कि शायद इस बार समाज मुझे इज्जत से रहने देगा मगर हर बार मुझे निराशा का मुंह देखना पड़ा।

हर बार मेरे मन में यह आस जगती कि शायद इस बार सरकार का इतना लम्बा-चौड़ा सुरक्षा विभाग होते कोई मेरी निजता की कद्र करेगा और मुझे स्वतंत्र रूप से विकसित होने की मोहलत देगा मगर मैं हर बार ठगी गई और मुझे सिर्फ इस बात का अफसोस है कि समाज ने भी हिकारत की नजर से देखा।

दुख है तो इस बात का भी है कि मुझे हर बार न्याय नहीं मिला। इतनी लम्बी-चौड़ी अदालतों के बावजूद मेरी छोटी-सी गुहार पर कानून ने मेरी कोई मदद नहीं की। मैं कोई बहुत बड़ा सामाजिक मुद्दा खड़ा नहीं कर रही थी। मैं तो चाहती कि कम से कम एक बार ही सही मेरी देह की तरफ बढ़ने वाले हाथों पर लगाम कसी जाए। मेरे साथ काम करनेवाली औरतें बलात्कार की घटना को बेहद मामूली मानकर भूल जाती थी मगर पता नहीं क्यों मुझे तो यह बात बड़ी नागवार लगती रही कि कोई औरत कैसे अपने शरीर का यूं दुरूपयोग होने दे सकती है।

सिलसिलेवार अपनी दुख की गाथा बताते-बताते मैं पक गई हूं।

कितनी ही बार थाने-कचहरियों में दरोगाओं, वकीलों, सामाजिक कार्यकर्ताओं और जजों ने मुझ से प्रश्न दर प्रश्न किए गए। कई बार तो अफसर व वकीलों ने मुझ से ऐसे सवाल किए और बयान लिखवाए जिन्हें सभ्य समाज में कहना या सुनना अश्लीलता की हदें पार करना है।

अदालत में सरकारी वकीलों की ओर से मुझ पर बेतुके आरोप भी लगाए गए कि कहीं बलात्कार में मेरी कोई सहभागिता तो नहीं थी क्योंकि मै एकाकी जीवन जी रही थी। क्या वह लड़की सामान्य रह सकती है कि हर पांच साल बाद किसी अवांछित व्यक्ति ने मौका पाकर जिसकी देह को निचोड़ा-झिंझोड़ा हो। कभी कॉफी में बेहोशी की दवा मिलाकर तो कभी वार्ड में आधी रात के बाद मेरे हाथ-पैर बांधकर। सोच कर देखिए जनाब, इतना अत्याचार तो कोई पशुओं के साथ भी नहीं करता होगा।

सारे मामले में क्रूरता और अपनी हेकड़ी दिखाने की सीमा लांघने की हद तो यह थी कि बलात्कारी नफेलाल ने मुझ बलात्कार पीड़िता के आगे शादी करने की पेशकश कर दी। हर तरफ सनसनी भरा रोष फैल गया था। सम्पूर्ण न्याय प्रक्रिया स्तब्ध रह गई थी, ठिठक गई थी, घबरा-सी गई थी।

ऐसा तो बराबर के रुतबे वाले लोगों में भी नहीं होता। और फिर वार्ड ब्यॉय नफेलाल तो दर्जा चार का कर्मचारी था और मैं नर्सिंग साईंस में एम एस सी पास। जिस किस्म के मानसिक उत्पीड़न के दौर से मैं गुजर रही थी, उस दौरान अगर कोई मुझसे इस बेढंगें प्रस्ताव की चर्चा भी कर देता तो हो सकता था कि नफेलाल के प्रति सारा आक्रोश ऐसी मनहूस सूचना देने वाले पर निकाल देती मैं।

अखबारों में नफेलाल की इस बेतुके ऑफर की बहुत चर्चा हुई। ससंद तक में मेरे निर्मम बलात्कार और नौकरी के दौरान हुए क्रूर

देहिक शोषण के खिलाफ हंगामा हुआ। अदालत से ऐसी अटपटी प्रार्थना करके नफेलाल चाहता था कि वह खुद तो फांसी की सजा से बरी हो जाए मगर मुझ को शादी के बंधन में जकड़कर उम्रकैद की सजा हो जाए।

मेरा सोचना एकदम सही था कि जब अस्पताल में मुझ पर बलात्कारी के हमले के बाद मेरी पहली चीख निकली थी उसी समय उस वार्ड ब्यॉय नफेलाल को फांसी पर लटका दिया जाना चाहिए था। अब अदालत बेवजह की बातें करके बलात्कारी को लम्बी रस्सी दे रही है, ताकि नफेलाल अपना बचाव कर ले।

मैंने सरे-आम ऐलान कर दिया था कि अगर नफेलाल को फांसी न दी गई तो मैं आत्महत्या कर लूंगी। मैं अब तक बची ही इसलिए थी कि ताकि मैं अपनी आंखों से उस वहशी दरिंदे को फांसी पर झूलता देख सकूं।

मुझ बदकिस्मत के साथ बलात्कार का यह केस दूसरी बार हुआ था।

पुरुष समाज स्त्रियों को शारीरिक यंत्रणा व पीड़ा पहुंचाकर अपने पौरूष का प्रर्दशन करता है। अब एक बार फिर मैं उसी दौराहे पर आ खड़ी हुई थी जहां से एक रास्ता तो मौत के गर्त तक जाता था और दूसरा रास्ता काली व गुमनाम गलियों की तरफ मुड़ता था जहां बदनामी और अभिशाप जैसे लांछनों से ताउम्र दो चार होना पड़ेगा मुझे।

पहली बार के बलात्कार के जख्मों की टीसें अपने मानस पटल से कब की खरोंच कर फैंक चुकी थी मैं। मुझे आज तक समझ नहीं आया कि तब मैं क्यूं चुप्पी साध गई थी। हालात ही कुछ ऐसे थे। पड़ोस में बदनामी का डर जो था।

फिर मुझसे बलात्कार करने वाला बड़ा शातिर दिमाग वाला था।

कोई सबूत नहीं छोड़ा था उसने। उसने बड़ी चतुराई के साथ मेरे साथ शारीरिक सम्बन्ध बनाए और बलपूर्वक मेरी बेहोशी के आलम में मेरी देह नापने की घिनौनी हरकत की थी।

यह पहली बार का किस्सा है।

अभी मैंने ठीक से अपने बढ़ते हुए जिस्म को देखा भी नहीं था। दिन-रात पढ़ाई के पीछे मैं हलकान हो गई थी। दसवीं में 95 प्रतिशत नम्बर लेकर स्कूल में प्रथम आई थी मैं। शहर के सभी अखबारों में मेरे फोटो छपे थे। आस-पड़ोस में किसी को मुझपर गर्व था तो कई परिवारों का जलन के मारे बुरा हाल था।

ग्यारहवीं और बारहवीं कक्षाओं में दिन-रात पढ़ते-पढ़ते अब मैं उस मुकाम पर पहुंच गई थी जहां मेडिकल परीक्षा देकर मुझे किसी मेडिकल कालेज में प्रवेश मिलना था। अब मेरी मंजिल बिल्कुल करीब थी।

'पापा, मैं भी आपके साथ चलूंगी। मैं अकेली यहां सात दिन कैसे रह पाऊंगी आप दोनों के बिना।' अठारह बरस की मैं यह कह रोने लगी थी।

मेरी मम्मी ने आगे बढ़कर मुझे अपने आगोश में लेकर पुचकारते हुए कहा था, 'बेटे, तुम्हारे नाना की डैथ हो गई है वर्ना तुम्हारी फाइनल परीक्षा के दिनों में हम तुम्हें इस तरह अकेले छोड़कर नहीं जाते। तुम्हारे बोर्ड के पेपर हैं। तुम्हारा कैरियर उस पर टिका है। पड़ोस की वर्मा आंटी तेरा मुझसे भी अधिक ख्याल रखेगी। कुछ दिनों की ही तो बात है। हम दोनों का जाना बहुत जरूरी है। इतनी दूर मैं अकेली भी नहीं जा सकती।'

मुझे हौंसला देते हुए पापा ने कहा, 'आजकल लड़कियां बहादुर

बनकर रहती हैं। वे आदमी के साथ कंधे से कंधा मिलाकर चलती है। देखती नहीं कैसे हमारे पड़ोस में सैंकड़ों आई टी सैक्टर की लड़कियां पेइंग गेस्ट बनकर साहस और हिम्मत के साथ अनजान घरों में रह रही हैं। उन्हें तो ऐसे गिड़गिड़ाते या कमजोर पड़ते नहीं देखा हमने।'

मेरे मन आया कि मम्मी-पापा को क्या पता है कि लड़की जात के लिए तो असुरक्षा का एक पल भी कितना तकलीफदेह तथा भारी हो सकता है। यह तो फिर पूरा एक सप्ताह किसी के घर काटने की बात थी। पड़ोस के आंटी या अंकल से मुझे इतना भय नहीं था जितना मैं खुद को अन्दर ही अन्दर कमजोर व असुरिक्षत महसूस कर रही थी कि कहीं कुछ हो न जाए। मुझे बाखूबी पता था कि बलात्कार के 98 फीसदी मामलों में दोषी नजदीकी रिश्तेदार, मित्र व पड़ोसी ही होते हैं।

मेरा दिल रेशा-रेशा रो रहा था। इकलौती बेटी थी घर की। कभी एक पल के लिए भी अपनी मम्मी की हिफाजत व उसके सुरक्षित पंजों की जद से बाहर नहीं गई थी मैं। दसवीं कक्षा के दौरान टयूशन पर पापा ही मुझे लेकर जाते व वही घर लाते थे मुझे। अब तक पढ़ी भी तो सिर्फ लड़कियों के स्कूल में। अब भी ग्याहरवीं कक्षा से मुझे सह-शिक्षा वाले कालेज में भेजने की बजाय सरकारी गर्ल्स कालेज में ही भेजा जा रहा था।

मेरे मम्मी पापा को डर था कि लड़कों की सोहबत में कहीं कोई ऊंच-नीच न हो जाए मेरे साथ। मां-बाप की सोच ही ऐसी थी कि आग और फूस को अलग-अलग ही रखा जाए। क्या पता फूस कब आग पकड़ ले। फायर ब्रिगेड के दफ्तरों के बाहर भी यही वाक्य लिखा रहता है -- आग लगने ही न दो ताकि बुझानी न पड़े।

मुझे यूं रोते हुए देखकर मेरी मम्मी ने मुझे डांटकर चुप करवा

दिया था। गुस्से से बोली थी वह, 'पड़ोसियों के घर में रहने से कैसा डर या संकोच। इतनी दूर कैसे ले जाएं साथ तुझे। वहां कोई शादी तो है नहीं कि चाव चढ़ा है जाने का तुझे। मौत हुई है मेरे पापा की। यूं रोएगी तो सारे पर्चे बेकार जाएंगे तेरे। सारा साल खराब जाएगा तेरा। डाक्टरी का एग्जाम है तेरा। कोई हंसी खेल तो है नहीं। कल तुझे घर से न जाने कितनी दूर मेडिकल कालेज के हॉस्टल में जा कर रहना है। तब क्या करेगी? पढ़ाई छोड़कर भाग आएगी क्या?'

मैं मन ही मन सोचने लगी कि ऐसा ही था तो अब तक सात पर्दों में क्यूं छिपा कर रखा था अपनी लाडली बेटी को। मेरी मम्मी कितनी डरती थी और मुझे भी कितना डरी-सहमी बातें बताती थी। फलां घर में ऐसा हुआ तो फलां स्कूल की बस में ही लड़की के साथ बलात्कार हो गया। यहां तक कि अपने घर के दरवाजे की घंटी बजने पर दरवाजा खोलने नहीं देती थी मुझे।

मम्मी को हमेशा ही खटका लगा रहता था कि मैं अगर घर का दरवाजा खोलूंगी तो कोई चोर ही मेरा मुंह दबाकर अन्दर न घुस आए। कभी अकेले पड़ोस की दुकान तक नहीं भेजा मुझे।

तर्क यह देती थी कि वहां हमेशा गली के अवारा और नालायक लड़के खड़े रहते हैं। वे मेरे साथ कोई छेड़खानी कर दें तो? मम्मी पापा को पता नहीं था कि कल मैंने बाहर की दुनिया में अकेले ही कदम रखना है। वे कब तक साया बनकर मेरी रक्षा करते रहेंगे!

पापा भी हर वक्त कहते, 'दिल्ली में रहने से तो अच्छा है कि किसी छोटे शहर में जा कर रहें। दिल्ली में तो विदेशी लड़कियों की इज्जत सुरक्षित नहीं है। अब इसे बलात्कारी नगरी का खिताब मिल चुका है। बचाकर रखो अपने आप को। कभी देर-सबेर अकेले मत निकला करो।'

मुझे अपने अच्छे पड़ोसियों के हवाले करके वे चले गए। मैंने देर

रात तक अपने नोट्स रिवाइज करने थे। अंकल-आंटी व उनके छोटे बच्चे अलग कमरों में सो गए थे। मुझे मिसेज वर्मा ने मुझे एक अलग रूम दे दिया था।

रात एक से ऊपर का समय होगा। अचानक वर्मा अंकल के कमरे का दरवाजा खुला। मेरा दिल जोरों से धड़कने लगा। मेरे कमरे की लाइट जलती देख वह उसी तरफ आ गए। बोले, 'कावेरी, अभी रिविजन पूरा नहीं हुआ क्या?'

मैं सकुचाते हुए बोली, 'नहीं अकंल, अभी काफी काम पड़ा है।'

वह आंख मलते हुए बोले, 'जल्दी सो जाओ वर्ना कल पेपर में नींद आएगी तुम्हे।'

'अंकल, मैं सुबह सो लूंगी दो-तीन घंटे, पेपर कल दोपहर बाद ही तो है।'

'अच्छा तुम्हारे लिए चाय या कॉफी बना देता हूं।' अंकल ने प्यार से कहा।

'नहीं अंकल, आप क्यूं तकलीफ करते हैं।' मैंने झिझकते हुए कहा।

'अरे, मुझे तकलीफ काहे की, इसे अपना ही घर समझो न।'

कहकर वर्मा अंकल बिना कोई खटका किए किचन में चले गए। अंकल मुझे कॉफी का कप देकर गुड नाइट कह कर बाथरूम चले गए।

कॉफी कुछ कड़वी थी। बस इतना याद है मुझे। कॉफी पीने के पांच-सात मिनट बाद मेरी पलकें अपने-आप मुंदती चली गई। मेरी बेहोशी की हालत में वर्मा अंकल ने मुझे अपनी अंधी हवस का शिकार बना डाला।

सुबह ग्यारह बजे वर्मा आंटी ने जगाया मुझे। थोड़ा गुस्से में घुड़कते हुए बोली, 'उठ जा कावेरी, सोती रहेगी क्या? पर्चा है आज

तेरा। लगता है सारी रात सोई नहीं तू। तेरे अंकल कह रहे थे कि सारी रात पढ़ती रही कवेरी। चल उठ, नहा ले।'

ऐसे जख्म धोने से कहां धुलते हैं भला। अपने शरीर की हालत देखकर पहले तो मुझे लगा कि मुझे माहवारी आई है मगर फिर मुझे ध्यान आया कि अभी पन्द्रह दिन पहले मैं निबट चुकी हूं इससे।

फिर अन्दर ही अन्दर छिला हुआ जिस्म और शरीर के अन्य हिस्सों पर नौंच-खरोंच के निशान देखकर मुझे पक्का यकीन हो गया कि वर्मा अंकल ने रात कॉफी में कोई नशीली चीज मिलाकर मुझे बेहोश करके मेरे शरीर को बलपूर्वक नौंचने की कामयाब और घिनौनी हरकत की है।

अब मैं क्या करूं? मेरी मम्मी-पापा भी यहां नहीं हैं। जो सामने है उसका पति आरोपी है तो उससे कोई इन्साफ मिलने की उम्मीद कम ही है मुझे। अगर किसी दूसरे पड़ोसी या रिश्तेदार से कहती हूं तो कहीं मिसेज वर्मा मेरे ब्याय फ्रेंड संकेत पर ही इल्जाम न लगा बैठे। वह मेरे बारे में सब कुछ जानती है।

उसे सब पता है कि मैं मोबाइल पर किससे बात करती हूं और कौन मुझसे मिलने आता है, मिसेज वर्मा को एक एक बात की पूरी खबर है। आज के जमाने में यह राज पड़ोसी ज्यादा जानते हैं। कहीं मेरा मित्र संकेत ही किसी गलत चक्कर में न फंस जाए इसीलिए मैं सहम गई। मुझे पता है कि वर्मा आंटी बहुत ही चुस्त चालाक औरत है। नाक पर मक्खी नहीं बैठने देती। पूरा मुहल्ला जमा कर लेगी और पुलिस भी बुला लेगी।

नहा-धो कर सारे सबूत तो मैं पहले ही मिटा चुकी थी। अब किस बात पर हो-हल्ला कर सकती थी मैं। उधर पेपर का वक्त हो रहा था। मम्मी-पापा को पता चलेगा तो उनकी तो नाक ही कट जाएगी। एक साल खराब होगा सो अलग।

मानसिक उत्पीड़न, शारीरिक शोषण, डर और परेशानी के मारे पहला पेपर तो बिल्कुल खराब गया मेरा। उसके बाद तो दुख और गहरे अवसाद ने घेर लिया मुझे। संकेत ने पूछा भी मगर शर्म और सामाजिक भर्त्सना के डर के मारे मैं उससे सारी बात गोल-मोल कर गई। संकेत ने समझा कि मम्मी-पापा न होने के कारण मैं इतनी दुखी हूं।

डाक्टरी में तो दाखिला नहीं मिल सका मुझे। घरवालों ने सलाह दी कि साल खराब करने की बजाय मैं शहर के बढ़िया संस्थान से नर्सिंग में डिग्री लेने के लिए दाखिला ले लूं। आजकल विदेशों में नर्सों की बहुत मांग है। फिर इस फील्ड में आगे पढ़ कर मैं टीचिंग लाईन में भी जा सकती थी। एक बलात्कारी की अन्धी हवस के कारण मेरे जीवन का सपना ही बिखर गया था।

तब बच्ची ही तो थी मैं। फिर मेरे साथ जो हुआ वह बेहोशी के आलम में हुआ। एक भयावह हादसा था, जो चुपचाप गुजर गया था। मम्मी-पापा की बदनामी के भय और संकेत से बिछुड़ने के डर के मारे चुप रह गई थी मैं। सारा जहर व गुस्सा चुपचाप पी गई थी मैं।

नर्स बनने के बाद मेरी पहली नियुक्ति एक सरकारी अस्पताल में हुई थी। एक बार फिर सिर उठाकर अपने पैरों पर चलने की कुव्वत आ गई थी मुझ में। मेरे सामने सारा आकाश खुला था। अपने जीवन के ऊंचे से ऊंचे लक्ष्य को पाने के लिए दिन रात जुटी रहती थी मैं। हर वक्त किताबों में सिर दिए रहती।

संकेत से मेरी सगाई लगभग तय होने वाली थी। हम दोनों के मां-बाप को कोई आपत्ति नहीं थी। संकेत ने डाक्टरी की पढ़ाई पूरी की थी। वह एम डी करने की सोच रहा था। हर वक्त वह मेरे सम्पर्क में रहता था। बचपन के प्यार में एक अलग ही सरूर होता है।

अब इतने सालों से घर से बाहर रहकर मैं भावनात्मक रूप से

मजबूत जमीन पर खड़ी थी। मेरा मानना था कि औरत अगर अपने चरित्र की पाक साफ हो तो बड़े से बड़े बलशाली व्यक्ति में भी इतनी ताकत नहीं होती कि उसकी मर्जी या इजाजत के बिना उसका शील भंग करने की हिमाकत कर सके।

बरसों पुराने अपने साथ हुए उस भयावह बलात्कार की कटु व दुखद स्मृतियां कब से अपने मानस पटल से खरोंचकर फैंक चुकी थी मैं। बहुत दिनों तक कुढ़ लिया था मैंने।

नर्सिंग के पेशे के बारे में मैंने अपने साथी-सहेलियों से बहुत ऊट-पटांग और हैरतअंगेज किस्से सुने थे कि रात की ड्यूटी में डाक्टर लोग तो क्या, कई जवान दबंग मरीज तक भी मौका पाकर नर्सों को दबोच लेते हैं और उन्हें अपनी हवस का शिकार बना लेते हैं। उनकी सलाह थी कि अगर मैं चाहती हूं कि मेरा दामन पाक रहे तो ऐसे माहौल में मुझे काफी सतर्क रहना होगा।

मैं अक्सर सोचती कि क्या औरत आदमी के लिए उपभोग की एक मनोरंजक वस्तु मात्र ही है। औरत के मन पर ऐसे दुराचारी व्यक्ति के घृणित, विकृत व नापाक इरादों का क्या असर पड़ता होगा, यह सोचना इस वहशी दरिंदे का काम नहीं।

औरत घर से निकलती है तो हर तरफ इन्सानी भूखे भेड़ियों की ललचाई नजरें उसके जिस्म को लोलुप नजरों से घूरने लगती हैं मानो वे उसे कच्चा ही चबा जाएंगे। वह गली में निकलती है तो सैंकड़ों खूंखार भूखी नजरें उसका पीछा करती हैं। वह खिड़की में खड़ी होकर बाल संवारती है तो कई मनचले पांव ठिठक जाते हैं। वह छत पर जाती है तो कई लोग घूरने लगते हैं उसे। बस में हर कोई उससे सटकर खड़ा होना चाहता है।

आदमी के साथ वाली सीट पर औरत बैठी हो तो वह अपना हाथ उसके शरीर की तरफ सरकाता है। बैंक, पैट्रोल पंप, जूते की

दुकान कहां-कहां नहीं घूरती उसे हवस से अंधी आंखें। इन दिनों तो कहीं भी महफूज नहीं है वह। अब तो कोख में भी सुरक्षित नहीं है लड़की।

यह मेरे साथ दूसरी बार हुआ था।

एक बार फिर मैं दुर्भाग्य की चपेट में आ गई। उस दिन मैं अपने वार्ड के सिस्टर रूम में अकेली ही थी। सर्दियों की जानलेवा काली अंधेरी सर्द रात थी वह।

वार्ड के डाक्टर लोग मुझे बोलकर अपने घर चले गए थे कि आज रात सिविल सर्जन साहब के बेटे की शादी की रिस्पेशन पार्टी में उनका शामिल होना जरूरी था। सरकारी खैराती अस्पताल में मरीजों की कौन परवाह करता है। एक दूसरे से हर रोज कोई न कोई बहाना टिकाकर खिसक लेते हैं ये लोग। कई तो अस्पताल से बंक मारकर अपनी प्रेक्टिस करते हैं।

जनाना वार्ड में एक दो बूढ़ी मरीज ही थी बस। मैं अकेली सिस्टर रूम में बैठी ऊंघ रही थी। आज दिन की ड्यूटी भी की थी मैंने। थक गई थी मैं। आंखें स्वतः ही बन्द हो रही थी मेरी।

बाहर का दरवाजा बन्द था मगर पता नहीं कौन-से चोर दरवा. जे से वह हरामी वार्ड ब्यॉय नफे लाल दाखिल हुआ था मेरे वार्ड में। नशे में धुत मगर अपने इरादे का पक्का। उसके बारे में मैंने बहुत कुछ सुन रखा था। मेरी सहेलियों ने कई बार मुझसे कहा था, 'कावेरी, इसके मुंह न लगना, बहुत गिरा हुआ पापी इन्सान है यह।' मगर आज तो यह वहशी शैतान मेरे साक्षात रूबरू खड़ा था।

एकदम थूकने लायक था नफेलाल, गन्दे सड़े हुए अंडे की तरह, बदबू से भरा हुआ। शोर क्यूं नहीं मचाया मैंने? मुझे उम्मीद थी कि मैं अपनी ताकत और मनोबल के बलबूते इस बार बलात्कार की इस

कोशिश को एक दुखद हादसा बनाने से रोक लूंगी।

इस बार बेहोश तो नहीं थी मैं कि धोखा खा जाती। फिर मुझे पता था कि एक शराबी में दम ही कितना होता है। उसके पेट में एक ही लात काफी होती है उसे मार गिराने के लिए।

मुझे पता नहीं था कि नफेलाल एक प्रशिक्षित बलात्कारी था। पहले उसने मुझे बातों में लगाया। फिर उसने एक दो गन्दे रिमार्क दिए तो मुझे झुंझलाहट हुई। एक दर्जे चार का कर्मचारी मुझसे ऐसे बात करे मैं कहां सहन करती। मैंने उसे डांट दिया।

वह सॉरी कहने लगा मगर अगले ही पल उसकी आंखों में अजीब-सा जोश आ गया। उसने नशे में भरते हुए मेरी तरफ बढ़ने की हिमाकत की। मुझे तब भी नहीं लगा कि उसका इरादा खराब है। मैंने उसे रोकना चाहा मगर तब तक वह मुझे दबोचकर नीचे गिरा चुका था।

उसने फुर्ती व योजनाबद्ध तरीके से मेरे हाथ-पैर बांधकर मुझे चुप कराने के लिए मेरे मुंह में कपड़ा ठूंस दिया था।

रात दो से ऊपर का समय था और उस सुनसान काली अंधेरी निर्दयी रात में दूर दूर तक मेरी उससे छीना-झपटी सुनने वाला कोई न था। फिर भी मैंने हिम्मत नहीं हारी थी।

बेतहाशा उसे बार-बार दांतों से काट खाया था मैंने। इसी कोशिश में मेरी एक आंख से कोई नुकीली चीज टकराई थी। नफेलाल ने मेरी आक्रामकता को रोकने के लिए पास पड़ी कैंची मेरे मुंह पर दे मारी थी।

बलात्कार करने के बाद मेरे हाथ-पैर ढीले करके वह वहशी दरिंदा चुपचाप वहां से भाग गया था। कितने ही भारी पलों तक मैं खुद को रिस्ता हुआ और खत्म होता हुआ महसूस करती रही। मानो एक गहरी काली सुनसान नदी में डूबती जा रही हूं। मैंने सोचा कि चुपचाप

उठकर ढेरों नींद की गोलियां निगलकर दुनिया से कूच कर जाऊं। अब मेरा जिस्म बिल्कुल ही दूषित हो गया था। अब मैं संकेत के लायक कहां रह गई थी।

मेरी एक आंख के सामने अंधेरा छा गया था। वहां से खून बह रहा था। सारा शरीर तो क्या मेरी आत्मा बुरी तरह जख्मी और बोझिल हो गई थी। उस जानवर ने मेरी घायल अवस्था की जरा भी परवाह नहीं की। अब जिंदा रहकर किस खुशी का मुंह देखना बाकी था मेरे लिए। संकेत को क्या मुंह दिखाऊंगी अब मैं।

अब तो पुरुषों के प्रति मेरी सोच व रवैया ही बदल गया था। सारे दुख, संताप व कुंठाएं तब तक ही हैं जब तक इस निर्लज्ज शरीर में यह नासपिटा दिल धड़कता है। बच गई तो कलंक का वह टीका लगेगा कि उम्रभर रोने धोने में ही बीत जाएगी मेरी।

बाद में मेरी एक सहेली ने मुझे बताया था, 'नफेलाल तो जवान मरीज स्त्रियों को भी नहीं छोड़ता। पूरा गुंडा है यह। कावेरी, बहुत पाप किए हैं इसने। कितनी ही नर्सों के जीवन में जहर घोला है इसने। वे बेचारी सब इसके दबदबे और बुरे चरित्र से सहम गई। वे अपने पारिवारिक जीवन में एक्सपोज होने के डर के मारी चुप बैठी रही और इस नरपिशाच को अपनी इज्जत की बलि देकर बुत बन गई और बलात्कार के हादसे को एक बुरा स्वप्न समझकर भूल गई। उन्हें डर था कि इससे सारी उम्र का पंगा कौन ले।'

दूसरी सहेली ने कहा, 'कावेरी, इस जानवर का क्या बिगड़ेगा। तेरी गवाही कौन देगा। हाथ-पैर जोड़कर या घूस देकर, हो सकता है कि यह बच जाए। या फिर इसे तो दो-तीन साल की ही सजा होनी है। फिर उसकी दहशत के नीचे रहना मुश्किल हो जाएगा तुम्हारा। शादी भी तो करनी है तुम्हें। जैसे सभी ऐसे हादसे और दर्द की पीड़ा के कड़वे घूंट को चुपचाप पी गई, तुम भी यही करो कावेरी। बदले

की भावना में जलोगी तो कुछ भी हाथ नहीं आने वाला।'

मैं दुखी मन से बोली, 'क्या मेरे शरीर की पवित्रता तथा निजता का कोई अर्थ नहीं है। कोई भी मौका पाकर जब चाहे इसे दूषित कर सकता है क्या? और मैं ही क्यों डर और बदनामी की मारी हर बार चुप हो जाऊं या समझौता कर लूं। मैं ही क्यूं अपने न ठीक होने वाले जख्मों की मरहम-पट्टी करवा लूं और बेबस जानवरों की तरह सब कुछ भूल जाऊं। कब तक और कितनी बार। इस नपुंसक समाज में व्याभिचारियों की हवस का खमियाजा हर बार मैं ही क्यूं भरूं?'

मैंने जिन्दा रहना सिर्फ इस शर्त पर कुबूल किया था कि मैं मर जाऊंगी तो नफेलाल जैसे राक्षसों का विरोध कौन करेगा।

मुझ एक आंख से अंधी को सामने देखकर कानून की निमर्म अंधी व बहरी दीवारें बुरी तरह हिल गई। मीडिया में इस बात को लेकर बहुत हो-हल्ला हुआ।

नफेलाल को कुछ ही बरसों की कैद की सजा हुई। सबूतों के अभाव में अदालत ने उसे फांसी तो क्या उम्रकैद तक की सजा देने में असमर्थता दिखाई थी। नफेलाल का अपराध माफ करने लायक था ही नहीं। यह उसका पहला केस नहीं था। वह तो एक पेशेवर बलात्कारी था। उसने न केवल मुझ अबला की इज्जत लूटी थी बल्कि मेरी एक आंख भी खराब कर दी थी जिसे बाद में कितने पैसे खर्च करके मैं ठीक करवा पाई थी।

फिर कानून ने एक और भद्दा मजाक किया था मेरे साथ। कानून ने तजवीज दी थी कि नफेलाल मुझसे से शादी करने की इच्छा रखता है और मुझ से उम्मीद की गई थी कि मैं नफेलाल की तजवीज पर गौर करूं। नफेलाल को मैं फांसी पर झूलता हुआ देखना चाहती थी मगर नफेलाल चाहता था कि वह खुद तो फांसी की सजा से बच जाए मगर मुझे इस बेमेल व बेतुके निकाह द्वारा उम्रकैद की सजा हो

जाए। पवित्र बनना चाहता था वह पापी नफेलाल। उस पेशेवर बलात्कारी ने मंगल भावनाओं के साथ मुझ पीड़िता के समक्ष शादी की पेशकश कर दी, तो न्याय प्रक्रिया पल भर को चौंक गई, हैरान हो गई, खामोश हो गई!

कानून में ऐसे कई दृष्टांत हैं कि कई बार पीड़िता को अपनी पत्नी के रूप में अपनाने की सजा बलात्कारियों को दी गई । महिलाओं को सामाजिक रूप से शोषित रखने की ही एक कोशिश है यह पुरुष-प्रधान समाज की।

असल में देखा जाए इसके पीछे कोई मानवतावादी भावना नहीं बल्कि कठोर सजा से बचने की चतुराई छिपी हुई होती है। बलात्कारी को पति का दर्जा देना पीड़ित महिला पर एहसान करने जैसा कदम ही तो है कि बेचारी अब किस से शादी कर पाएगी यह। इस पर तरस खाओ और इसके घायल शरीर और दुखी आत्मा को सदा के लिए इसकी इज्जत लूटने वाले के हवाले कर दो।

बहुत सोचा मैंने। मीडिया में विचार मंथन हुआ और अदालत ने नफेलाल का चतुराई भरा ऑफर ठुकरा दिया। वैसे भी मैं गुस्से और प्रतिशोध की ज्वाला में बुरी तरह झुलस रही थी। मैं नफेलाल से शादी का प्रस्ताव क्या मानती। फिर कहां मैं और कहां वह वार्ड ब्यॉय नफेलाल। मगर समाज ऐसे बेमेल विवाहों के प्रति ज्यादा संवेदनशील नहीं हुआ करता।

औरत का क्या है? वह तो दूसरे दर्जे का जीव है। आदमी का मान रखना ज्यादा जरूरी है। झगड़े वाली बात को किसी भी सहनशील समझौते तक पहुंचाने की कोशिश की जाती है। घरवाले भी कहते हैं कि अब बलात्कार में बदनाम हो चुकी व अपना कौमार्य खो चुकी लड़की को कोई अफसर या क्लर्क तो अपनाने से रहा। बस औरत को शोषित करके और निरीह बनाकर उसे नियति के हवाले कर दिया

जाता है। अपनी बदली करवा कर मैं बहुत दूर चली गई। मुआवजे का कोई पैसा नहीं लिया मैंने। न नफेलाल से और न ही सरकार से। सरकार भी तो मेरे साथ हुए हादसे में उतनी ही जिम्मेवार है। वह औरतों की नाइट ड्यूटी लगाती तो है मगर उनकी इज्जत की रक्षा का कोई समुचित व कारगर उपाय नहीं करती।

फिर तीसरी बार मेरे साथ वही हुआ।

तीसरी और अन्तिम बार मुझ से बलात्कार करने वाला मेरा अपना बॉस यानी सीनियर डॉक्टर था। रात को ड्यूटी पर जबरन मेरा हाथ पकड़ते हुए वह बोला, 'कम ऑन कावेरी, पहाड़-सी जिन्दगी अकेले कैसे काटोगी? एन्जाय करो जब मेरे जैसा कोई हसीन पार्टनर मिले। मेरा साथ पाने के लिए नर्सें तो क्या कई लेडी डाक्टर तक महीनों डोरे डालती रहती हैं। तुम इतनी स्मार्ट और सैक्सी हो कर भी खुद को इस तरह खत्म कर रही हो। छोड़ो ये सब।'

मैंने हाथ छुड़ाते हुए कहा था, 'मैं एक जलती हुई काली और दूषित नदी हूं। सर, मेरी आग में कूदने की कोशिश मत करिए। मैं अकेली ही उसमें जलने के लिए अभिशप्त हूं। कहीं आप भी उसमें भस्म न हो जाओ।'

मेरी इस चेतावनी का उस डॉक्टर पर कोई असर नहीं हुआ। शायद उसका यही रूटीन था कि रात की ड्यूटी में वह नर्स को रोमांटिक बातों में लगाकर या डरा-धमकाकर उसका शारीरिक शोषण करता था।

मेरा वह अन्तिम बार का विरोध था।

मैंने खुद को बहुत बचाया, मैं बहुत चीखी-चिल्लाई मगर हर बार एक अकेली औरत एक पेशेवर बलात्कारी के सामने हार जाती है। अपने सीनियर के विरूद्ध मैं किस के सामने फरियाद करती भला।

पुलिस व अदालत की शर्मनाक कार्यवाही से मैं बहुत पहले से ही अच्छी तरह वाकिफ थी। उन पत्थर दिल लोगों के लिए बलात्कार और साधारण चोरी की घटना में कोई ज्यादा फर्क नहीं होता।

इस बार मेरा पलटवार कुछ अनोखा तेवर लिए हुआ था।

डॉक्टर ने भी नफेलाल वाला तरीका अपनाया था। हाथ-पैर जकड़ दिए थे मेरे। उसे क्या पता था कि मुझ बेचारी के हाथ-पैर तो सरकारी नौकरी के कारण बहुत पहले से ही बंधे हुए थे। मैं अपने सीनियर पर कोई वार करती तो वह उसे सलाखों के पार पहुंचवा देता। बहुत रसूख वाला डॉक्टर था वह। ऊपर नेताओं तक पहुंच थी उसकी।

बलात्कार की अन्धी आग में मुझे इस बार फिर झौंक दिया गया था। सारी रात मैं सोचती रही कि ऐसा सुन्दर शरीर भी किस काम का जो हर बार मुझे लज्जा और अपमान का मुंह दिखाए। न जाने ऐसी कितनी औरतें होंगी जो उसकी तरह बार-बार बलात् शोपण की इस दोजख में धकेली जाती होंगी।

मैंने जीवन में पहला कड़ा व अनोखा फैसला ले लिया।

अब मैं हर रात बलात्कारी डॉक्टर के कमरे में अकेली पहुंच जाती थी और बड़े चाव व लगाव के साथ उसके साथ हम-बिस्तर होने लगी थी। मेरा ऐसा व्यवहार देखकर डॉक्टर स्वयं पर मुग्ध था कि उसके प्रेम में पड़ गई है कावेरी ।

बेचारा कितना गलत सोच बैठा था।

दो महीने तक ऐसा ही रूटीन चलता रहा।

फिर एक धुंध भरी सुबह को पूरे अस्पताल में हड़कम्प मच गया।

मैंने आत्महत्या कर ली थी। सभी को डॉक्टर मनचन्दा पर शक था, क्योंकि मेरे और उस डॉक्टर के रोजाना के कारनामों से सारा स्टाफ वाकिफ था। पुलिस को मेरे रूम से एक सुसाइड नोट मिला

था। उसमें लिखा था --

'मैं, कावेरी, अपनी मर्जी से अपनी जान ले रही हूं। उसके लिए डॉक्टर मनचन्दा को कुछ न कहा जाए। उससे मैं प्रतिशोध ले चुकी हूं। दो महीने पहले मेरा बलात्कार करने की कोशिश के दौरान मैंने उन्हें साफ बता दिया था कि मेरी आग में मत कूदो मगर वह नहीं माने। उन्होंने जबरन मेरे शरीर की निजता को भंग किया। फिर उनसे बदला लेने के लिए मैंने अपनी एक सहेली की मदद से एड्स अस्पताल जाकर अपने शरीर में एच आई वी के वायरस इंजैक्ट करवा लिए। और डॉक्टर मनचन्दा के साथ रोजाना सहवास करती रही।

महीने बाद जब मैंने बहाने से उनके खून का सैम्पल लेकर उसका टेस्ट करवाया और उन्हें एच आई वी पॉजिटिव पाया तब मैंने जान लिया कि मेरा प्रतिशोध पूरा हो चुका है। अब किसी चौथे बलात्कार के लिए मेरे पास कुछ नहीं बचा है। अब मेरे जीने का कोई अर्थ नहीं रह गया है। मैं तो बहुत पहले मर चुकी थी। डॉक्टर मनचन्दा पर कोई केस न दर्ज किया जाए, क्योंकि उन्हें अपने किए की सजा मिल चुकी है।'

एकान्त कथा

जरा-सी ऊंघ आती तभी लक्ष्मी के दिमाग में उठ रहे विचारों के झंझावत उसे चैन से सोने न देते। कैसी-कैसी दोगली बातें करती है उसकी छोटी देवरानी जिसे पचास साल पहले उसने अपने हाथों में खिलाया था। वही आज लक्ष्मी की बेगैरत बहू शीला की तरफदारी कर रही है। लक्ष्मी ने करवट बदली। सारे विचार मन से झटककर सोने की कोशिश करने लगी। रात दो से ऊपर का टाइम हो गया होगा। कल शाम की घटनाओं ने उसे बहुत ही डांवाडोल कर दिया था। वह फैसला नहीं कर पा रही थी। उसने अपने पोते बबलू को कह तो दिया था कि वह कल सुबह आएगी मगर साथ ही लक्ष्मी ने शर्त भी रखी थी कि उसकी बहू शीला स्वयं आकर चार मौजिज लोगों के सामने लक्ष्मी से माफी मांगे।

शीला को इतनी आसानी से माफ करने के बाद अब लक्ष्मी को लग रहा था कि वह एक बार फिर गलती कर रही है। यहां पशुओं के बाड़े में उसकी कच्ची खपरैल की झोंपड़ी लक्ष्मी के पक्के मकान से कई गुणा सुखकर है। लक्ष्मी को डर था कि एक बार फिर वह बहू के घर जाएगी तो फिर उन्हीं सवालों का सामना करना पड़ेगा उसे। कल शाम वही हुआ जिसका लक्ष्मी को खटका था। हालांकि उसके पोते को छुट्टी आए हुए दस दिन हो गए थे मगर वह लक्ष्मी से मिलने तक नहीं आया था। इस मोहल्ले की तरफ फटका भी नहीं। उसकी सगाई की बातें उसने अपने जेठ की बहू सन्ती से सुनी थी कि शहर

से एक अमीर घर से लड़की वाले उसके पोते को देखने आ रहे हैं। सन्ती का यह तर्क भी लक्ष्मी को पसन्द आया था कि पोते की सगाई पर लक्ष्मी को पिंघल जाना चाहिए क्योंकि मूल से सूद ज्यादा प्यारा हाता है। सन्ती ने यही सुझाव दिया था कि लक्ष्मी को अपनी बहू के पास लौट जाना चाहिए।

पांच बरस पहले भी लक्ष्मी के सामने यही दुविधा थी जब उसकी पोती की शादी थी। बिरादरी के दबाव के कारण उसे हन्दे की व्यवस्था से उठना पड़ा था। हन्दा वह प्रथा थी जिसमें वृद्ध और बेसहारा लोगों को तीन वक्त के खाने की व्यवस्था खाते-पीते व कुलीन घरों में कर दी जाती है। लक्ष्मी को आसपास के लोगों की बात माननी पड़ी मगर पोती की शादी के दस दिन बाद ही लक्ष्मी की बहू शीला ने उसका जीना हराम कर दिया था -- उसका मतलब जो पूरा हो गया था। इसीलिए लक्ष्मी को उस औरत पर जरा भी भरोसा नहीं था। वह चाहे सोने की क्यूं न हो जाए लक्ष्मी उसे कभी माफ नहीं करेगी।

पोती की शादी के दिनों में भी लक्ष्मी पर इसी तरह का दबाव पड़ा था। तब तो शीला का बदमाश भाई लक्ष्मी को दो दिन पहले धमकी दे गया था -- 'बुढ़िया, जान की खैर चाहती है तो चुपचाप शीला के घर चली आ। वर्ना तेरा हन्दा तो बन्द होगा ही साथ ही किसी रात तेरा टेंटुवा भी दबा दूंगा।' और अगले दिन शीला भी लक्ष्मी की जेठानी और पड़ोसन पार्वती को लेकर लक्ष्मी के बाड़े में पहुंच गई थी। तब पोती की जिन्दगी का सवाल था। व्यर्थ में उसके ससुराल वाले उसे ताने देते कि तुम्हारी दादी लोगों की जूठन पर पल रही है। हन्दे से उठने का मन तो लक्ष्मी पहले ही बनाए बैठी थी मगर वह शीला को थोड़ा झुकाना चाहती थी।

पोती की शादी हुई, सब कुछ ठीक-ठाक चलता रहा। तीन-चार दिन तक जब सारे सगुन-मुहूर्त हो चुके तो शीला और लक्ष्मी में फिर

से तनातनी हो गई। जरा-सी बात लक्ष्मी कह बैठी, 'आज पार्वती के घर के पास लेखू मिला था। मैंने तो उसे बोल दिया कि शीला की आदत बदलने वाली नहीं इसलिए बिरादरी से कह कर मेरे हन्दे का दुबारा बन्दोबस्त करवा दो।' सुनकर शीला का खून खौल उठा। फिर तो हर दूसरे पहर लक्ष्मी और शीला में झड़प हो जाती। लक्ष्मी के पुराने जख्म हरे हो जाते। पूरा घटनाचक्र उसकी आंखों के सामने बार-बार घूम जाता।

लू भरे दिन थे वे। लक्ष्मी का बेटा किशन फौज से दो महीने की छुट्टी आया हुआ था तथा हरदम बैठक में घुसा रहता था। नई-नई शादी हुई थी उसकी। तब घर में सारी कमांड लक्ष्मी के हाथ में ही थी। बस चौके के अन्दर शीला का अधिकार चलता था। शीला खूब जवान थी उन दिनों। लक्ष्मी के बेटे किशन की दूसरी शादी थी यह। पहला बच्चा जनते समय मर गई थी। बिल्कुल हीरा थी वह। मुंह में मानो जुबान ही नहीं थी। लक्ष्मी की डांट व ताने-गिले सुन लेती मगर कभी प्रतिवाद न करती।

शीला तो आग का गोला थी। एक की दस सुनाती। शुरू में लक्ष्मी को लगा कि वह शीला को काबू कर लेगी। शीला कच्ची उम्र की थी। इसी गांव की थी वह। मां-बाप तो गरीब और शरीफ थे मगर उसके भाई जोरावर और पंगेबाज थे। एक तो अभी-अभी दो साल की कैद काटकर आया था। जमींदार से उलझ बैठा और उसपर वार कर बैठा।

शीला के बारे में लक्ष्मी शुरू से ही जानती थी। शीला कुंवारी थी तब भी उसे लेकर गांव में कुहराम मचा था। पुलिस की नौबत आई थी। शीला का चाल-चलन ठीक न था। दो तीन लड़कों से उसकी दोस्ती थी। धीरे-धीरे खबर फैली कि शीला पेट से है। पूरा गांव सकते में आ गया था। मरने-मारने की नौबत आ गई थी। तीनों बदमाश

लड़के भाग गए थे। उनके मां-बाप पंचायत-बिरादरी के सामने अपने लड़कों की कसमें खाने को तैयार थे। उधर शीला जुबान नहीं खोल रही थी कि पाप किसका है। आखिर मुआवजे पर बात तय हो गई और शीला का पेट साफ करवा दिया गया। तब से वह बांझ है मगर उसने ऐसे आवारा लड़कों से मिलना-जुलना बन्द नहीं किया था।

पता नहीं लक्ष्मी की मत क्यूं मारी गई थी जब उसने शीला जैसी बदचलन का रिश्ता स्वीकार किया था। लक्ष्मी के बेटे किशन को भी मालूम था। उसने विरोध भी किया मगर लक्ष्मी ने सोचा कि शादी के बाद सब कुछ ठीक-ठाक हो जाएगा। किशन अधेड़ हो चला था और शीला थी भी सुन्दर और सुघड़। घर के काम-काज में माहिर थी। लक्ष्मी ने सोचा था कि वह उसे अपने सांचे में ढाल ही लेगी। फिर किशन की पहली दो औलादें भी आराम से पल जाएंगी और किशन भी इधर-उधर नहीं भटकेगा मगर लक्ष्मी को क्या पता था कि शीला घर में तूफान ले आएगी। किशन की जवान लड़की थी। लड़का भी दस पास कर चुका था। शीला ने शुरू का एक साल तो बढ़िया काटा। किशन उसे अपने साथ सिकन्दराबाद ले गया। वहां की दुनिया देखकर शीला की आंखें कुछ ज्यादा ही खुल गई। गांव आकर जब किशन ने अपनी मां लक्ष्मी को बताया कि शीला में खोट है तो शीला को गांव में ही रखने का फैसला किया गया। यहां कम से कम वह लक्ष्मी की निगरानी में तो रहेगी।

शीला बिंदास थी। अपने भाईयों के दम पर दुःसाहसी होती जा रही थी। किशन ठहरा बूढ़ा तोता। वह तो साल में दो महीने की छुट्टी आता। उससे कब संतुष्ट हो सकती थी शीला। गांव में शीला के कई दीवाने थे। उसकी बुआ का लड़का तो हर वक्त उसकी बैठक में विराजमान रहता था। लक्ष्मी ने उसे कई बार भगाया भी मगर बात-बात में झगड़े की नौबत आ गई। शीला का मायका परिवार गांव

मे ही होने के कारण उसके हिमायती फट पहुंच जाते और उसके समर्थन में खड़े हो जाते।

किशन छुट्टी आया हुआ था तो सारी बात बिगड़ गई। एक दिन किशन पड़ोस के गांव में अपनी बहन से मिलने गया हुआ था। रात काफी देर हो गई जब वह वापिस आया। घर के लोग खा-पी कर सो चुके थे। वह अपनी बैठक के पास पहुंचा तो उसे कुछ खुसर-पुसर सुनाई दी। उसने कुण्डा खड़काया। दरवाजा खुलते ही जैसे ही किशन अन्दर घुसा, उसे गली वाली खिड़की से किसी के कूदने की आवाज सुनाई दी। वह उसके पीछे भागा। शीला ने चालाकी की और 'चोर-चोर' चिल्लाने लगी। किशन के मन में शक पहले से ही था। वह तेजी के उस आदमी के पीछे लपका। फौजी आदमी था। तीन चार मिनट में उसने उस आदमी को जकड़ लिया। वह शीला की बुआ का लड़का ही निकला।

अगले दिन पंचायत हुई। लक्ष्मी और किशन एक तरफ थे। वे शीला को छोड़ने के हक में थे। इधर शीला के परिवार का दबदबा था। वे चाहते थे कि ऐसे लड़के को गांव से बाहर निकाल दिया जाए और शीला को माफी देकर ससुराल में रख लिया जाए। मगर लक्ष्मी न मानी। काफी गरमा-गरमी हुई। किशन भी अड़ गया।

किशन की अभी एक महीने की छुट्टी बची हुई थी जब यह अनहोनी हुई थी। लक्ष्मी को तो अब तक शक है कि शीला के भाईयों की ही करतूत थी। सुबह जब लक्ष्मी किशन को चाय देने आई तो उसकी चीख निकल गई। किशन की लाश पंखे के साथ टंगी हुई थी। सारे गांव में अफरा-तफरी मच गई। लक्ष्मी तो बिल्कुल ही टूट गई थी। पुलिस आई तो आधे से ज्यादा गांव शीला के साथ था। यही रपट लिखी गई कि किशन ने आत्महत्या की है। अपनी बीवी से अलग होने के गम ने उसे भावुक और दुखी बना दिया था तथा उसकी मां

शीला को घर में बसाना नहीं चाहती थीं, अतः तंग आकर किशन ने फांसी लगा ली।

लक्ष्मी अकेली क्या-क्या करती? उधर पुलिस की जेबें भरी जा चुकी थी। लक्ष्मी का अपना टब्बर परिवार तटस्थ हो चुका था। लक्ष्मी के पोते बबलू को किशन की जगह फौज में भर्ती करवा दिया गया और शीला को विधवा पेंशन लग गई और लाखों रूपये भी मिले। शीला की तो जैसे लाटरी ही निकल आई। लक्ष्मी रह गई थी गोबर उठाने और रोने-धोने के लिए। शीला ने एक बार फिर घर की सारी कमान संभाल ली थी।

साल के अन्दर ही शीला ने ऐसे हालात पैदा कर दिए कि लक्ष्मी को लगा कि अलग कुटिया बनाकर रहने में ही समझदारी है। लक्ष्मी के पोता व पोती भी शीला के बहकावे में ही थे, क्योंकि शीला जुबान की मीठी थी और उसने शुरू से ही बच्चों को काफी आजादी दे रखी थी। लक्ष्मी तो उन पर प्रतिबन्ध लगाती थी। पैसा हाथ में आ जाने से शीला सबकी चहेती बन गई थी और अब उसके दीवाने बेरोकटोक घर में विराजमान रहते थे।

दिन रात चिन्ता और लड़ाई-झगड़े में उलझे रहने के कारण लक्ष्मी ढंग से कुछ खाती पीती न थी। ढोर-पशुओं के साथ खपते-खपते एक साल में ही वह आधी रह गई। उसे कई बीमारियों ने आ घेरा। दमा अब उसे चैन की सांस नहीं लेने देता था। शीला तो चाहती यही थी कि यह बेकार बुढ़िया जितनी जल्दी हो सके उसका पिण्ड छोड़े। ऐसे ही झगड़े-क्लेश की मारी लक्ष्मी ने अपने सामान की पोटली बांध कर पुरखों के उस घर को छोड़ दिया जहां उसने जिंदगी के चालीस साल बिताए थे और जहां उसकी डोली आई थी। अपने सामान की पोटली उठाकर उस गरीब ने अपनी जेठानी के घर डेरा डाला। यहां भी दस दिनों में ही उसे ताने-उलाहने मिलने लगे। उस रोगी के बोझ को कौन

उठाता। अब तो लक्ष्मी पशुओं वाले अपने खपरैलों में ही पड़ी रहती। कभी खेतों से साग तोड़ लाती और उबालकर उसे खा लेती। कभी कोई पड़ोसी खाना दे जाता। हालात बहुत बिगड़ चुके तो आसपास मौजिज लोगों में लक्ष्मी को ले कर चिन्ता हुई। इन लोगों ने लक्ष्मी के लिए भी हन्दे की व्यवस्था कर दी। दोनों वक्त लक्ष्मी बारी-बारी अच्छे खाते-पीते घरों में जाकर खाना खाती। शुरू-शुरू में उसे लाज भी आई। कुछ समय बाद जब लक्ष्मी भली-चंगी हो गई तो लोगों ने सलाह दी कि वह अपने घर चली जाए। यूं इस तरह हन्दा खाते रहने से उसके पोते-पोती के भविप्य पर असर पड़ेगा मगर शीला को नीचा दिखाने के लिए लक्ष्मी ने हन्दा खाना जारी रखा। फिर अलग हो जाने को बचा ही क्या था उसके पास। थोड़ी बहुत जमीन थी जो शीला ने हथिया ली थी। पशु भी बेचे जा चुके थे। पोता भी शीला के हाथों की कठपुतली था।

अब कल शाम शीला ने तीन-चार नजदीकी लोगों को लक्ष्मी के पास भेजा था ताकि लक्ष्मी के अहम् को तृप्ति मिले। आने वाले कल को लेकर लक्ष्मी कछ ज्यादा ही आतंकित रहने लगी थी। इधर ज्यादातर बिरादरी के लोगों का दबाव था कि लक्ष्मी हन्दा खाना जारी रखे। उधर शीला ने तीन चार घरों को तोड़कर लक्ष्मी के पास भेजना शुरू कर दिया था कि लक्ष्मी समझौता कर ले और पोते की शादी पर अपने घर आ जाए ताकि शीला की नाक ऊंचा रहे।

पोती की शादी के दौरान भी ऐसा ही हड़कम्प मचा था लक्ष्मी के मन में। हां, बाद में कितने ही दिन उसने इधर-उधर ठोकरें खाई। बिरादरी उसे ही दोष दे रही थी कि क्यों वह ऐसी निर्लज्ज बहू की बातों में आई। काफी मिन्नत-चिरोरी के बाद उसके लिए हन्दे की व्यवस्था पुनः चालू की जा सकी थी।

इस बार फिर लक्ष्मी को मजबूर किया जा रहा था कि वह फिर

शीला के पास लौट जाए। लक्ष्मी ने कह दिया था कि अगर शीला आकर उससे माफी मांग कर आदरपूर्वक ले जाए तथा दस-बारह लोगों के सामने कसम खाए कि फिर झगड़ा नहीं करेगी तो लक्ष्मी हन्दे से उठ जाएगी।

सारी रात लक्ष्मी बेचैनी से करवटें बदलती रही । एक पल भी न सो पाई। ऊपर से जोरों का बुखार था उसे जो अन्दर ही अन्दर जला रहा था उसे। तंग आ गई थी ऐसी बोझिल जिंदगी से। हर वक्त लोगों के सामने नीची नजरें करके उनके दिए खाने पर जिन्दा रहना। मर क्यूं नहीं जाती वह! अब कौन सी खुशी देखनी बाकी है। पता नहीं कब उसकी आंख लगी। सुबह हुई। दिन काफी चढ़ आया था। आज का नाश्ता उसने लेखू के यहां करना था सुबह नौ बजे।

लक्ष्मी में उठने की हिम्मत कहां थी। मन ही मन वह प्रफुल्लित थी कि आज उसके पोते का रिश्ता हो रहा है, मगर जैसे ही शीला की सूरत उसकी स्मृति-पटल पर उभरती, लक्ष्मी की मुट्ठियां तन जाती। निढाल-सी पड़ी रही लक्ष्मी। आंसू तो न जाने कब के सूख चुके थे। चेहरे पर असंख्य सख्त झुर्रियों के पीछे एक गुस्सा, एक चिड़चिड़ापन और घर में बड़ी होने पर उपेक्षित किए जाने का दर्प जरूर विद्यमान था।

दोपहर बारह के आसपास लक्ष्मी के खपरैल में कुछ हरकत हुई। शीला व आठ-दस आदमी-औरतें लक्ष्मी को झकझोर रहे थे। लक्ष्मी तो अन्तर्द्वंद्व से बाहर हो चुकी थी। उसका निढाल शरीर जिधर लुढ़काते उधर ही लुढ़क जाता। लक्ष्मी न चाहते हुए भी हन्दे से उठ गई थी -- अपने आप ही। अभी तो शीला का माफी मांगना शेष था।

प्रेम गली अति संकरी

एक सौतन के साथ अपने पति को शेयर करने में कितनी हिम्मत चाहिए यह अब मैं जान पाई हूं। बचपन से ही मैंने मां को तिल-तिल करके मरते देखा है, पापा से हर दिन लड़ते देखा है और अपने हक के लिए दिन-रात कुढ़ते देखा है। जब एक म्यान में दो तलवारें ठूंस दी जाती हैं तो फिर उन दिलों में कितना हड़कम्प मचता है।

पापा को सच में मां से प्यार या सहानुभूति होती तो वह मां की सौतन को घर लाने के बारे में सोचते ही नहीं। जब सब कुछ इतने बरसों तक अनैतिक चलता रहा, फिर माफी मांगने से मेरी मां भला उन्हें कैसे माफ करती।

प्रेम में क्षमा न तो दी सकती है और न ही मांगने से मिलती है। प्रेम या तो होता है या नहीं होता। कभी खुशी कभी गम वाली बीच की स्थिति में हजारों लोग जीते हैं और वह प्रेम नहीं बल्कि सैक्स काम चलाता है। सेक्स को प्रेम मान लेना शादी की असफलता की बहुत जाहिरा-सी भूल है।

औरतें स्वभाव से भावुक होती हैं। हरेक बात अपने आसपास के लोगों से शेयर कर लेती हैं। हम लोग अभी बच्चे ही थे कि मां और पापा में किसी तीसरी औरत को लेकर ठन गई थी।

मां ने उसे कभी नाम से नहीं पुकारा। मां हमेशा उसे 'वह' कहती थी। उसे हमेशा नफरत और हिकारत की नजरों से देखती।

'वह' पापा के आफिस में काम करती थी। पापा आफिस में

सीनियर आफिसर थे। हर तरफ उनका दबदबा था।

जब मैं सात साल की थी तब पापा मुझे कभी-कभार अपने साथ आफिस ले जाते थे। पापा मुझे अपने आफिस की अन्य महिला सहयोगियों से मिलवाते। वे मेरा खूब स्वागत करती। मुझसे प्यार भरी बातें करती।

'वह' उन सब में सबसे अलग थी। मुझे उसके पास छोड़कर पापा बहुत खुश होते। वह मुझे देखते ही खिल जाती थी। 'वह' मुझे गोद में उठा लेती। मेरा मुंह बार-बार चूमती और मुझे चॉकलेट लेकर देती या कैंटीन से कोका कोला मंगवाती। पूरे दफ्तर में मुझे 'वह' सबसे ज्यादा प्यारी लगती थी।

एक दिन मैं उसकी गोद में बैठी थी। वह पापा के केबिन में कुर्सी पर बैठी थी। पापा भी पास ही खड़े थे। उसने मुझसे पूछा, 'क्या तुम भी मेरे साथ रहना पसन्द करोगी अगर तुम्हारे पापा मेरे साथ मेरे घर रहने लगें तो?'

बहुत ही बेढंगा प्रस्ताव था उसका। मैं चक्कर में पड़ गई हां कहूं या न। मैं सकपका गई और घबराकर उसकी गोदी से नीचे उतर गई थी।

मां अक्सर मेरी बड़ी बहन से 'उसके' बारे में बातें करती थी। मैं तब समझती थी कि मां उससे जलती हैं। 'वह' सुन्दर थी, उसके पास कीमती गहने थे, वह आर्कषक थी और वह हमेशा नए फैशन के कपड़े पहनती थी। मैं सोचती थी कि 'वह' मुझसे खास स्नेह रखती थी इसलिए मां को चिन्ता थी कि कहीं 'वह' मुझे उससे छीन न ले।

असली बात मुझे तब पता चली जब मैं थोडी बड़ी हुई। मां और पापा के झगड़े भयानक तेवर लेने लगे थे। उनके बहस के केन्द्र में हमेशा 'वह' होती। मां पापा को कोसती, गुस्से में कहती कि उनके दफ्तर की स्त्रियों से सम्बंध हैं। कई दिनों तक मां और पापा रूठे

रहते जिस का असर हम दोनों बहनों पर पड़ता।

पापा की उस प्रेमिका ने हमारे घर में तूफान ला दिया था। हर वक्त घर में कोहराम मचा रहता था। पापा हमेशा कसमें खाते कि उनका 'उससे' कोई सम्बंध नहीं है। मां इधर उधर दफतर के लोगों से पूछताछ करती। वे लोग उसे सच क्यों बताने लगे!

कुछ दिन पापा मां के प्रति वफादार रहते मगर उसके बाद उनका असली रंग सामने आ जाता। मां जासूसी करती। वह पापा को पकड़ ही लेती। कभी पापा 'उसके' साथ कैफे में मिल जाते तो कभी किसी सिनेमा हाल के बाहर। मामला घूमने-फिरने या फिल्म देखने तक ही सीमित नहीं रहा। पापा उसके साथ शुरू-शुरू में रातभर कहीं रहने लगे, तो मां ने आसमान सिर पर उठा लिया। घर में खाना न बनता। मां चीखती-चिल्लाती। घर की कई चीजें तोड़ देती। हम बच्चों को बेवजह पीटने लगती।

पापा सिर झुकाए सब कुछ सहते, चुपचाप सिगरेट फूंकते रहते। बहुत देर तक टेनिस की बाल की तरह इधर से उधर टप्पे खा-खाकर मां गला फाड़-फाड़कर अन्त में थक जाती मगर पापा को कोई फर्क न पड़ा।

अगले कुछ दिनों में मां को कीमती उपहार देकर, आगे से सुधरने का वचन देकर पापा मां को मना लेते। कुछ दिन मां खुश रहती मगर फिर कोई न कोई बात मां के कानों में पड़ ही जाती। फिर वही सब कुछ दोहराया जाता। मां की गालियां सुनकर भी पापा ने अपने मिस्टेस को छोड़ा नहीं।

उस दिन तो 'उसने' बड़ी हिम्मत दिखाई। 'वह' एक दिन हमारे घर के दरवाजे पर आ खड़ी हुई। मैंने दरवाजे के बाहर उसे अपनी तरफ मुस्कराते देखा। घर में एक मैं ही थी जिस के मन में 'उसके' प्रति कोई प्रतिकार या नफरत की भावना नहीं थी।

उसके पेट के निचले हिस्से में आए उभार को देखकर में खुश हो उठी। मुझे मालूम था कि बच्चे मां के पेट में ही पलते व बढ़ते हैं। मां ने कुछ सप्ताह पहले ही मेरे छोटे भाई को जन्म दिया था।

मैं आश्वस्त थी कि पापा की मित्र भी जल्दी ही एक प्यारे से बच्चे को जन्म देगी। अब तक मैं 'उसे' पापा के आफिस की परिचित व मित्र मानती थी जैसे हम बच्चों के स्कूल में लड़के-लड़कियां मित्र होते हैं। ये तो काफी दिनों बाद मुझे बताया गया कि 'उसे' पापा ने ही गर्भवती बनाया था और एक विवाहित आदमी के लिए ऐसा काम अनैतिक व घृणित था। उसके बाद मैंने 'उसे' नफरत की निगाहों से देखना शुरू कर दिया था।

उस दिन 'वह' पक्के इरादे के साथ हमारे घर आई थी। वह दरवाजे पर आश्वस्त होकर खड़ी थी। उसने मुझसे पापा के बारे में पूछा। उसके कसे हुए चुस्त कपड़े देखकर मैं उसकी तरफ आकर्षित हुई। मैं हैरान थी कि 'वह' हमारे घर के अन्दर क्यूं नहीं आ रही थी।

मैंने मां को बुलाया। 'उसे' घर के बाहर पाकर मां तो भड़क गई। वह उस पर बुरी तरह से चीखने-चिल्लाने लगी। मां ने उसे धमकाया कि अगर 'वह' दुबारा इधर दिखी तो वह पुलिस को बुला लेगी। 'वह' शांत बनी नीची नजर से धरती की तरफ देखती रही। उसकी आंखें हमारे घर के अन्दर कुछ ढूंढ रही थी। उसे पता था कि मेरे पापा अन्दर ही होंगे।

मां के इस प्रहार से एक मिनट के लिए तो वह घबरा गई। वह कुछ कहना चाहती थी मगर मां ने उसे मुंह खोलने का अवसर ही नहीं दिया। उसने अपमान का कड़वा घूंट चुपचाप पी लिया।

वह चुपचाप वापिस चली गई। पिछले एक सप्ताह से मां और पापा के बीच 'उसे' लेकर घमासान चल रहा था। पापा आफिस नहीं गए थे। मां उन्हें बाहर जाने नहीं दे रही थी। सो वह उनका पता

करने आई थी। उस नादान उम्र में मैं साफ नहीं जान पाती थी कि बड़े लोग एक दूसरे के साथ कैसे-कैसे खेल खेलते हैं। उनका व्यवहार हम बच्चों की समझ से एकदम बाहर था।

पापा की इस लम्पट प्रवृत्ति के कारण हमारे घर में सदा शीत युद्ध छिड़ा रहता था। पापा की अन्य स्त्रियों से भी सम्बंध थे और मां ने अपने विवाहित जीवन के पहले दस बरसों को पापा की इन इश्कमिजाज पहेलियों को सुलझाने में ही होम कर दिया था। रोमांस उसके जीवन से कोसों दूर था।

मां गोरी चिट्टी और जहीन दिमाग की भद्र महिला थी मगर पापा को तो तीखी व तुर्श स्त्रियां भाती थी। पापा तो मां की सहेलियों से भी रोमांटिक सम्बंध बना लेते और फोन पर बतियाते रहते। मां किस-किस सौतन से उनका बचाव करती।

'वह' पापा के रोमांस की धुरी बनकर रह गई। पापा उससे बहुत ज्यादा हद तक 'इन्वाल्व' थे। 'उसके' लिए वह मां तथा हम बच्चों को छोड़ देने को तैयार थे। मां ने कई बार पापा को छोड़ देने की बात की, कोशिश भी की।

पापा ने उसे उकसाया भी मगर नब्बे के दशक में एक मध्यम वर्ग की औरत के लिए इतना आसान नहीं था कि वह एक आवारा भंवरे रूपी पति से छुटकारा पा सके और खासकर तब जब उसके तीन बच्चे हों।

पापा सच में शैतान का अवतार थे। उन्होंने एक ही समय में दो-दो औरतों को गर्भवती बना दिया था। मां के साथ तो चलो ठीक था, वह उनकी कानूनी पत्नी थी मगर 'उसे' अपने हवस का शिकार बनाकर कहीं का नहीं छोड़ा।

अपना बढ़ता हुआ पेट लेकर वह कहीं नहीं जा सकती थी। आफिस से उसने छुट्टी ले रखी थी। आसपड़ोस में बदनामी हो रही

थी। 'उसके' मां-बाप ने उसे काफी सालों पहले त्याग दिया था। वे उसकी शादी अच्छी जगह करना चाहते थे मगर पापा से रोमांटिक तौर पर जुड़ने के बाद 'उसने' आने वाले रिश्तों को ठुकरा दिया था।

'उसमें' बला की हिम्मत थी और गजब का आत्मविश्वास था। जब उसने फैसला किया कि वह पापा के नाजायज बच्चे को जन्म देगी तो पापा ने उसे कितना समझाया होगा मगर वह बच्चा गिराने के पक्ष में नहीं थी। बेचारी को तब पता नहीं था कि उसका सामना कितने बड़े तूफान से होने वाला था। मगर उसे यूं गुमनामी के अंधेरों में धकेला जाना अच्छा नहीं लगा। उसने जमकर संर्घप करना शुरू कर दिया था।

वह 25 बरस की थी और पापा 40 पार कर चुके थे। 'उसमें' इतनी समझ तो थी ही कि 'वह' एक बन्द गली के पार नहीं जा पाएगी मगर अब जब उसने पापा से प्यार कर ही लिया था तो पीछे किस तरफ लौटती वह।

पापा अभी हम लोगों को छोड़ने के लिए मानसिक रूप से तैयार नहीं थे। एक कुंवारी लड़की का मां बनने का यह साहस भरा फैसला विवाहित लोगों के लिए चुनौती ही था क्योंकि सिंगल पेरेंट बनने की यह आधुनिक संकल्पना अभी काफी दूर थी।

पापा ने मां और हमसे कड़ी बेरुखी दिखानी शुरू कर दी थी। वह अपनी मिस्ट्रेस को ज्यादा तवज्जो देने लगे थे। जब मेरा छोटा भाई मां के पेट में था तब पापा कई-कई दिन घर से बाहर रहते। जब बच्चा पैदा हुआ तब हमारे पड़ोस की सहेली मां के पास अस्पताल में थी। मां को पता था कि पापा कहां हैं और किस के पास हैं ।

बच्चा पैदा होने के दो सप्ताह बाद पापा घर लौटे। मां ने पापा को बुलाना बन्द कर दिया था। कोई वाद-प्रतिवाद नहीं हुआ। पापा को इससे कुछ ज्यादा ही शह मिली। अब उन्होंने अपना समय इस

तरह बांट लिया था कि ज्यादा समय वह 'उसके' साथ बिताते।

अगर हमारे पास कुछ ज्यादा समय के लिए ठहर जाते तो उनकी मिस्ट्रेस उन्हें ढूंढ़ते हुए हमारे घर पहुंच जाती। अगर पापा अपनी चहेती के घर ज्यादा दिनों तक टिके रहते तो मां कभी उनकी छानबीन न करती। पापा घर में न होते तो घर में शांति बनी रहती।

पापा आते और सारी की सारी सैलरी मां को सौंप देते। 'वह' नौकरी करती थी सो पापा का सारा खर्च वही उठाती थी। मां ने कभी पैसे की तंगी नहीं झेली। अच्छा मकान था और अच्छी आय और साथ में सारे बच्चे भी मां की तरफ ही थे।

मां ने पापा को इधर-उधर मुंह मारने के लिए लम्बी रस्सी थमा रखी थी और मन ही मन उसे पता भी था कि थक-हार कर एक दिन उसका पति पूरी तरह उसके पास लौट आएगा। मां ने अगर पापा के साथ सख्त रवैया अपनाया होता तो हो सकता था कि पापा इतने देर तक लम्पट नहीं रहते। मां के ढुलमुल रवैये के कारण पापा बेलगाम होते गए।

और तभी मां के सब्र का प्याला भर गया। मां और पापा में एक दिन खूब झगड़ा हुआ। मां ने बताया कि पापा उससे जबरदस्ती करना चाहते थे। मां भड़क गई। 'उसे' भला बुरा कहने लगी। पापा ने हाथ चलाया तो मां ने आसमान सिर पर उठा लिया।

मैं स्कूल से घर आई तो पाया कि मां घर पर नहीं हैं। पापा मेरे छोटे भाई की नैपी बदल रहे थे। उनकी हालत काफी दयनीय थी। मैंने दबी जुबान में पूछा, 'मां कहां है?' पापा का सख्त व रूखा जवाब था, 'चली गई है।'

मेरे पैरों की जमीन डोल गई। कांपती आवाज में मैंने फिर पूछा, 'मां कहां चली गई?' पापा का गुस्से से भरा उत्तर था, 'बस चली गई।' पापा ने हम दोनों बहनों के लिए खाना बनाया जो हमें बिल्कुल

अच्छा नहीं लगा। पिछले कितने महीनों से पापा हमसे बेरुखी से बात करते थे।

घर का मालिक अपनी कमाई से परिवार के लिए सुविधाएं जुटाता है और इसके जरिये अपनी ताकत बढ़ाता है और इसी ताकत के आगे गिरवी पड़ी रहती है बच्चों की मां। हमारे लिए तो मां ही सब कुछ थी। अब मां पता नहीं कहां होगी। कहीं नानी के पास तो नहीं चली गई। वहां तो जाने में ही दो दिन लगते हैं और आने में भी समय लगता है। इतने दिनो तक हम कैसे रहेंगी? क्या पापा उसे मना कर लाएंगे?

अगले दिन भी मां नहीं लौटी तो हम दोनों बहनों की चिन्ता बढ़ गई। पापा ने पिछले कई महीनों में हमसे ढंग से बात नहीं की थी। हम तैयार होकर स्कूल चली गई। पापा ने घर की चाबियां पड़ोस में दी और हमारे छोटे भाई को लेकर चले गए और रात भर नहीं लौटे।

पड़ोस की आंटी ने हमें खाना खिलाया। मां की हमें बुरी तरह याद आ रही थी। पता नहीं उससे मिलना हो पाएगा या नहीं।

अगले दिन स्कूल से आकर मैंने देखा कि घर में पापा की मिस्ट्रेस आई हुई थी। साथ में उसकी छोटी-सी गुड़िया और हमारा छोटा भाई। 'उसने' घर का काम संभाल लिया।

'वह' उस बैडरूम में सोने लगी थी जहां मां सोती थी। पापा भी उसके साथ ही सोते। पापा के हौसले बुलन्द थे। घर में हुए इस बदलाव से हम दोनों बहनें बहुत त्रस्त थी।

हमें मां की याद सता रही थी और हमें कुछ भी पता नहीं था कि मां कहां है। कहीं वह मर तो नहीं गई। हम यह बात पड़ोसियों से भी पूछ नहीं सकते थे।

पड़ोसियों की आंखों में कुछ दूसरे हैरानजदा सवाल थे कि हमारे घर में आकर रहने वाली यह स्त्री कौन है और पापा की क्या लगती

है। पापा ने तो एक दो पड़ोसियों को यह बताया था कि 'वह' उनकी चचेरी बहन है जिसे उसके पति ने छोड़ दिया है।

सप्ताह बाद मां लौटी तो हमारी सांस में सांस आई। हमारा रूटीन सामान्य हो गया। सुबह स्कूल, दोपहर को होमवर्क और शाम को खेल। बड़े लोगों को घर में क्या परेशानियां हैं, हम उन्हें क्या समाधान दे सकते थे। पापा ने घर में क्या गड़बड़झाला रचा रखा है, हमारी समझ में कुछ नहीं आता था। अब घर में कई लोग थे - एक पति और उसकी दो पत्नियां और चार बच्चे।

मां के लौट आने पर अब घर में पापा की मिस्ट्रेस का रुतबा घट गया था। 'वह' चुपचाप रहती, गेट के ठीक सामने बाहर वाले कमरे में अपनी गुड़िया को सम्भालने में ही मस्त और व्यस्त रहती। घर के किसी मामले में उसकी कोई राय नहीं ली जाती थी। मां ने अपना पुराना बड़े वाला बैडरूम संभाल लिया था।

घर में पापा का दर्जा अब वह नहीं रह गया था। हर तीसरे चौथे दिन ये बड़े लोग घर में तूफान मचाते, गालियां देते और एक दूसरे को कोसते। पापा सोते तो मां के कमरे में ही मगर दोनों के बीच कोई बातचीत नहीं थी।

पापा की जरूरतें पूरी करने के लिए दो-दो औरतें थी। घर में हर समय तनाव रहता। मां उनसे बचने की कोशिश न करती या यूं कहें कि वह जनबूझकर पापा को और दुखी करती। पापा उसकी ये बातें समझ न पाते या समझकर अनजान बने रहते।

उनके लिए घर में रखैल रखना खांडे की धार पर चलने जैसा था। वह एक समय में दो-दो नावों पर सवार होना चाहते थे। वह दो औरतें के बीच बुरी तरह फंस गए थे। एक को खुश करते तो दूसरी नाराज हो जाती।

हर रात हम खाने के टेबुल पर डिनर के लिए बैठते। एक

कष्टभरी खामोशी हमारे बीच तनी रहती। हम ऐसा बर्ताव करते मानो हम एक दूसरे के लिए एलियन्स हों। सुबह मां हमें तैयार करके स्कूल भेजती। फिर किचन में पापा व उसकी मिस्ट्रेस घुसती। मां की गालियों और तानों की बौछारों में 'वह' रह रही थी। उसका यह साहस वर्णन से बाहर था।

'उसकी' बेटी से हम बात नहीं करते थे। हमारे लिए 'उससे' बोलना भी मना था। पापा के खिलाफ मां की उस जंग में हम बच्चे पूरी तरह मां के साथ थे। 'उसने' मुझे अपनी तरफ झुकाने की बहुत कोशिश की।

उसने मुझे एलिस इन वंडरलैंड नामक किताब मेरे 12वें जन्मदिन पर उपहार दी। मुझे वह पुस्तक बहुत अच्छी लगी। मैं जानती थी कि वह मेरे प्रति दयालु है मगर मैं अपनी मां के प्रति वफादार रहना चाहती थी। मगर मेरे मन का एक हिस्सा 'उसे' चाहता था। मुझे तब पता नहीं था कि मेरे पापा से प्यार करके उसने कितना बड़ा गुनाह किया था।

'उसका' इस तरह हमारे साथ रहने का यह अनोखा अरेंजमेंट ज्यादा दिनों तक चल नहीं पाया। पापा को तो कोई आपत्ति नहीं थी मगर जब भी मां मेरे छोटे भाई को प्रैम में लेकर बाहर निकलती, उसे खुद पर शर्म आती कि वह अपनी सौत के साथ रह रही है। हमें भी यही बताया गया था कि अगर पड़ोसी 'उसके' बारे में कोई पूछताछ करें तो कहो कि वह हमारी किरायेदार है।

मां ने सभी टोने-टोटके करके देख लिए, नानी और मामा की राय ली, कई वकीलों से सलाह की मगर 'उसे' अपने घर से नहीं निकाल पाई। 'वह' इतने अपमान और बेइज्जती के बावजूद हमारे घर में रह रही थी, उसकी एक ही मुख्य वजह थी। वह वजह थी कि 'वह' पापा से बेइन्तहा प्यार करती थी। जो ज्ञान पुरुष स्त्रियों से

उनके बारे में हासिल करते हैं, भले ही वह उनकी संचित संभावनाओं के बारे में न होकर सिर्फ उनके भूत और वर्तमान के बारे में ही क्यों न हो वह तब तक अधूरा और उथला रहेगा जब तक कि स्त्रियां स्वयं वह सब कुछ नहीं बता देती।

कई महीनों बाद जब मां से यह सब सहन नहीं हुआ, तो उसने अदालत का दरवाजा खटखटाया और पापा पर दोष लगाते हुए 'उसे' घर से निकालने के लिए पुलिस कार्यवाही की मांग की। पापा के आफिस में भी लिखकर शिकायत दे दी कि 'उसके' हमारे घर में यूं रहने से हमारे बच्चों पर बुरा असर पड़ रहा है।

एक रात उसका सामान चला गया और साथ ही वह भी। पापा दो परिवारों के मुखिया बन गए। पापा ने हमारे घर आना बिल्कुल ही कम कर दिया। बस हर महीने की पहली तारीख आते और घर में अपनी तनख्वाह छोड़ जाते। किसी बच्चे के बारे में न पूछते।

मां ने तलाक की अर्जी लगा दी तो पापा हमसे बिल्कुल ही दूर हो गए। हम बच्चों की हालत बहुत खराब हो गई थी। मां हमेशा गुमसुम रहने लगी थी। अपनी सेहत का ख्याल न रखती। ढंग के कपड़े न पहनती। न कहीं जाती और न ही हमें लेकर जाती।

हमारी पढ़ाइयों के खर्च बढ़ते जा रहे थे। पापा खर्च उठा रहे थे मगर मां बहुत बार हमें बिना कारण डांटती, हम पर पाबंदियां आयद करती।

मां अपने आत्मत्याग से हमें ब्लैकमेल करती। हमें वही पता होता जो वह हमें बताती। वह हमें हर वक्त बताती कि कैसे अपना पेट काट-काटकर उसने हमें अच्छी शिक्षा दी। कभी-कभी वहीं बातें सुन-सुनकर हमें चिढ़ आ जाती। हमें पैदा करने या महंगे स्कूलों में भेजने का आग्रह हम बच्चों ने तो नहीं किया था।

हम नहीं जानते थे कि जो कुछ वह कर रही थी या पति के

साथ जैसे उसका समीकरण बिगड़ रहा था उसमें हम लोगों की कोई भूमिका थी भी या नहीं। हां, इस का असर हम पर पड़ रहा था। वह हमारे लिए जो कर रही थी उसके पीछे उसका अपना निजी उद्देश्य भी तो था।

पापा ने तो आसानी से पैसे के दम पर हमसे पल्ला झाड़ लिया था मगर मां कई बार गुस्से में बिफर कर कहती -- तुम न होते तो मैं पुनः शादी कर लेती या फिर अपने मायके में जाकर शान से रहती। हमारे खातिर मां के आत्मत्याग और बलि का बकरा बनने का विचार हमें उसके प्रति कृतज्ञता नहीं बल्कि भ्रम और अपराधबोध से भर देता था।

हम मां की आधी-अधूरी रह गई आकांक्षाओं की पूर्ति के साधन मात्र रह गए थे। हम चाहते थे कि मां हर हालत में खुश रहे मगर वह उदास थी, वंचिता थी और हमारे ख्याल में यह सब हमारी गल्ती के कारण ही था।

पापा ने जो किया था वह एक सम्मानीय और संतुलित व्यक्ति का व्यवहार नहीं था। अपनी वासनात्मक लालसाएं पूरी करने के लिए पापा ने इस घर के चार जनों को दिन-रात घुलते चले जाने को विवश किया था। विवाहेतर सम्बंध तो ठीक थे मगर उस पर यह अतिरेक और कुचेष्टा कि उनकी रखैल मिस्ट्रेस को इस घर में सम्मान मिले और वह हमारे साथ भी रहे गलत था। दैहिक जरूरतों के सामने घर जैसी पवित्र और सनातन संस्था को बलि चढ़ाने से अन्त में कुंठा और दमन ही हाथ आना था।

यह तो बहुत ही मार देने वाला काम था। मां की हिम्मत थी कि पिछले इतने सालों से वह किसी तरह घर को एकत्र करके रखे हुए थी। वह पस्त हो जाती, टूट जाती या भाग कर मायके चली जाती तो फिर हम बच्चों का भविष्य खराब हो जाता।

लगभग एक साल बाद मां को मोटी रकम मिल गई और पापा को तलाक मिल गया।

'उसने' अगले ही महीने पापा से शादी कर ली। मां ने पापा को माफ कर दिया यह समझकर कि गलती तो उस युवती की है, जो एक अधेड़ व्यक्ति का पीछा नहीं छोड़ती।

तब मैं तय नहीं कर पाई कि सच में सारी गलती 'उसकी' ही थी। क्या मां या पापा कसूरवार नहीं थे? त्रिकोणीय सम्बंधो में अगर एक को बलि का बकरा बनना पड़ता है तो बाकी के दो लोग भी ज्यादा देर तक ऐसे अनैतिक सम्बंध को सहजता से नहीं जी पाते।

जल्दी ही उस मायावी औरत से पापा का मोहभंग हो गया। जब तक उससे पापा की शादी नहीं हुई थी तब तक पापा में उसे सारा आर्कषण दिखता था। गलत पते की चिट्ठी की तरह पापा एक साल बाद हमारे घर के चक्कर लगाने लगे। जो भरा-पूरा घर वह एक जवान नई औरत के लिए लात मार कर चले गए थे, अब हम बच्चे-बच्चियों को देखने के बहाने फिर आने लगे थे।

पापा हमारे जन्मदिन पर बढ़िया तोहफे लाते, हमें कपड़े लेकर देते। हमारे कालेज के बारे में पूछते। मेरे छोटे भाई में उन्हें खास ध्यान रहता। हमें यकीन ही नहीं होता कि ये हमारे वही पापा हैं जिन्होने हमसे बात तक करनी बन्द कर दी थी क्योंकि हम हमेशा मां की तरफदारी करते थे।

मां के मन की स्थिति कोई खास निश्चित नहीं थी कि अब पापा को लेकर वह क्या सोचती थी। 'उसने' जब पापा को हासिल कर लिया तभी से उनके रिश्ते के अन्त का कांउट डाउन शुरू हो गया।

हम दोनों बहनों ने अच्छे संस्थानों से डिग्री ले ली थी और हमें अच्छी जॉब मिल गई थी। पापा हम दोनों को लेकर कुछ ज्यादा ही वात्सल्य दिखाने लगे थे। मां के प्रति उनके मन में सोया प्यार जागने

लगा था। अपनी मिस्ट्रेस की परवाह कम ही करते थे। मां तो कहती कि अब इस बूढ़े का दिल लगता है दफतर की किसी अन्य स्त्री पर आ गया है और हमारी आड़ लेकर यह चालू कमीना अपनी मिस्ट्रेस से जान छुड़ाना चाहता है।

हो सकता है मां की बातों में कुछ सच्चाई हो मगर हमें अब सारा मामला समझ में आने लगा था। पापा इतनी ऊंची पोस्ट पर थे, अच्छा कमाते थे फिर मां की उनसे एक दिन भी नहीं बनी। क्या मां का कोई दोष नहीं था? मेरी बड़ी बहन का मानना था कि मां के हर समय शक करते रहने से पापा ऐसे बन गए।

खैर, मां और पापा का कोई समझौता नहीं हो सका। पापा पेंडुलम की तरह इधर से उधर गोते लगाते रहे। मां ने उन्हें कोई घास न डाली। मां अब धार्मिक हो गई थी। मेरे छोटे भाई ने भी जब डिग्री कर ली तो मां का ध्यान पूरी ईश्वर में लग गया। वह हर दुख-सुख से ऊपर उठ गई थी।

घर के मामलों में उसने रुचि लेनी बन्द कर दी थी। हमारी शादी के बारे में भी उसने कभी सीरियसली नहीं सोचा। उसने सब कुछ पापा और ईश्वर पर छोड़ दिया था। कोई इतना उदासीन कैसे हो सकता है यह मां को देखकर अन्दाजा लगाया जा सकता था।

मां को मालूम था कि पापा अब भी घर में रुचि लेते हैं। मां को एक निश्चित रकम हर महीने मिल जाती। हम बच्चे भी अच्छा कमा रहे थे, कारों में घूमते थे।

जब मेरी बहन ने अपने दोस्त के साथ रहने का फैसला किया तो उसने मेरी ड्यूटी लगाई कि मैं मां को सारी बात के बारे में ब्रीफ करूं। उस में हिम्मत नहीं थी यह सब कहने की। पापा को तो हम इतनी अंतरंग बातें कब बताते थे।

वह तो एक अवांछित मेहमान की तरह हफ्ते में दो-तीन बार

आते। खाने का समय होता तो खाना खा लेते। ज्यादातर वह संडे को आते या तब आते जब हम बच्चों में से कोई एक घर पर होता। मां से अकेले मिलने वह कभी नहीं आए। अब अजीब-सा नीरस सा रिश्ता बचा रह गया था दोनों के बीच में।

अब वह शराब बहुत पीने लगे थे। उसकी मिस्ट्रेस की हमें कोई खबर नहीं थी, न ही कभी वह उसके बारे में बताते और न ही हमें कोई जिज्ञासा थी कुछ जानने की। हम उसे हमारा घर खराब करने में 100 फीसदी जिम्मेवार मानते थे। मां की असहनीय उदासी और तिल-तिलकर जवानी को गलाने के पीछे पापा की मिस्ट्रेस का ही हाथ था।

बड़ी बहन के अफेयर और घर छोड़कर जाने के फैसले के बारे में मैंने मां से जिस दिन बात की, उस दिन उसका मौन व्रत था। मां बहुत धार्मिक और अंधविश्वासी होती जा रही थी। वह आजकल ध्यान शिविरों, योग कक्षाओं और धर्मगुरुओं के प्रवचनों में बहुत अधिक शिरकत करने लगी थी।

मैंने डरते-डरते बात शुरू की, 'मां! शिखा के बारे में आप को बताना था।'

मां ने मुस्कराकर मुझे इशारे से सब कुछ कहने के लिए कहा। उसके होठों पर बहुत दिनों बाद मैंने हल्की मुस्कराहट देखी। मैं थोड़ा कांप गई। लगता था कि शिखा की बात उससे छिपी हुई नहीं है।

मेरी बहन ने कहा था कि जो लोग धर्म में बहुत गहरी आस्था रखने लगते हैं और अत्याधिक पूजा पाठ करने लगते हैं, उन्हें अपने प्रियजनों की बहुत सारी बातें पहले से ही पता चल जाती हैं। इसीलिए मेरी बहन ने मां से खुद कुछ पूछना या अपने होने वाले पति के बारे में बताना उचित नहीं समझा। उसे डर था कि कहीं मां उसके होने वाले पति के बारे में कोई अप्रिय भविष्यवाणी ही न कर दे तो फिर

एक शक का बीज उसके मन में उगने लगेगा।

मां हम बच्चों की शादी से डरती क्यूं थी? शादी से उसका विश्वास उठ गया था जैसे। आखिरकार शादी, वह जो दो लोग आपस में मिलकर बनाते हैं, दो लोग शादी करते हैं, तो उन्हें उम्मीद होती है कि उनकी शादी हमेशा कायम रहेगी। अक्सर ऐसा होता नहीं है। हालात बुरी तरह बिगड़ सकते हैं और बिगड़ते भी हैं। शदियां भ्रष्ट भी हो जाती हैं। दूसरा आदमी या औरत एक अच्छे जोड़े में दरार पैदा कर देते हैं।

फिर भी इतिहास गवाह है कि शादी वह नायाब और चिरायु सामाजिक करार है जो हर युग, हर कौम और हर संस्कृति में कारगर और सफल रहा है। विवाह हमारे जीवन को स्थायित्व देता है मगर साथ ही हममें कुछ लोगों को यह स्थायित्व डराता भी है। अपने जीवन साथी के सामने शर्तहीन सर्मपण हमें डराता है, संशय से भर देता है।

हम सोचते हैं कि अगर उसने हमारी निजता का मान न रखा या हमारी कसौटी पर खरा न उतरा या वह हमारे लिए सुपात्र सिद्ध न हुआ तो फिर हम कहीं के न रहेंगे।

विवाह स्मृतियों का एक पिटारा ही तो है जिसमें अगर अच्छी और सुखद यादों के चित्र ज्यादा समेटे हुए हों तो उस विवाह को कामयाब कहा जा सकता है। विवाह पलों में सिमट सकता है, ये और बात कि किन पलों को भुला दिया जाए और किन लम्हों की यादों को करीने और खूबसूरती से संजोया जाए।

अब मैं जान गई हूं कि छोटी-छोटी बातों पर शादी में दरारें आती हैं। एक कहावत है कि पत्थर अन्तिम चोट से टूटता है मगर पहले की गई चोटें भी बेकार नहीं जाती। शादी को कायम रखने के लिए इसे किसी प्रकार की वैचारिक हमलों से बचाना चाहिए। यह सोचकर शादी नहीं करनी चाहिए कि ये तो करनी ही है, क्योंकि सब करते

हैं। इसीलिए भी शादी नहीं करनी चाहिए कि बच्चे चाहिएं। बच्चे तो गोद भी लिए जा सकते हैं। किसी काल्पनिक सुरक्षा के लिए शादी करना बेकार है, क्योंकि कोई ऐसी चीज है ही नहीं।

शादी में दो अनजान लोग सारी उम्र साथ गुजारने का प्रण लेते हैं और एक धुंधले आकर्षण के साथ सारा जीवन साथ रहने को तैयार हो जाते हैं। कुछ डरपोक लोगों के लिए यह एक खतरनाक खेल है। कुछ अन्य के लिए यह एक मूर्खतापूर्ण कदम है। एक तर्कहीन यात्रा है। कुछ मान लेते हैं कि शादी एक पागलपन है, हताशा से उपजी विवशता है और अनिश्चिताओं से परिपूर्ण है।

मेरी बहन ने प्रेम करके बिना किसी औपचारिक रस्म, कसम या शादी के अपने दोस्त के साथ रहने का मन बना लिया था। उसे विश्वास था कि टिकनी हुई तो यह बन्धन भी खूब चलेगा वर्ना मां -पापा की शादी में कितनी कसमें, रस्में और रिश्तेदार जुड़े थे, वह तो एक दिन भी ठीक से नहीं निभ पाई। बहन अपनी जगह ठीक थी।

मां बताती थी कि पहले महीने के बाद से उसका पति उसका नहीं हो पाया। मगर अब समय बदल गया था। ऐसा आज समाज में व्यापक पैमाने पर हो रहा है। वर्जनाएं टूट रही हैं और और हमारी नई पीढ़ी नए प्रयोग करने को तत्पर और आमादा है।

पापा अपनी दुनिया में मस्त थे और मां अपने दुख में त्रस्त थी, ऐसे में हम दोनों बहनें शादी की उम्र से काफी आगे निकल गई थी। अपनी उम्र के तीसरे दशक में जाकर हर कुंवारी लड़की एक आखिरी जोर लगाती है कि कोई जीवन भर का साथी मिल जाए। इस पायदान पर उसका सौंदर्य अपने उतार पर आने लगता है। बालों में चांदी उतरने लगती है। सोने-सी काया निढाल और परेशान-सी दिखने लगती है। मेरी बहन मुझसे कहती, 'क्या करूं, कितने सालों से हम अपने लिए कोई फैसला लेने के लिए रूके हुए हैं। घर का माहौल तो ठीक

होने से रहा। क्यों न अब अपनी जिंदगी किसी रास्ते पर लगाई जाए।'

उसका मानना था कि प्रेम की कोई हद नहीं। प्रेम के समक्ष विवाह का कोई मेल नहीं। जो लोग प्रेम नहीं समझते वे कूप-मंडूप हैं। जिन्दगी केवल भावनाओं और आवश्यकताओं से ही नहीं चलती। रिश्तों में संवेदना और संजीदगी भी होनी चाहिए और एक दूसरे के प्रति एक मुकम्मिल प्रतिबद्धता भी।

मां का मौन सब कुछ कह गया।

बिना किसी औपचारिक विदाई के मेरी बहन ने अपने होने वाले पति के साथ रहना शुरू कर दिया। मुझे अपने प्यार के बारे में मां को बताना ठीक नहीं लगा। मैं भी उस दिन की राह तकने लगी जब मैं भी पक्के मन से फैसला करके अपने प्रेमी निकुंभ के साथ उसके फ्लैट में चली जाऊंगी।

प्रेम के मामले मे मैं कच्ची थी, नवीना थी, नवस्फुटा थी। मेरे कोमल हृदय की सारी नवीन और उग्र वासनाएं पंख फैलाकर उड़ना चाहती थी मगर मुझे अभी रास्ता तालूम नहीं था।

वह कहता था कि मैं बला की खूबसूरत हूं। ऐसा मुझे कई नौजवान कह चुके थे। मैं सुन्दर थी, अच्छी डील-डौल की थी। भरी पूरी छातियां असल में लडक़ी के गले में लटकता फांसी का फंदा होता है, जो उसे उन लड़कों की नजर में चढ़ा देता है जो उसे अपनी रबड़ की गुड़िया बनाना चाहते हैं। लड़की के हुस्न की तारीफ तब तक है जब तक उसमें मर्द को अपनी ओर खींचने की कशिश होती है। एक बार उसकी छातियां लटक जाएं या सूख जाएं तो फिर उससे वितृष्णा ही उपजती है।

कौतूहल और अनभिज्ञतावश जरा दो कदम आगे की ओर अग्रसर होती तो लाज, डर और मां के लिहाज के मारे वापिस लौट आती। मैं अपनी मंजिल पर पहुंचने के लिए व्याकुल थी मगर मां को

छोड़ जाती तो मां की देखभाल कौन करता। वह तो दिन-रात मीरा की तरह भगवान की भक्ति में ही खोयी रहती। बहुत कम बोलती। मेरा भाई बहुत पहले ही विदेश चला गया था।

मेरी जिन्दगी सरपट भाग रही थी। अब मैं और किसी राजकुमार की इन्तजार नहीं कर सकती थी -- कोई बड़े खानदान का रईस या फिल्मी हीरो की तरह बांका सजीला। एक बार जिसके साथ प्यार हो गया अब तो उसी के लिए जीना मरना था।

मेरा हीरो आज के जमाने का बिंदास आशिक था, वह शादी के खिलाफ था। मैं अपने कौमार्य को कब तक बचाती। मेरी उम्र मेरे हाथों से फिसलती जा रही थी। फिर एक दिन मैं उसकी रौ में बह ही गई। मैं इस दुनिया में कहीं बहुत ऊपर तैर रही थी।

पापा ने मेरी बहन को तो कभी कुछ नहीं कहा मगर जब मेरे लवर से सम्बंध बने और वह जब अक्सर घर आने लगा तो पापा ने एक दिन मुझे आड़े हाथों लिया। बहस होने लगी। मैं विद्रोह की भाषा में बोल पड़ी। पापा की मिसट्रेस को लेकर मैंने कुछ उल्टा-सीधा कह दिया पापा ने मेरी खूब धुनाई कर दी। प्यार करने वाले तो पहले ही इतने पिटे हुए होते हैं कि उन्हें तो एक हल्का-सा धक्का ही काफी होता है उनकी अपनी नजर से नीचे गिराने के लिए।

पापा ने जब मुझे पीटा तब भी मां कुछ नहीं बोली। अब वह पूरी तरह से गूंगी हो चुकी थी। कई बार मैंने सोचा कि उसे किसी बढ़िया ओल्ड एज होम में भर्ती करवा दूं। मां को पैसे की किल्लत न थी।

इस कशमकश में कब मेरे बालों में सफेदी उतर आई पता ही नहीं चला। मां के गुजर जाने के बाद घर में मैं अकेली ही रह गई। सब लोगों ने अपने-अपने घोंसले बने लिए थे। सब लोग आबाद हो गए थे। एक मेरी और पापा की नियति में दुख लिखे थे।

पापा काफी वृद्ध हो गए थे। अपनी मिस्ट्रेस और उससे हुई बेटी से उनकी कम ही बनती थी। पापा कभी कभार हमारे घर आते। अपने आफिस की एक अन्य बूढ़ी औरत के घर में रहते थे। मां के गुजर जाने के बाद पापा की वित्तीय स्थिति काफी मजबूत हो गई थी। मां को जो खर्च देते थे वह बच जाता था।

फिर एक दिन पापा भी इस दुनिया से कूच कर गए। मेरी बहन विदेश चली गई थी। पापा की मौत के बारे में सुनकर साल बाद आई। हमने एक दूसरे को सांत्वना दी। भाई ने तो बरसों पहले ही हम लोगों से लिंक तोड़ रखा था। वह बहुत पहले इस घर को बेचना चाहता था मगर मैं यहां रहती थी। उसने सोचा था कि मैं इस मकान को अकेली ही हड़प लूंगी।

मैं भला मां को छोड़कर कहां जाती। अपने मकान में हम जैसी भी थी, सुख से रहती थी। मेरी नौकरी कोई खास बड़ी नहीं थी। दरअसल अपने इश्क की खातिर मैंने यह शहर नहीं छोड़ा था इसलिए मेरी तरक्की के साधन सीमित थे यहां।

मैं अजीब विरोधाभास में भी। अपने आशिक के घर में जा कर नहीं रह सकती थी। मेरे जाने से मां की हालत खराब हो जाती। वह पापा के कारण यहां आने से कतराता था। फिर भी हमने कहीं दूसरी जगह मिलने का कम जारी रखा।

हमारे प्यार की इन असंख्य पुनरावृत्तियों में हमेशा एक नवीनता बनी रही। हमने एक दूसरे से शादी के लिए कोई आग्रह नहीं किया। हमारे इश्क में शिद्‌दत बनी रही, क्योंकि हमारे प्यार की अन्तिम मंजिल प्यार ही था।

उसके साथ मेरी कैफियत उस बच्चे के समान थी जो नंगे हाथों से अंगार उठा ले। उसने मेरे विचारों, मेरी मान्यताओं और मेरे समझ को उलट-पलटकर रख दिया था जैसे बरसात के दौरान गलियों में

बहते पानी की पहली झिब्बी अपने साथ गली में बिखरे तमाम पते, कागज वगैरा बहा ले जाती है।

मैं भी एक पहाड़ी नदी की तरह पागल थी, बावरी थी, और आतुर थी। मुझे बह निकलने की जल्दी थी। मुझे कई मोड़, और कई ढलान, कई रास्ते पार करने थे। मुझे क्या पता था कि तेजी से बहती हुई नदी जब मैदानों में उतरेगी तो समतल जमीन की विशालता उसकी गति को लील लेगी।

उसके साथ रहकर मुझे लगा कि मैं फिर से जवान हो गई हूं। मेरी उम्र कम हो गई है। फिर उसकी उम्र देखकर मुझे बोध होता कि मैं पाप कर रही हूं। पाप के बिना क्या सच्चा प्यार नहीं किया जा सकता? प्यार तो समाज की धारा के विरुद्ध जाकर ही किया जा सकता है।

मैं डर गई थी -- समाज से, मां से, पापा से, और अपने आप से। कहीं फंस न जाऊं, हालांकि उससे जुदा होने को जी नहीं चाहता था मगर उससे गहरे में इन्वाल्व होने कर मेरा इरादा न था या कहें कि हिम्मत नहीं थी।

मैं तो उसे दिल की गहराइयों से महसूस करके देखना चाहती थी। वह तो मगर मेरे प्यार के खुमार में दीवानगी की हद तक पागल था। तभी तो मैं डरकर अजीब परस्पर-विरोधी फैसले करती थी। कभी सोचती आगे चलूं, कभी पीछे हटने की ठान लेती। एक सुन्दर मौका जब मैं किसी को अपने दिल की गहराइयों से प्यार करती थी मैंने जानबूझकर गंवा दिया।

मैंने उसे अपमानित किया। उसे बुलाकर उससे मिलने नहीं गई। वह आया तो मैं अधेड़ उम्र के सुरक्षित लोगों से घिरी बतियाने में मशगूल रही। उसकी उपेक्षा की। आखिरकार मैंने अपने-आप को एक खोल में बन्द कर लिया जैसे अचार या मुरब्बे को एयर टाइट कन्टेनरों

में बन्द किया जाता है।

अब मुझे इस उम्र में जब मैं 58 से ऊपर जा रही हूं, उन क्षणों की याद आती है तो मैं बेहद मायूस हो जाती हूं। मैं सोचती हूं कि मैंने प्यार नहीं किया और अपनी मूर्खता में एक प्यार भरा दिल तोड़ दिया।

पहला शहर

उसने आने में बड़ी देर कर दी थी। कोई कब तक उसका इन्तजार करता रहता। ऐसे सैंकड़ों नौजवान यहां से पलायन कर चुके थे। सारी लड़कियां बाहर ब्याही जा चुकी थी। बूढ़े लोग मर-खप गए थे। जो शहरों में गए, वे कभी पलटकर नहीं आए। अब वह इस शहर में चालीस बरस बाद आया था। चालीस बरसों में शहर का इतिहास और भूगोल इतना ज्यादा बदल जाता है कि खुद शहर के लोगों को पुराने ठिकाने ढूंढ़ने में दिक्कत आती है।

वह दिल्ली से ही सारी तैयारियां करके आया था। वह अपने पुराने शहर में दो रातें ठहरने के लिए नवोदय विद्यालय के प्रिंसिपल के नाम उनके दिल्ली मुख्यालय के डिप्टी डायरेक्टर का पत्र लिखवा लाया था। पिछले सप्ताह फोन भी करवा दिया था। यहां अनजान जगह किसके पास ठहरता। उसे इस बात का पूरा शक था कि नवांशहर में पता नहीं ढंग के होटल भी होगें या नहीं। उसका यह शहर जी टी रोड पर नहीं था।

शहर में घुसते ही उसका इरादा बदल गया था। उसने शहर की बाहरी सीमा पर कई आलीशान होटल देखे। पंजाब टूरिज्म का होटल उसे बहुत अच्छा लगा। उसने अपने ड्राइवर को गाड़ी अन्दर ले जाने को कहा।

होटल में चैक-इन करने के बाद उसने हल्के कपड़े पहने और चाय ली। पिछले आठ घंटे से वह गाड़ी में बैठा-बैठा बुरी तरह थक

गया था मगर फिर भी आज उसे कोई खास थकान महसूस नहीं हो रही थी। पिछले कितने बरसों से वह नवांशहर आने की योजनाएं बनाता रहा था मगर किसी न किसी कारण इधर आना नहीं हो सका था। वह इतनी बार कोलकाता, मुम्बई, चेन्नई, ढाका, पीकिंग और टोकयो जैसे बड़े-बड़े शहरों में हो आया था मगर नवांशहर आना उसका सपना ही बना रहा। विदेश मंत्रलय में उप-सचिव होने का फायदा यह था कि टूर बहुत करना पड़ता था उसे।

यह शहर पिछले बहुत सालों से परेशान करता रहा है उसे। उसके सपनों में बार-बार आता रहा है। सारी-सारी रात सपने में वह नवांशहर की पुरानी गलियों मे भटकता रहता था। वह स्कूल की टूटी हुई दीवार पर चढ़कर रहमान के बाग के जामुन तोड़ना, केसर हलवाई के समोसे खाना, मास्टर औम प्रकाश की स्टेशनरी की दुकान पर जाना, रामा टाकीज में सिनेमा देखना। और न यहां से जुड़ी कितनी-कितनी जगहों की यादें उसे परेशान करती रहती। वह हर साल सोचता कि इस बार नवांशहर जरूर जाएगा मगर फिर दफ्तर के कामों में मसरूफ हो जाता था। बीवी से जिक्र करता तो वह भी हंसने लगती। कहती, 'जिन्होंने कहीं जाना होता है न, वे इतनी लम्बी-चौड़ी सलाहें नहीं किया करते। टैक्सी करो और चले जाओ। इसमें दिक्कत क्या है? तुम्हारा नॉस्टेलजिया है नवांशहर, तुम ही उसे शांत करो। हम तो जाकर बोर ही होंगे।'

आज वह अपने पहले शहर में खड़ा था। यहां अजीब-सा परायापन देखकर एक बार तो उसे लगा था कि यह शहर उसके लिए कब का मर चुका था या हो सकता है कि इस शहर में उसकी बहुत पहले मौत हो गई हो। फिर जाकर दिल्ली में जन्म हुआ हो उसका। कितना रोमांच हो रहा था उसे कि आज चालीस साल बाद वह फिर उन्हीं गलियों में घूमेगा जिन्हें उसने कितनी दफा याद किया था।

शायद कोई पिछला साथी भी मिल जाए।

क्या सब कुछ वैसा ही पड़ा होगा जैसा वह छोड़ कर गया था? उसे हंसी आ गई कि वह भी कितना पागल है। क्या जमाना उसके लिए वहीं ठहर गया होगा। खुद वह भी तो इतने सालों में क्या से क्या हो गया है। उसकी सोच में कितना अन्तर आ गया है। परिर्वतन दुनिया का पक्का नियम है। अगर यह शहर उसे इस कदर सपनों में परेशान न करता तो वह भी कहां इस की तरफ रुख करता। सब के साथ यही होता है कि बीत गई सो बात गई।

सन् सैंतालिस के दंगों में उसके बुजुर्ग लाहौर के करीब के एक गांव से उजड़कर आए तो नवांशहर के पास के एक गांव में बस गए थे। थोड़ी बहुत जमीन पर काश्त करते और गुजर-बसर करते। नवांशहर छोटा-सा कस्बा ही था। तब यह जालंधर की पिछड़ी तहसील ही होती थी। दोआबा के इस क्षेत्र की जमीनें बहुत जोर वाली थी। जैसे आजकल लोग विदेश जाने की होड़ में रहते हैं, तब दिल्ली के लिए लोगों के मन में अजीब रश्क होता था। इन रिफ़्यूजियों के ज्यादातर रिश्तेदार दिल्ली के किंग्जवे कैम्प, पंजाबी बाग या पश्चिमी दिल्ली के इलाकों में रहते थे। दिल्ली में नौकरी करना उनका बहुत बड़ा सपना होता था।

सुरेश ने भी हायर सैक्डरी के बाद क्लर्क ग्रेड परीक्षाओं में जमकर तैयारी की। उसकी किस्मत अच्छी थी कि अभी उसकी दाड़ी-मूंछ नहीं आई थी और उसे सरकारी नौकरी मिल गई थी। दिल्ली में अकेला कैसे रहता। एक दो साल में ही उसने ऐसा जुगाड़ लगाया कि सारा परिवार जमीन और मकान को अगल-बगल करके उसके पास तिलक नगर में आ गया। यहां सौ गज जगह पर उसने छोटा-सा मकान बना लिया। सुरेश ने बहन की शादी भी यहीं आकर की। अपनी शादी से पहले अपने अनपढ़ छोटे भाई को मोटर मैकेनिक का काम सिखाकर

डी टी सी में लगवा दिया। खुद भी विभागीय परीक्षाएं पास करते -करते क्लास वन पोस्ट पा ली।

अपने जीते-जी एक बार नवांशहर जाकर अपने पुराने घर व अन्य जगहों को देखने की उसकी इच्छा इतनी बलवती होती गई कि सुरेश ने इस बार कोई रिस्क न लेने का फैसला कर लिया था। हर बार यही समस्या आड़े आती थी कि वहां कोई अपना तो है नहीं, तो कौन उसे इस सब जगहों पर घुमाएगा। तभी उसे अपने दोस्त का ध्यान आया जो नवोदय विद्यालय में डिप्टी डायरेक्टर था। उसे पता चला कि इन स्कूलों की हर जिले में ब्रांच होती हैं। उसने उससे मिलकर नवांशहर के प्रिंसिपल जोशी जी को फोन भी करवा दिया और पत्र लिखवाकर अपने पास रख लिया।

होटल के कमरे से ही उसने जोशी जी को फोन करके अपने आने की सूचना दे दी और कहा कि आधे घंटे में वह उनके घर पहुंच रहा है। उसने सोचा था कि अपने ड्राइवर को वह जोशी जी के घर या किसी सस्ते रेस्ट हाउस में टिका देगा।

जोशी जी रामनगर कालोनी में रहते थे। उनका घर मिलने में ज्यादा समय नहीं लगा उसे। जोशी जी ने सुरेश के ठहरने का इंतजाम स्कूल के विश्रामघर में किया हुआ था। अपने ड्राइवर को उनके हवाले करके व अपनी गाड़ी लेकर वह होटल की तरफ निकल आया। तय ये हुआ कि कल सुबह सभी स्थानों पर जाने का प्रोग्राम रखा जाए। अब तो रात के आठ बज चुके थे। अब कुछ नहीं हो सकता था।

एक बार अपने पैतृक गांव देखने का मोह इतना ज्यादा था कि वह अंधेरे में ही अपने गांव का पता पूछता हुआ निकला। अभी दो किलामीटर ही गया होगा कि उसने वापिस मुड़ने का इरादा कर लिया। हर तरफ काली अंधेरी रात थी। ऐसे में चालीस साल पुरानी कोई निशानी ढूंढना निहायत मुश्किल था। होटल पहुंचकर उसने दो पेग

चढ़ाए और खाना खाकर सो गया। उस दिन पहली बार उसे बहुत गहरी नींद आई जिसमें कोई भटकन नहीं थी।

सुबह ड्राइवर के फोन से ही उसकी नींद खुली। वहां जोशी जी नाश्ते पर उसका इन्तजार कर रहे थे। वह फटाफट नहा-धोकर वहां पहुचा। सुरेश ने चहकते हुए कहा, 'तो सर! कहां से शुरू किया जाए? आज रात तक का समय है हमारे पास। सरकारी स्कूल, नीम वाला चौक जहां केसर हलवाई की दुकान है, पीर नौगजा और साथ लगते गांव किशनगढ़ भी जाना है।'

जोशी जी शांत स्वर में बोले, 'जनाब, यह तो छोटा-सा शहर है। दो घंटे में ही सब जगह घूम लेंगे आप। किशन गढ़ तो अब नहीं रहा। दसेक घर होंगे गांववालों के। दसियों कालोनियां कट चुकी हैं वहां। 1984 के दंगों में सारे हिन्दू तो गांव छोड़कर चले गए थे। तब दस हजार रुपए एकड़ जमीन भी बिकी थी आज उसका रेट एक करोड़ है। अब वह शहर का सबसे पॉश इलाका है -- हर तरफ मल्टीप्लेक्स और शापिंग मॉल। वक्त-वक्त की बात है। चलो घूम-फिर आओ। अपना रिश्तेदार या जान-पहचान वाला न हो तो शहर का चक्कर लगाने में ज्यादा वक्त नहीं लगता। घूम फिर आने के बाद आज रात का खाना आपको हमारे साथ खाना होगा। खास पंजाबी खाना बनाएंगे आपके लिए, दाल मक्खनी, सरसों का साग और मक्की की रोटी और साथ में जर्दा।'

सुरेश ने हैरानी से कहा, 'जर्दा, वो तम्बाकू वाला। मैं तो नहीं खाता।' जोशी जी हंसते हुए बोले, 'जर्दा हमारे यहां की खास स्वीट डिश है। बढ़िया मीठे बासमती चावलों में ड्राई फ्रूट, देसी घी और असली केसर डालते हैं जिससे उनका रंग पीला हो जाता है। क्या कमाल का स्वाद होता है उसका।'

सुरेश को याद आ गया कि बचपन में उसकी दादी भी ऐसे ही

पीले मीठे चावल बनाया करती थी। अब तक कुछ भी नहीं बदला है यहां का। क्या सच में सब कुछ बदल जाता है? शहर बदल जाते हैं मगर मन तो वही रहते हैं।

जोशी जी ने अपना एक टीचर उनके साथ रवाना कर दिया। नाश्ता करके सबसे पहले वे सरकारी सीनियर सकैंडरी स्कूल पहुंचे। यहां से सुरेश ने बारहवीं कक्षा पास की थी। सुरेश ने प्रिंसीपल से पुराना रिर्काड मंगवाया। सभी कमरों में घूम-फिर कर देखा। सारा नक्शा ही बदल चुका था। पुरानी बिल्डिंग को गिराकर नई इमारत बन गई थी। टीचर नए थे। अपने बैच के छात्रों के बारे में उसें कोई मालूमात नहीं मिल पाई। करना भी क्या था उसे। वह तो एक बार यहां आकर अपने मन को शांत करना चाहता था।

केसर हलवाई का होटल भी पूरी तरह आधुनिक बन चुका था। बिल्लू टेलर मास्टर की दुकान भी कहीं नजर नहीं आई। यही बिल्लू रामलीला में सीता का रोल किया करता था। ओम प्रकाश मास्टर की स्टेशनरी की दुकान भी कहीं नहीं थी। हां, उस जगह एक आधुनिक मार्कीट बन चुकी थी। मास्टर औम प्रकाश कभी खाली नहीं बैठते थे। कभी ब्लेड से पेंसिल घड़ रहे होते तो कभी सरकंडे की कलम को पैनी बना रहे होते। उन दिनों तख्ती पर लिखने का चलन था। आज सब कुछ ही तो बदल गया था। सुरेश भी बदल गया था मगर मन के एक कोने में इस गांव से जड़ी कुछ यादें वैसी ही तरोताजा थी जिनका वर्तमान के साथ कोई सरोकार नहीं था।

जो चीज सुरेश ढूंढ़ रहा था, वह उसे कहीं नहीं मिली। पुरानी चीजों के नाक-नक्श, चेहरे-मोहरे, रूप-रस व गंध सब बदल चुके थे। समय बहुत बीत चुका था। या तो वह बीच-बचार कभी-कभार यहां आता रहता तो बदलते गांव व शहर की प्रक्रिया को वह समझ सकता था। सुरेश के मां-बाप जरूर पहले-पहल किसी रिश्तेदार की शादी या

गमी पर आते रहते मगर फिर हुआ यह कि सारे टब्बर-कुनबे के लोग शहरों मे जाकर बस गए थे और बाकी बचे-खुचे लोग 84 के दंगों में गांव से पलायन कर गए थे।

उसका मन बुझ गया। अपने गांव किशनगढ़ जहां उसने जन्म लिया था, वह उसको बिल्कुल अपरिचित लगा था। न वह प्राइमरी स्कूल था और वह बड़ा-सा पीपल का पेड़ जिसके नीचे गर्मियों में उसके कुनबे-टब्बर के सारे बच्चे कंचे खेलते थे। उसने गांव को छोड़ दिया तो गांव ने भी उसकी सारे यादें खरोंच कर फैंक दी थी। कुछ भी बचाकर नहीं रखा।

अगले दिन बुझे हुए मन से सुरेश दिल्ली की तरफ जा रहा था। वह सोच रहा था कि जाकर पत्नी को क्या बताएगा कि उसे नवांशहर जाकर अपने बचपन को ढूंढने में कितनी निराशा हुई। पुरानी चीज को फिर से हासिल कर पाना कितना कठिन होता है।

अब तक तो उसे यही लगता रहता था कि बचपन की बहुत-सी अनमोल यादें कहीं सुरक्षित संजोई हुई रखी हैं और वह किसी दिन जाकर उन्हें तरोताजा करके मन की सारी भड़ास निकाल लेगा। मगर अब उसे लग रहा था कि उससे उसका बचपन ही छिन गया है। अब उसके सपनों में नवांशहर शायद न ही आए क्योंकि अब उसका मोह भंग हो चुका है। वह तो बेवफा था ही उसका पहला शहर उससे भी ज्यादा बेवफा निकला।

मन नाहीं दस बीस

मैं जीवन के सातवें दशक से गुजर रहा हूं। मैं नेशनल कालेज का महत्वपूर्ण हिस्सा रहा हूं। सारी उम्र यहीं काटी है मैंने। मेरे जीवन के तीन फेज हैं -- कालेज से पहले, कालेज में और कालेज के बाद। कालेज का मरे जीवन पर इतना ज्यादा प्रभाव रहा है कि इसके बिना मेरे जीवन की कहानी अधूरी ही है। लोगों को हैरानी होती है कि में एक ही कालेज में सारी उम्र रहा मगर फिर भी मुझे इतने गहरे अनुभव हुए।

मैं शिवालिक पर्वत श्रृंखला के तले नूरपुर कस्बे में पैदा हुआ जो राज्य का सबसे पिछड़ा और शांत इलाका है। इस कस्बे की आबादी तब मुश्किल से तीन हजार रही होगी। दरअसल यह कस्बा तीन राज्यों की सीमाओं के पास था इसी वजह से इसका सही विकास नहीं हो पाया। इस की बोली व संस्कृति में अजीब घालमेल मिलता है। यहां एक सरकारी हाई स्कूल था।

अपने पुरखों की तरह मेरे पिता भी एक किसान ही थे। कस्बे की बाहरी खुले इलाके में खेतों के साथ-साथ हमारे घर थे। मैं कक्षा में पढ़ाई में सबसे तेज था। दसवीं में मैं मेरिट पर आया था और इसी वजह से सौ मील दूर के इस शहर में मुझे नेशनल कालेज में दाखिला मिला और साथ ही फीस माफ कर दी गई।

अपने सौ से ज्यादा लोगों के बड़े से कुनबे में मैं ही पहला लड़का था जिसने दसवीं के बाद कालेज का मुंह देखा था। पूरे उतर भारत

में नेशनल कालेज का बहुत नाम था। 11 वीं कक्षा में भी मैंने अच्छे नम्बर लिए अब 12 वीं की परीक्षा में ही मेरे आने वाले समय का तय होना था। मैं कालेज के पहले दस तेज बच्चों में था।

सत्तर के दशक में कालेजों में उतना खुलापन नहीं था। लड़के लड़कियों को आपस में मिलने बोलने व साथ-साथ खेड़े होने में झिझक आती थी। लड़के व लड़कियों के अलग-अलग झुंड खड़े नजर आते थे। मुझ जैसे लोग जो छोटे कस्बों से यहां आए थे लड़कियों को लेकर ज्यादा आतुर और तत्पर रहते थे। साथ के इसी शहर के चंट लड़के लड़कियों के साथ काफी हाऊस जाते या मूवी देखते, हमारे लिए यह सब सपने के समान था।

हमारी 12वीं क्लास जो मेडिकल सैक्शन था, में आठ लड़कियां और पच्चीस लड़के थे। इन आठमें से चार लड़कियां तो बहन जैसी थी, काली चश्मीश और गवांर। बाकी चार के लिए हम टाप के दस बच्चों में कम्पीटीशन आए दिन कड़ा होता जा रहा था।

सभी लड़के इन लड़कियों से दोस्ती करना चाहते थे। हम कालेज में चार बजे तक रहते थे। थ्योरी क्लासों के बाद भौतिकी, रसायन शास्त्र और जीव विज्ञान में प्रेक्टिकल व लैब टेस्ट करने के लिए।

लैब टेस्ट के दौरान हमारे टीचर हमें जोड़ों में बांट देते थे। ज्यादातर लायक बच्चों के हिस्से में लड़कियां आती थी। लड़कियां चाहती थी कि उन्हें तेज बंच्चों का साथ मिले। वे उनसे नोट्स व अन्य पाठन सामग्री आदि मांगती और इस तरह दोस्ती बढ़ने के आसार बढ़ जाते।

मैं सत्रह साल का हो चुका था और इस उम्र में लड़के में लड़की से दोस्ती करने की कामना अपने पूरे उठान पर होती है। अब तक मुझे लड़की से दिल की बात कहने का मौका नहीं मिला था। मेरे लिए तो लड़की ऐसा अद्भुत जीव था जो किसी दूसरे ग्रह का रहने

वाला था। पहले त्रैमासिक टेस्ट होने के बाद लड़कियां गंभीर होती गई और उन्होंने भी तय कर लिया कि किसे लिफ्ट देनी है और किसे नहीं। मेरे साथ बहुत अधिक बार पार्टनर बनी गीता ने मुझ में नोटिस लेना शुरू कर दिया था।

मेंढक तथा खरगोश का चीर-फाड़ करते समय हमारे हाथ टकराते तो बिजली की लहरें सारे शरीर में दौड़ने लगती। दिए गये साल्ट में से रसायन अलग करते समय या प्रिज्म का इंडेक्स निकालते समय हम एक दूसरे को कनखियों से ज्यादा देखते।

मुझे प्यार नामक कीड़े ने काट खाया था और गीता की हालत भी वही थी। गीता इसी शहर के बड़े बिजनेसमैन की इकलौती लड़की थी। मुझे इस बात का इल्म ही था कि उसके डैडी में इतनी हैसियत है कि वह उसे मेडिकल कालेज में पैसे देकर सीट दिला सकता है।

मेरा परिवार तो किसानों का परिवार था। उन्हें क्या पता था कि मैंने क्या करना है। वहां तो बच्चे थोड़ा बहुत पढ़ लिखकर हल की मूठ पकड़ लेते हैं और फिर उनकी शादी हो जाती है। मुझे तो अपना रास्ता खुद बनाना था। और मैं था कि गीता के ख्वाबों में दिन रात खोया रहता था। परीक्षा के लिए मुझमें आत्मविश्वास कुछ अधिक ही था। कोई कारण नहीं था कि मुझे मेडिकल कालेज में दाखिला न मिले।

हमने पीरियड बंक करने शुरू कर दिए। हम साथ लगते छावनी एरिया में चले जाते, मूवी देखते, कालेज टाइम में बाजारों में घूमते और माल रोड के दक्षिणी छोर में उजाड़ चर्च के सुनसान इलाके में बैठते। गीता थोड़ी मोटी थी मगर सुन्दर दिखती थी। वह फैशन के चुस्त व आर्कषक कपड़े पहनती थी। उसके घने लम्बे रेशमी बाल थे। मोटी-मोटी आंखें और चेहरा गुदाज और हाथ मुलायम।

हम यह साबित करने पर तुले थे कि हम परफेक्ट लवर्स हैं।

हमारे बीच हमारी अलग-अलग जातियां सबसे बड़ा रोड़ा था। मैं राजपूत था और गीता बनिया थी। इसीलिए हमारे प्यार में कुछ ज्यादा ही शिद्दत और तुर्शी थी, क्योंकि हमें पता था कि हमारी शादी नहीं हो पाएगी। इतनी कम उम्र में हमें शादी की पड़ी थी। प्यार का कोई दूसरा अर्थ तब हमारी समझ में नहीं आता था। जीवन में अपना कैरियर बनाने के बारे में हम भूल गए थे।

जब मुझे होश आया तो बहुत देर हो चुकी थी। गीता मेडिकल कालेज में चली गई थी। मैं अजीब कशमकश में था कि अब क्या करूं? खैर, मैंने आर्ट सब्जैक्ट लेकर डिग्री करने की ठानी। मेहनती तो मैं था ही आर्ट की डिग्री में सारे कालेज में प्रथम आया। फिर यहीं से एम ए किया उसमें भी फर्स्ट क्लास ली। यूनिर्वस्टी में टॉप किया। कालेज की मैंनेजमेंट मुझसे इतनी खुश हुई कि मुझे अंडर ग्रेजुएट क्लासें पढ़ाने के लिए रख लिया। फिर मैंने पी एच डी कर ली। और चालीस साल की उम्र में इतने बड़े कालेज ने मुझे प्रिंसिपल बना दिया।

मुझे जीवन में सब कुछ मिला। गीता से अपने प्यार का किस्सा मैं बहुत पहले भूल चुका था। वुमेन कालेज की एक सुन्दर, सुशील और आर्कषक लैक्चरर से मेरी शादी हुई और हमारे घर एक प्यारा लड़का पैदा हुआ। हम सुखी जीवन जी रहे थे। मुझे किताबें पढ़ने का शौक था और मेरा बेटा पढ़ लिखकर यू एस ए चला गया और वहां के एक भारतीय परिवार में उसकी शादी हो गई।

अचानक एक कार दुर्घटना में मेरी पत्नी की मौत हो गई। मैं तो फट पड़ा। जीवन से सारा रस ही गायब हो गया। लगता था कि अब आगे जीने या काम करने का क्या उद्देश्य रह गया है। मेरा बेटा और उसका परिवार एक महीना मेरे पास रहकर लौट गए। वे कब तक यहां रुकते। उसके कैरियर का सवाल था। मेरे पास दौलत

थी। मैं देर रात तक कालेज के कामों में लगा रहता मगर घर आते ही उदास हो जाता।

तभी एक दिन मेरा पुराना मित्र अनिल मुम्बई से मुझे मिलने आया। उसे मेरी पत्नी की मौत की खबर मिली थी मगर वह विदेश में था। वह मुझे सांत्वना देने आया था। यहां आकर उसने मुझे देखा तो वह हैरान रह गया। मेरा चेहरा बुझा हुआ, आंखें पीली और कपड़ों की भी मुझे कोई चिन्ता नहीं थी।

क्लब में पेग उठाते हुए उसने कहा, 'देख कपिल, मैं तुम्हें बचपन से जानता हूं। तुमअकेले रहोगे तो जिन्दगी आधी हो जाएगी तुम्हारी। पहले रिश्तेदार काफी समय देते थे एक दूसरे को। अब शहरों में लाइफ बहुत फास्ट हो चुकी है। तुम्हारे बेटे के पास भी तुम्हारे लिए समय नहीं है। तुम्हें अपना ख्याल खुद रखना होगा। ये कालेज ही तुम्हारी जिन्दगी में सब कुछ नहीं है। और जरा उम्रदराज हो जाओगे और रिटायर हो जाओगे तो फिर यही घर काटने को दौड़ेगा।'

गुस्से में आकर वह बोला, 'हादसे किसके साथ नहीं होते। पत्नी चली गई तो क्या तुम भी चिता में जल जाओगे। कुछ अपने लिए सोचो भाई।'

'मैं क्या सोचूं? अब इस अधेड़ पकी हुई उम्र में तो अकेला ही रहना है मुझे।'

'अकेला क्यूं? अभी तो तुम 54 साल के हो। आदमी और घोड़ा कभी बूढ़ा नहीं होता।

'बहुत सारे लोग प्रस्ताव लेकर आए थे कि मैं शादी कर लूं। अरे बाबा इस उम्र में अगर में कोई झक्की स्त्री अपने घर ले आया तो बेटे से तो विमुख हूंगा ही, मेरी अपनी शांत जिंदगी में भी भूचाल आ जाएगा प्यारे। वह मेरी जयदाद पर हक जमाएगी, तो मेरा बेटा क्या मेरा रहेगा। कल उसके भी बच्चे हो गए या साथ में कोई बच्चा

ले आई तो । इस उम्र में कोई सोलह साल की कन्या तो मुझे मिलेगी नहीं।'

'हम लोग 21वीं सदी में रहते हैं। तुम्हारा बेटा अनपढ़ गंवार नहीं है कि वह तुम्हारा विरोध करेगा। हो सकता है कि वह भी चाहता हो कि तुम जीवन में फिर से सैटिल हो जाओ। मृत पत्नी की याद में यूं घुलते रहोगे तो जल्दी ही राम नाम सत्य हो जाएगा तुम्हारा।'

'तो फिर क्या करूं मैं?'

'मेरे पास तुम्हारे लिए एक बढ़िया मैच है। मेरे पड़ोसी हैं मुम्बई में, मिस्टर सिंह। उनकी लड़की ने शादी की उम्र पार कर ली है। वह चालीस के करीब होगी। वह एक इंटरनेशनल लेवल के स्कूल में टीचर है। मानसिक रूप में तुम्हारे बराबर ही आई क्यू होगा उसका। वह सुन्दर है, आर्कषक है और गंभीर है। तुम कहो तो मिस्टर सिंह से मैं अभी बात कर लूं। उनका एक्सपोंट का बिजनेस है। पिछले दस सालों से जानता हूं मैं उन्हें। निहायत शरीफ और नेक फेमिली है। मुझे बड़े भाई समान मानते हैं। कल कोई प्राब्लम हुई तो मैं हूं न। लड़की नौकरी छोड़कर तुम्हारी बहुत सेवा करेगी। और वह है भी प्योर वर्जिन। जाकर स्विटजरलैंड हनीमून मनाना। कहो तो मिलाऊं क्या उनका नम्बर?'

'मैं अपने बेटे से सलाह तो ले लूं।'

'उसे राजी करना मेरा जिम्मा रहा। तू लड़की और उसका परिवार देख ले पहले।'

'यू आर पुटिंग मी इन टर्बल्ड वाटर, देख ले यार।'

अनिल ने मेरी कोई बात न सुनी। वह कहते हैं न कि विनाशकाले विपरीत बुद्धि। मैं अभी जवान था। अनिल की बातों में आ गया। अकेलेपन को मिटाने के लिए मैंने शादी के लिए हां कर दी। अपने मन में उमड़े वासना के उद्वेग को मिटाने के लिए एक

कुंवारी लड़की को पाने की बलवती इच्छा के सम्मुख विवश हो गया। मेरे सामने पहाड़-सी लम्बी जिन्दगी पड़ी थी।

मेरी हां करने के बाद अनिल ने मेरे बेटे से पूछा। उसने तुरन्त अपनी सहमति दे दी। ऐसा करके वह भी हल्का हो गया। कहां तो उसे मेरी चिन्ता रहती थी। अब मुझे नई पत्नी के हवाले करके वह मस्त होना चाहता था।

शादी के दो तीन महीने बाद तक मुझे दुनिया जहान की चिन्ता ही नहीं रही। मैं पता नहीं किस दुनिया में उड़ता रहा। विदेश में घूमा। यहां भारत में आकर भी कभी दिल्ली तो कभी मुम्बई तो कभी पंजाब। मोनिका की लम्बी चौड़ी रिश्तेदारियां थी।

इसी बीच मोनिका गर्भवती हो गई। उसके लिए तो यह खुशी की खबर थी मगर मेरे लिए यह बात चिन्ता का विषय बन गई थी। मेरा पोता मेरे होने वाले बच्चे से तीन साल बड़ा होगा। बात कुछ गले नहीं उतर रही थी। कालेज के लोग क्या सोचेंगे।

मैंने शादी अपनी ऊब मिटाने के लिए की थी। मैं नहीं चाहता था कि इस उम्र में बच्चे पैदा करने शुरू कर दिए जाएं। बुढ़ापे की औलाद कितना दुखी करती है मैं जानता समझता था। उनके साथ हमारा जेनरेशन गैप ही इतना अधिक होता है कि घर में शांति का माहौल नहीं रह सकता।

खैर काफी बहस के बाद मोनिका गर्भपात के लिए राजी हुई। इस घटना ने उसे बिल्कुल बदल दिया। फिर अब जैसे ही हमारी शादी को एक साल हुआ मोनिका का असली व्यक्तित्व मेरे सामने खुलता गया। वह तो आग का गोला थी। मेरी पहली पत्नी बड़ी समर्पित, शांत और मृदुल स्वभाव की थी। बहस नहीं करती थी। हमें एक दूसरे पर अगाध भरोसा था।

मोनिका के लाड़ चाव मैं सारे करता था, मगर इसे वह एक

प्रकार का फुसलाना मानती था कि मैं उससे सैक्स करने के लिए यह सब करता हूं। हमारे बीच पन्द्रह साल का वक्फा था। उसके हर टॉपिक पर विचार ज्यादातर मुझसे अलग होते थे। उसका जन्म मुम्बई में हुआ था। चालीस साल वह वहां रही। यहां इस छोटे से शहर में वह खुद को असुविधाजनक, घुटी-घुटी व असरुक्षित महसूस करती थी।

कालेज का हैड होने के नाते मुझे काफी समय कालेज में देना होता था। घर में मोनिका कालेज के जवान लैक्चरर को बुला लेती अैर उनसे गपशप कर लेती।

एक बार मैंने सही ढंग से उसे समझाया भी तो वह गुस्से में बिफर गई, 'तुम एक छोटे कस्बे के किसान के बेटे हो। तुम क्या जानो दुनिया कहां है। अगली बार मुझपर शक करोगे तो मैं दस सैकंड में तुम्हे छोड़ कर चली जाउंगी। मैं वहां तीस हजार रूपए महीना कमाती थी। तुमसे शादी की। कितनी कुर्बानी दी, मुम्बई छोड़ा, बीस साल की ऑक्सफोर्ड स्कूल की नौकरी छोड़ी। तुम्हारे कहने पर एबार्शन करवाया। अब तुम क्या मेरी जान लोगे? मुझे घुटघुट कर मार डालोगे? हम लोग एक एन जी ओ बनाकर स्लम में रहने वाले बच्चों को पढ़ाने की योजना बना रहे हैं।'

मेरी तसल्ली हो गई। फिर मेरे साथ वह बिस्तर पर एकदम ठीक थी। मैं उसपर शक कैसे कर सकता था।

मोनिका वास्तव में एक माडर्न औरत थी, जिसको एक आदमी से मेल-जोल रखने में संतुष्टि नहीं होती थी। वहां मुम्बई में यह सब चलता था मगर यहां छोटे शहर में बदनाम होने का डर था। मैं थोड़ा पुराने विचारों का ठहरा। हफ्ते में एक बार उससे मिलता था और रात दिन कालेज के कामों में सिर खपाता रहता था।

एक न एक दिन तो उसका भांडा फूटना ही था। एक दिन कुछ खोजते हुए उसके पर्स में मुझे कंडोम का बड़ा-सा पैकेट मिला। मैं

कभी कंडोम प्रयोग नहीं करता था। कंडोम पाकर मेरे मन में संदेह का बीज अंकुरित हो गया।

मैंने सोचा कि गलती मेरी ही है। जवान बीवी को खुश रखने की टेकनीक मुझे नहीं आती। कल मेरे दोस्त अनिल को सारी बात बताऊंगा तो वह मुझे ही लल्लू और चुगद कहेगा। कहीं गर्मी में कोई कदम उठा लिया, तो फिर बुढ़ापा रोते धोते ही कटेगा। बदनामी और बुरी गत होगी सो अलग।

मैंने मोनिका पर कुछ ज्यादा ही ध्यान देना शुरू कर दिया। कालेज से छुट्टी ले ली। उसे घुमाने हिल स्टेशन ले गया। उसके लिए नौकरी की बात भी कर ली। एक महीना तक मैंने अपना रवैया बदलकर देखा और सोचा कि मैं अगर अब भी चाहूं तो अपनी हिलती चरमराती हुई शादी को बचा सकता हूं।

मैंने दो महीने और बीतने दिए। एक प्रकार से दिल पर पत्थर रखकर शक के बीज को कुचलने की कोशिश की। सच बात तो यह भी थी कि मैं मोनिका को दिल से चाहने लगा था वह थी ही इतनी सुन्दर और प्यारी।

कालेज में कई सुन्दर लैक्चरर थीं, जिन्हें मेरे एक संकेत भर की देर थी, मगर मैं ठहरा शर्म और झिझक का मारा। मोनिका बहुत सधे हुए ढंग से सारा खेल खेल रही थी। एक नजर में मुझे लगता नहीं था कि मोनिका मुझे अंधेरे में रख रही है।

अब मैं उसकी जासूसी भी नहीं करवा सकता था। छोटा सा शहर, कहीं बात फैल गई तो लोग न जाने क्या-क्या बातें बनाएंगे। कहेंगे कि कपिल चौहान ही नामर्द है। अब बुढ़ापे में जवान बीवी से शादी करेगा तो फिर कहां संभलेगी उससे।

एक दूसरी प्लान मुझे ठीक लगी। मैं किसी अन्य तरीके से खुद को झुठलाना चाहता था कि मोनिका पाक साफ है और मुझे ठग नहीं

रही। मैंने विश्वविद्यालय के काम के बहाने तीन दिन की छुट्टी ली और प्लान यह बनाया कि समय से पहले अचानक एक दिन या रात देर गए घर आ कर छापा मारूंगा। मोनिका के पर्स में मिले कंडोम वाली बात मुझे बेचैन किए जा रही थी।

मैं एक दिन के लिए बाहर गया और मोनिका से बताकर गया कि तीन दिन बाद घर लौटूंगा। मगर मैं दूसरी रात लौट आया तो मुझे मेरे ही घर में ताला लगा मिला। दूसरी चाबी तो मेरे पास थी ही।

मेरा शक यकीन में बदलता जा रहा था। मोनिका अगले दिन भी नहीं आई। मैंने मोबाइल पर पूछा तो उसने बताया कि वह घर पर ही है। उसे शक न हो, मैं भी उसके आने से पहले कहीं चला गया।

मैं देखना चाहता था कि मैं अपनी उजड़ती जा रही गृहस्थी को बचा पाता हूं या नहीं। अब खुलकर मोनिका से पूछ भी नहीं सकता था कि पिछली दो रातें वह कहां थी। वह तो कह देती कि वह घर पर ही थी, उल्टा मुझ पर ही दोष लगाती कि मैं उस पर बेवजह शक करता हूं।

फिर घर से चले जाने की धमकी देती। हो सकता है कि यूं ही बहाने से लड़कर चली जाती। फिर तो बात संभालनी ही मुश्किल हो जाएगी। मेरी बातों पर कौन यकीन करेगा। कोई सबूत हो तो सारा टेंशन खत्म हो।

अब मुझे उसकी जासूसी करवाने पर मजबूर होना पड़ा। मैंने दूसरे शहर की एक डिटेक्टिव एजेंसी की सेवाएं ली। ये जासूसी करने वाले बहुत उस्ताद होते हैं। कई बार दूसरी पार्टी को अपने फायदे के लिए ब्लैकमेल भी करते हैं। उससे मिल जाते हैं तथा सही बात सामने नहीं आने देते। अतः अपना नाम पता मैंने गोपनीय ही रखा तथा

उन्हें मांगी गई रकम से ज्यादा फीस दी।

मुझे एक हफ्ते में ही सारी रिपोर्ट, सबूत और फोटो मिल गए। इन्हे अदालत में ले जाता तो मुझे मोनिका से तलाक आसानी से मिल जाता। अब मैं एक्शन लेने को एकदम तैयार बैठा था।

शादी के एकदम बाद अपनी मूर्खतावश मैंने अपनी लाखों की कोठी मोनिका के नाम कर दी थी। अब इसी कोठी में अपने साथ रह रही मोनिका को यहां से निकालना आसान नहीं था।

मैं ठहरा शरीफ और इज्जतदार। वह किसी भी लेवल पर उतर सकती है। कालेज मैंनेजमेंट को मेरी पत्नी और इसी कालेज के एक अन्य लैक्चरर के प्रेम सम्बधों के बारे में पता चलेगा तो फिर क्या मैं यहां इज्जत से रह पाऊंगा।

यही कुछ सोचते मैंने एक महीना और निकाल दिया। मोनिका को मेरे बदले हुए व्यवहार की भनक लग चुकी थी। वह अपने आप को किसी भी चुनौतीपूर्ण स्थिति में बचाने के लिए तैयारी मे लग गई थी। उसने बैंक लॉकर से सारे गहने निकाल लिए थे। नकदी भी निकाल ली थी।

हर रोज मेरी योजना बनती कि सबूत के साथ मोनिका से एक बार खुलकर बात तो करूं मगर मैं इतना मजबूत नहीं था। अगर वह कह देती कि हां यह सच है, तो फिर इतनी निर्लज्ज स्थिति में हो सकता है, सारी उम्र इस बदचलन औरत के साथ रहना पड़े।

फिर मैंने फैसला किया कि वह इतनी गिर चुकी है कि अब फिर से उसका विश्वास पाना मेरे लिए मुश्किल है। मैं उससे इतनी घटिया बातें करना नहीं चाहता था कि खुद मुझे ही शर्म आए। मुझे उसके किसी प्रकार के स्पष्टीकरण की अब जरूरत नहीं थी।

मैंने कालेज मैंनेजमेंट से बात की। कोई ऐसा कारण बताया कि मैं अपने बेटे के पास जाना चाहता हूं दो साल के लिए। उन्होंने मेरा

इस्तीफा मंजूर कर दिया। अपने पैसों का हिसाब करके मैंने चोरी से इस शहर को छोड़ने की योजना बना ली। दिल्ली में मेरे चाचा का घर था। उसे मैंने कहा कि मैं कुछ महीनों के लिए उनके साथ रहना चाहता हूं।

वे यह खबर सुनकर खुश हुए। वहां जाकर जब मैंने उन्हें मोनिका की बेहयाई के किस्से सुनाए तो उन्हें भी बहुत दुख हुआ। किसी दूसरे पते से मैंने अदालत में मोनिका के खिलाफ तलाक लेने के कागज जमा करवाए।

मैं नहीं चाहता था कि उसे मेरी भनक तक लगे कि मैं कहां हूं। अनिल से दोस्ती के कारण मुझे डर था कि मेरी ससुराल के लोग मुझे ढूंढ़कर मुझ पर दबाव डालेंगे। जब मोनिका ने ही मुझे धोखा देने में कोई कसर नहीं छोड़ी तो चाहे कितना भी नुकसान क्यों न हो अब मैं उसकी शक्ल तक देखना नहीं चाहता था।

मेरी कोठी तो कानूनी तौर पर उसी के नाम थी। मैंने अपने बेटे को भी सारी सच्चाई बता दी थी।

मेरे पास पैसा था और मोनिका के बेवफा होने के सबूत थे। मैंने अपने दोस्त अनिल को फोन पर ये सारी बातें बताईं। उसने दूसरा रास्ता तलाशने को कहा मगर मेरा फैसला पक्का था। मोनिका से मेरा पूरी तरह मोहभंग हो चुका था। अब अगर किसी समझौते के तहत हम साथ भी रहते तो एक ही घर में प्रेम और विश्वास से रहना संभव नहीं था।

कुछ महीने लगे इस सब को निबटने में। पैसा भी बहुत खर्च हुआ। मोनिका ने भी मुझ पर टुच्चे इलजाम लगाए और नकली गवाह खड़े किए। मेरे बेटे ने भी आकर मेरी मदद की। उसे दो बार भारत आना पड़ा और तब जाकर मुझे इस कीचड़ वाली स्थिति से बाहर निकाल पाया वह। मुझे अपनी कोठी वापिस मिल गई मगर मैं उसमें

जाकर रहना नहीं चाहता था। मैंने यहीं दिल्ली में एक छोटा सा घर खरीद लिया और एक नौकर रख लिया।

धीरे-धीरे यहां मेरा सर्कल बढ़ने लगा। खाली आदमी के पास आनेवाले लोगों की कमी नहीं होती। अब मैं धक्के खा-खाकर काफी सुलझा हुआ आदमी बन चुका था। इन नए बने बोहेमियन दोस्तों ने मुझे जीवन को एन्जॉए करने के रास्ते दिखाए।

अब मैं पहले वाला कपिल नहीं रह गया जो एकदम काम में ही मगन रहता था। अब सोचता हूं कि अगर में काम के साथ दूसरे एन्जॉएमेंट के काम भी करता रहता तो यूं मोनिका मुझे डिच न करती। अब मैंने जीवन में खुश रहना सीखा था।

सच कहूं तो अब मैं काफी आजाद जिन्दगी जी रहा था। कोई रोक-टोक करने वाला नहीं था। बैंक में रखे पैसे से अच्छी आय मिलती थी मुझे। शेयर व दूसरे इन्वेस्टमेंट से भी अच्छा पैसा आ जाता था। अच्छे मस्त-मौजी यार बन गए थे, जिनके साथ गोवा, शिमला, काठमांडू जैसी जगहों पर हर साल जाने लगा था।

घर पर भी आमोद-प्रमोद के बढ़िया साधन थे। तीन-तीन क्लबों की सदस्यता मेरे पास थी। हफ्ते में तीन-चार बार वहां जाकर खाना-पीना होता, चेस व रमी की बाजियां लगती, काकटेल पार्टियां होती। घर पर भी मैंने खूबसूरत बॉर बना रखा था। बेटे का परिवार या अन्य रिश्तेदार अगर कभी-कभार आ जाते तो मुझे बहुत कोफ्त होती। उनके जाने पर ही मुझे चैन मिलता।

तभी वह हुआ जिसके बारे में मैंने कभी सपने में भी नहीं सोचा था। मुझे अधरंग हो गया। पानी की तरह पैसा बहाने के बाद भी कुछ खास अन्तर न पड़ा।

नौकर-चाकर थे, मगर वे यार-दोस्त अब नहीं आते थे जिन के साथ रंगरलियां मनाने की मुझे आदत हो गई थी, क्योंकि अब मैं

उनके मतलब का नहीं रह गया था। बेटे ने भी साथ ले जाने में असमर्थता दिखाई। पूरा दिन नौकर मुझे व्हील-चेयर पर इधर से उधर घुमाते। जीवन का सारा रस ही गायब हो गया था।

मेरा बेटा दो महीने यहां रुका। इस बीच एक बार तो मेरी हालत बहुत नाजुक हो गई। मुझे दिल का दौरा पड़ा। मुझे एक शानदार हस्पताल में बेटे ने दाखिल करवाया। मुझे याद है वह दिन-रात छत को टकटकी लगाकर देखते रहना। पलंग के साथ लगी खिड़की से बाहर सड़क पर ट्रैफिक को देखना। वहां कितनी हलचल थी मगर मेरे लिए समय रुक गया था मानो इस दीवार घड़ी के सेल डेड हो गये हों।

एक रात सामने की ओर जाते हुए ट्रक के हॉर्न की कर्कश आवाज से मेरी नींद खुल गई। रात तीन के आसपास का समय होगा। सीने में हल्का-सा दर्द भी उठने लगा। मैंने आंखे बन्द करके ईश्वर से प्रार्थना की -- हे प्रभु ! एक बार मेरा स्वास्थ्य लौटा दे। मैं लोगों की सेवा में बाकी उम्र लगा दूंगा।

मैंने बेटे को आवाज देनी चाहिए। बेटा पास के ही केयर-टेकर के बिस्तर पर सोया था। अभी रात ग्यारह बजे मुझे डिनर करवाया था उसने। यहां मेरी बहुत बढ़िया केयर हो रही थी। मुझे कितना अच्छा लग रहा था कि जब से मैं इतना सीरियस हुआ था, हर वक्त बेटा मेरी सेहत के बारे में बातें करता रहता। हर समय जान-पहचान वाले और रिश्तेदार पूछने आते। मन ही मन में मैं ठीक होकर अपने उदास घर में लौटना नहीं चाहता था।

कोई दूसरा विकल्प अब मेरे सामने नहीं था। बेटे के साथ जा नहीं सकता था और अब यहां अकेले ही रहना था मुझे। सात साल एक ओल्ड एज होम में बिताने के बाद मुझे पता चला कि अपने घर की सही उपयोगिता क्या होती है।

मैंने समाजशास्त्र तथा मनोविज्ञान का गहन अध्ययन किया। बुर्जुग लोगों के लिए हेल्पलाइन शुरू की। तीन-चार लोगों की मदद से सुबह-शाम साथ लगती पार्कों में योगा, ठहाका-थैरेपी व ताली-थैरेपी जैसे संकल्पनाओं से उम्रदराज लोगों को अवगत करवाया। जेनरेशन-गैप, आपसी तालमेल व परिवार को तोड़ने वाली समस्याओं पर परामर्श देना आरम्भ किया। मुझे लगता कि ईश्वर से मैंने अपनी लम्बी आयु की प्रार्थना इसीलिए की थी कि अपने जैसे तन्हा व सूने पिंजरे में रह रहे बुर्जुगों के काम आ सकूं।

वापिस जाने का सवाल ही नहीं

'तुम सिगरेट बहुत पीने लगे हो।'

'गम के प्याले पीते-पीते थक चुका हूं। अब हमें कब तक यूं चोरों की तरह मिलते रहना होगा। तुम हो तो दीपक की लौ में रोशनी रहेगी वर्ना ...।'

'बच्चों जैसी बातें मत करो। जब सपना नहीं थी तब भी तो तुम हंसते खेलते थे, मस्त रहते थे।'

'तब मैं पागल था, सपने नहीं देखता था, तुमसे मिल कर लगा कि सपनों के बिना जीना कितना नीरस होता है।'

'ये सारी बातें पता नहीं क्यूं बेकार और लफ्फाजी लगती हैं। वास्तव, मेरे पति ने भी हजार बार कहा होगा कि मैं कितनी लाजवाब हूं, सुन्दर हूं, और अक्लमंद हूं।'

'उसे तुम्हारा सही महत्व नहीं पता था।'

'ऐसा नहीं था। शादी से पहले तो वह मेरा दीवाना था। और फिर सबसे लड़-झगड़कर हमने शादी कर ली तो उसका असली रंग सामने आया।'

दीपक चुप हो गया। कभी-कभी सपना सही में बहुत तल्ख हो जाती है, इसीलिए दीपक बहुत-सी बातें उससे कहता नहीं। कभी-कभी लगता है कि वह अपने पति वास्तव से पूरी तरह मुक्त है मगर कई बार तो उसका भूत उसके सामने आ खड़ा हो जाता है और सपना फिर संशय के अंधेरों में भटकने लगती है।

दीपक को भी पूरी तरह विश्वास नहीं होता कि सपना वास्तव से अब भी जुड़ी हुई है। सपना उसे कई बार अपना फैसला सुना चुकी है कि जो आदमी उसे कई बार जलील कर चुका है उसे बार-बार माफ करना कहां की दानिशमंदी है। पहले तो वह पत्थर दिल आदमी उसे पत्थर के आंसू रुलाता था और फिर बाद में माफी मांगते हुए बच्चों की तरह फफक-फफक कर रोता था, गिड़गिड़ाता था और कसमें खाता था। शुरू-शुरू में अपने पति वास्तव के इस नासमझ व्यवहार पर सपना को दया आ जाती थी और वह पिंघल जाती थी मगर फिर उसने देखा कि वह आदमी तो उसकी दया को उसके खिलाफ ही हथियार की तरह इस्तेमाल करने लगा था तो सपना को गुस्सा आने लगा। उसकी तमाम कोशिशों के बावजूद वास्तव ने अपना बचकाना व्यवहार दोहराना छोड़ा नहीं। तब उनके बीच फासले बढ़ने लगे।

एक समय था जब वास्तव सच में बहुत गुणी लड़का था। शादी से तीन साल पहले तक सपना और वह साथ-साथ घूमते रहे। कहीं कोई दिक्कत नहीं थी। फूलों से नर्म और नाजुक था उसका स्पर्श। उसके शब्दों से शहद टपकता था। उसकी आंखों में ढेरों सपने और महत्वकांक्षाएं थी।

यही कारण था कि सपना ने उसे टूटकर चाहा। इसी चाहत के आगे मजबूर होकर वह समाज से एक बार तो टूट ही गई जब शादी करने का प्रस्ताव वास्तव की तरफ से आया।

कितने रिस्क उठाकर दोनों ने शादी की। वास्तव अपने परिवार सें कट गया। उसके मां-बाप ने सपना को स्वीकार नहीं किया। सपना के माता-पिता भी बहुत नाराज हुए मगर सपना का असली सरोकार तो वास्तव की फेमिली से ही था।

शादी के तुरंत बाद जहां आदमी अपनी गृहस्थी जमाने में व्यस्त हो जाता है, वहां वास्तव ढीला पड़ता गया। उसके इस रवैये से सपना

को ज्यादा धक्का लगा। वह सुस्त हो गया। पहले उसके मां-बाप उसकी कमजोरी नहीं थे। वह कहता था कि उस में इतना दम है कि अगर वे उनकी शादी में रोड़ा अटकाएंगे तो वह सबसे अलग रहकर भी सपना को सारे सुख देने में समर्थ है।

शादी के बाद वास्तव असंयत हो गया। अच्छी-भली लगी-लगाई नौकरी छोड़कर उसने एमबीए करने की ठान ली। अकेले सपना की सेलरी से भला घर कब चलता। उन्होने घर की हरेक चीज बनानी थी । सब तरफ से विरोध होने पर कोर्ट में शादी करने के कारण सपना के पेरेन्टस ने कोई सामान नहीं दिया था। एमबीए की पढ़ाई में भी कहां मन लगा उसका। अब वह पहले जैसा वास्तव नहीं रह गया था। सपना को 'टेक फार गारंटिड ' समझकर उस पर कई तरह की पाबंदियां लगाने लगा। सपना को अपने पेरेन्टस से मिलने से रोकने लगा। कहने लगा कि जब उसने अपने माता-पिता को छोड़ दिया है तो सपना को भी अपने पेरेन्टस से दूर रहना चाहिए।

सपना ने उसे समझाया, 'देखो, तुम्हारी बात कुछ और है। तुम्हारे पेरेन्टस ने तो साफ कह दिया था कि अगर सपना के साथ रहना है तो हमसे रिश्ता खत्म। मेरे पेरेन्ट्स ने तो तुम्हे स्वीकार कर लिया है और सुख-दुख में वे हमारे साथ खड़े हैं। मेरे डैडी ने तुम्हे नेक सलाह दी थी कि नौकरी मत छोड़ो। कहीं से प्राइवेट एम बी ए कर लो। सरकारी नौकरी बहुत मुश्किल से मिलती है। शादी कर ली है तो इसका अर्थ यह नहीं कि एक दूसरे के गुलाम हो गए। दोनों को बराबर हक है घर की बेहतरी के लिए एक दूसरे को सही राह दिखाना।'

वास्तव की पोजेसिव नेचर शादी के बाद पहली बार खुलकर सामने आई। शादी करने में पहल उसी ने की थी। उसके घर वाले तो कतई राजी नहीं थे। वे साधारण घर की दबने वाली बहू चाहते

थे। नौकरी वाली दबंग लड़की नहीं। वे यह भी सोच रहे थे कि वास्तव है ही कौन जो अपने बारे में यूं फैसले करे। उसे तो वहीं शादी करनी है जहां वे कहेंगे। दरअसल उन्हें सपना या सपना के परिवार से उतनी नाराजगी नहीं थी जितने ज्यादा क्षुब्द वे वास्तव से थे। अपने बेटे को लेकर पोजेसिव होने की इन्तहा थी यह। और शादी के बाद तो वास्तव में भी यह इच्छा बलवती होती जा रही थी कि सपना कोई भी फैसला उसकी मर्जी के बिना न करे। नौकरी छोड़ देने के पीछे भी यही कारण था कि वह घर में अपना वर्चस्व कायम रखना चाहता था।

पोजेसिव होने की यह आदत कई खानदानों में पीढ़ियों तक चलती है। लोग एक दूसरे को बुरी तरह जकड़कर बैठ जाते हैं कि छुड़ा पाना मुश्किल हो जाता है। उनकी जिद के आगे कई लोगों के कैरियर चौपट हो जाते हैं, घर टूट जाते हैं।

वास्तव को उसके माता-पिता ने इमोशनली इतनी मजबूती से जकड़ा हुआ था कि वह उनसे कट न सका। सपना से उसने कोर्ट मैरिज कर तो ली मगर अब भी कभी-कभार सपना से रूठकर अपने पैरेन्ट्स के पास जाता तो अगले दिन बुरी तरह अपमानित होकर आता। सपना ने उसे लाख समझाया कि वह अपने माता-पिता को कुछ महीनों के लिए तन्हा छोड़ दे, तभी सब कुछ नार्मल हो सकेगा।

वास्तव ने सपना से दिल से मुहब्बत की मगर शादी के बाद वास्तव के घरवालों ने उसके जेहन में उथल-पुथल मचा दी। वह इधर से उधर भटकने लगा। शादी के बाद उसमे जंगलीपन आता गया। घर को ऊंचा उठाने या आगे बढ़ने की अब उस में उतनी महत्वाकांक्षा नहीं रह गई थी। उसके लिए अब अपने माता-पिता अहम हो गए थे। वह सपना को झुकाने पर तुल गया। बार-बार जिद करता कि वह झुक जाए और वास्तव के माता-पिता के आलीशान बंगले में जा कर रहे। इन्हीं बहसों में हर वक्त रहकर वास्तव ने अपने मन की

शांति खराब कर ली थी। वह अपने माता-पिता से टूट नहीं पाया और अन्त वही हुआ। सपना से अलग हुआ तो उसके माता-पिता ने भी वास्तव को ठोकरें लगानी शुरू कर दी।

वास्तव के माता-पिता चाहने लगे कि वास्तव सपना को अपनी जिन्दगी से काटकर अलग कर दे। सपना ने तो उसे कह भी दिया था कि वह जब चाहे उससे तलाक ले सकता है। दिल में एक दूसरे के प्रति सारे अहसास ठंडे पड़ जाएं, तो फिर साथ रहने का क्या तुक है।

वास्तव न उसका रहा और न ही अपने माता-पिता का हो कर रह पाया। कुछ महीने तो वह गायब ही हो गया। कोई खास झगड़ा भी नहीं हुआ था सपना के साथ। हर वीक एंड की तरह वह माता-पिता के पास गया था और वहीं से मोबाइल पर कहने लगा कि पिताजी की तबीयत बहुत खराब है, सपना वहीं आ जाए। इस तरह के अटपटे प्रस्ताव के लिए सपना राजी नहीं थी। उसने मोबाइल पर उसे बता दिया था कि पहले जब एक बार वह उसके घर गई थी तो उसे बहुत-सी कड़वी बातें सुनने को मिली थी। हां उसके माता-पिता अगर उसे प्यार से लेकर जाएं तो वह तैयार है।

उसके बाद वास्तव का कोई फोन नहीं आया। सपना इन्तजार करती रही। एक महीना बीता। सपना के पापा को चिन्ता हुई। उन्होंने सपना से वास्तव का नम्बर लेकर बात की मगर वास्तव तो एक ही बात दोहरा रहा था कि सपना उसके घर आएगी तभी कोई दूसरी बात करेगा। एक महीना और देखकर सपना ने वह किराए का घर छोड़ दिया और अपना सामान लेकर अपने पैरेन्ट्स के पास आ गई। बाद में उसे खबर मिली कि वास्तव ने माता-पिता का घर भी छोड़ दिया है।

वास्तव को सपना अभी पूरी तरह भुला नहीं पाई थी कि उसकी

दोस्ती दीपक से हो गई। ऐसे नाज़ुक मोड़ पर वह अभी तक वास्तव के बेरूखेपन से आहत थी मगर दीपक इस दोस्ती को लेकर कुछ ज्यादा ही उत्साहित था। दीपक उसी दफतर में था जहां सपना थी। वह दिल्ली से बदलकर आया था। दोनों के ख्यालात काफी मिलते थे।

दीपक उस समाचार-पत्र में साहित्य सम्पादक था, जहां सपना सब-न्यूज एडिटर थी। एक दिन सपना खुद ही दीपक के पास आई थी और उसने दीपक को अपने नई लिखी दो कविताएं दी और उन्हें प्रकाशित करने का अनुरोध किया।

दीपक ने कविताएं रिजेक्ट कर दी और उसे अच्छा-खासा भाषण दिया कि न्यूज स्टोरी और कविता-कहानी में जमीन-आसमान का अन्तर होता है। न्यूज एडिटर तो तीन मरे तेरह घायल से ज्यादा दूर तक नहीं सोच पाता मगर साहित्य के क्षेत्र में गहरी संवेदनाओं का चित्रण किया जाता है। जिस तन लागे सो तन जाने वाली बात होती है। कोरी कल्पना से ही बात नहीं बनती है यहां। दर्द, घुटन और संत्रास की भट्‌टी में खुद जलना पड़ता है।

हफ्ते बाद सपना ने दीपक को अपनी ग़ज़ल दिखाई। दीपक ने प्रभावित होकर उसमें कुछ कांट-छांट की तथा सपना को काफिया, रदीफ व बहरों से सम्बधित जानकारियां दी। कैंटीन में बैठकर वे कविता-कहानी की बारीकियों पर बातचीत करते। किताबों का जिक्र करते। दोनों में विचारों का अच्छा मेल था।

सपना वास्तव से सच में टूट चुकी थी। अब उसने उसका इन्तजार करना छोड़ दिया था। जीवन को चुनौती मानकर वह एक बार फिर कुछ नए सिरे से दिल आबाद करने निकली थी। उसके पैरेन्ट्स को पता था कि वास्तव इतनी आसानी से उसे तलाक नहीं देगा। मगर सपना तो कुछ भी सुनने को तैयार नहीं थी। दीपक भी

दीवानगी की हद तक सपना को चाहने लगा था। वास्तव की फांस उसके गले में भी अटकी थी मगर वह बिना शादी किए सारी उम्र सपना के साथ रहने को तैयार था। अब दोनों ऐसे मोड़ पर आ पहुंचे थे कि वास्तव सामने आ भी जाता तो भी उन्हें उसकी परवाह नहीं थी।

सपना के पैरेन्ट्स दीपक के पक्ष में उतने नहीं थे जितना वे चाहते थे कि वास्तव उनकी बेटी को आकर ले जाए। वे वास्तव से लगातार सम्पर्क बनाए हुए थे। अब जब से उन्हें पता चला था कि दीपक और सपना जल्द ही सपना के इस जन्मदिन पर साथ-साथ लिव-इन रिलेशन के रिश्ते में बंधने वाले हैं तब से उन्हें अपनी बेटी के भविप्य की चिंता कुछ ज्यादा खाए जा रही थी। उन्होंने वास्तव को किसी तरह मना लिया कि वह एक बार आकर सपना से माफी मांग ले तो हो सकता है कि सपना उसे माफ कर दे और उसके साथ चली जाए। वास्तव आने को राजी हो गया था।

सपना के घर उस दिन कई खास मेहमान आए हुए थे । सबसे खास था दीपक जिसकी जेब में कीमती हीरे की अंगूठी थी जो सपना की रिंग फिगर में बस डलने वाली थी और उसके बाद वे अघोषित रूप से जीवन साथी हो जाने वाले थे। इस नई जीवन शैली के बारे में दोनों की राय थी कि जब तक निभेगी साथ रहेंगे नहीं तो कोई बंधन नहीं, कोई आग्रह नहीं।

सब जानते थे कि सपना बहुत अच्छे सुर में ग़ज़ल गाती है। सबके अनुरोध पर उसने गजल गुनगुनाई, 'रंजिश ही सही दिल ही दुखाने के लिए आ, आ फिर से मुझे छोड़ के जाने के लिए आ...।' उसे अब खुद पता नहीं था कि उसके दुख-दर्द का असली नायक कौन था। आंखों में आंसू ढलक आए थे। रुंधे हुए गले से उसने गाया, 'किस किस को बताएंगे जुदाई का सबब हम, तू मुझसे खफा

है तो जमाने के लिए आ ...।' आंसुओं से तर झिलमिलाती आंखों के सामने उसे दीपक नजर आया। भरे हुए गले से उसने गाया, 'जैसे तुम्हें आते हैं न आने के बहाने, वैसे ही किसी रोज न जाने के लिए आ ...रंजिश ही सही ...।'

सपना तो दीपक के तसव्वुर में बेखबर गाए जा रही थी और दीपक ने उसे नए रिश्ते के बंधन में डालने वाली रिंग पहना दी थी। दूर कोने में खड़े वास्तव ने शुरू में तो समझा कि यह गज़ल सपना उसके लिए गा रही है मगर जब दीपक और सपना एक नए रिश्ते की डोर मे बंध गए, तो वह बिना माफी मांगे दरवाजे से बाहर निकल गया था। उसे अब समझ आया था कि प्यार एक बिना शर्त अधिकार ही तो है, जो हम दूसरे को अपने ऊपर देते हैं और प्यार में क्षमा और याचना वर्जित है।

खेल जारी है

दुनिया एक रंगमंच है और उस रंगमंच पर एक सनातन नाटक लगातार चल रहा है। हम सब इस नाटक में काम करते हैं। हमारे रोल तय हैं। हमारी भूमिका खत्म होते ही हम चले जाते हैं और फिर एक नई भूमिका में वापिस आ जाते हैं। यह जादुई खेल कई सदियों से जारी है और न जाने कब तक जारी रहेगा।

इतिहास के एक स्थल पर सच में दुनिया एक किस्म का स्टेज ही था और उसका नियंत्रण एक मंजे हुए निर्देशक यानी भगवान के हाथों में था। कहीं कोई छुपाव-दुराव या पर्दा नहीं था। सब कुछ प्रत्यक्ष रूप में था। यह निर्देशक लोगों को उनकी योग्यता के मुताबिक रोल देता था। किसी को राजा का तो किसी को भिखारी का। कहीं कोई प्रतिवाद या विरोध न करता। भगवान हर चीज का नियंत्रक था। कहीं कोई दिक्कत न थी। कोई नाइंसाफी या असमानता नहीं थी। खेल अच्छा चल रहा था। दर्शक भी खुश थे और रोल करने वाले अभिनेता भी।

शैतान की कहानी से बहुत समय पहले कालान्तर में ईश्वर ने अपने निर्देशन का रोल अपने सहायक को थमाकर मृत्युलोक को उसके हवाले करके खुद देवलोक में शांति से रहने की योजना बनाई। यह निर्देशन का काम काफी समय तक बहुत बढ़िया चलता रहा मगर एक दिन ...!

सब तरफ ठीक ठाक चल रहा था। दर्शक नाटक का मजा ले

रहे थे। नाटक में काम करने वाले तन्मयता से अपने-अपने डॉयलाग बोल रहे थे। निर्देशक की लिखी पटकथा के मुताबिक सब चल रहा था कि अचानक स्टेज पर एक विचित्र घटना हुई।

अचानक एक अभिनेता स्टेज के ठीक बीचोंबीच आया। दर्शकों की तरफ सीधा मुखतिब हो कर बहुत उंची विद्रोही आवाज में जोर से चिल्लाया, 'बस, अब बहुत हो गया। अब मैं निर्देशक का हुक्म नहीं मानूंगा। जैसी मेरी मर्जी होगी, मैं नाटक को वैसे ही ले जाऊंगा। जैसा मुझे अच्छा लगेगा मैं वैसे ही संवाद बोलूंगा।'

निदेशक पर्दे के पीछे स्टेज के पास एक ओट में खड़ा हुआ था। वहां से वह अभिनेता को देख सकता था और अभिनेता उसे मगर दर्शक निर्देशक को नहीं देख सकते थे। विद्रोही अभिनेता के आक्रोश भरे शब्द सुनकर एक बार तो निर्देशक को विश्वास ही नहीं हुआ कि कोई व्यक्ति उसके खिलाफ विद्रोह भी कर सकता है। सदियों से इस निजाम के खिलाफ कोई बोला नहीं था। निर्देशक ने अपने सहायक से पूछा, 'यह क्या बकवासबाजी है? स्टेज पर यह क्या हो रहा है?'

नाटक देखने वालों को यह बदलाव बहुत अच्छा लगा। उन्होंने तालियां बजाकर उस विद्रोही अभिनेता का स्वागत किया। दर्शकों ने उस सिरफिरे अभिनेता की इस बेजा हरकत को नाटक का ही एक हिस्सा समझा और करतल ध्वनि व हर्ष से उसकी हौंसला-अफजाई की।

निर्देशक शांत बना रहा। उसने अपने सहायक से फिर पूछा, 'क्या यह सब कथानक का हिस्सा है?' सहायक ने पटकथा पर नजर डालने के बाद कहा, 'सर, ये सब पटकथा में नहीं है मगर चूंकि जनता ने इसे पसन्द किया है तो अगर आपकी आज्ञा हो तो मैं इसे भी पटकथा में शामिल कर लूं।' निर्देशक ने हामी भर दी। सहायक

निर्देशक ने अपनी पटकथा में हलका-सा बदलाव कर लिया।

और उसके फौरन बाद एक और अनूठी घटना घटी। एक और अभिनेता भागता हुआ स्टेज के ठीक बीचोंबीच आ कर रुका। गुस्से भरी बुलन्द आवाज में चीखा, 'अगर यह आदमी निर्देशक की बात नहीं मानेगा और अपनी मर्जी के संवाद बोलेगा तो मैं इस के हक में नहीं हूं। मैं खुद को इस नाटक से अलग करता हूं।' ऐसा कहकर वह स्टेज से उतरा और दर्शकों के बीच से गुजरता हुआ हाल से बाहर निकल गया।

नाटक देखने वाले फिर खुश हुए। उनकी तालियों की आवाज से सारा हाल गूंज उठा। पटकथा से विद्रोह करने वाले एक्टरों की बातें सुनकर वे खुश हुए क्योंकि वे समझ बैठे थे कि यह भी हो सकता है कि यह सब प्ले का ही एक हिस्सा हो। जब बड़ी देर तक हाल में तालियों की गड़गड़ाहट होती रही तो निर्देशक ने अपने सहायक से फिर पूछा, 'हालांकि मुझे नहीं लगता कि यह नाटक का हिस्सा था, अब चूंकि दर्शकों ने इसे पसन्द किया है तो भाई इसे भी नाटक में शामिल कर लो।'

उसके बाद बहुत-सी अजीबोगरीब और हैरतअंगेज बातें हुई। दर्शकों ने यह सब पसन्द किया। निर्देशक ने नाक-भौं सिकोड़ी, नाराजगी व्यक्त की मगर फिर इन सब बातों को मुख्य पटकथा में शामिल कर लिया गया।

विद्रोह के तेवर रुक ही नहीं रहे थे। नाटक अब पूरी तरह से निर्देशक के हाथों से निकल चुका था। हरेक एक्टर अपने ही डॉयलाग बोल रहा था। अपने मनपसन्द चरित्र उन्होंने चुन लिए थे। दर्शक अब कुछ-कुछ भ्रमित थे और असमंजस में थे। वे समझ नहीं पा रहे थे कि स्टेज पर क्या हो रहा है। सभी अभिनेता व अभिनेत्रियां अपने वास्तविक संवाद भूल चुके थे। अपनी एंट्री या एग्जिट का उन्हें कोई

भान नही रह गया था। सब तरफ अराजकता और बदहाली फैल गई थी।

अब एक और भयानक मंजर सामने आया। अब विद्रोह करने की बारी दर्शकों की थी। सदियों से ये लोग उसी चीज का रसास्वादन कर रहे थे जो चीज उनके आगे परोसी जा रही थी। मगर अब उन्हें मंच के पात्रों की यह हरकत अच्छी नहीं लगी।

दर्शकों के बीच बैठा एक आदमी उठ खड़ा हुआ और चलता हुआ स्टेज के ठीक मध्य में आ गया। उसने स्टेज पर खड़े अभिनेताओं व अभिनेत्रियों को एक तरफ हटाया। ये सारे लोग स्टेज के आखिरी छोर पर जाकर जमा हो गए। दर्शकों ने इस घटना को भी प्ले का हिस्सा मानकर खूब तालियां बजाई।

जब तालियों का शोर कुछ कम हुआ तो दर्शकों में से स्टेज के मध्य पहुंचे उस व्यक्ति ने चिल्लाकर कहा, 'अब यह बकवासबाजी बहुत हो चुकी। मुझे सारी वास्तविकता का पता चल चुका है। अब नाटक वहीं से शुरू होगा जहां से सबसे पहली गड़बड़ शुरू हुई थी।'

सहायक निर्देशक ने अपने बॉस से पूछा, 'सर, क्या मैं इसे भी असली पटकथा में शामिल कर लूं।' निर्देशक का सिर भिन्नाया हुआ था। उसे कुछ समझ में नहीं आ रहा था कि क्या किया जाना चाहिए।

अब स्टेज पर बहस का एक नया मुद्दा उभर चुका था-- क्या खेल चलता रहे या इसे पुनः वहीं से शुरू किया जाए जहां से पहले विद्रोही अभिनेता ने पटकथा से छेड़छाड़ की थी।

दर्शकों में से उठकर स्टेज पर जाने वाले व्यक्ति ने आवाज बुलन्द की, 'अच्छा ये बताओ कि सबसे पहले विद्रोह किस पात्र ने किया था?'

बहुत से नाम लिए गए। किसी एक नाम पर सहमति नहीं बन सकी। स्टेज पर खड़े एक मंजे हुए कलाकार ने आगे आकर कहा,

'तुम सब लोग वास्तव में दर्शक ही तो हो। शायद तुम्हें नाटक की तकनीकी बारीकियां नहीं मालूम। तुम्हें नाटक में आने वाले इस बहुत अनोखे मोड़ का नाम नहीं पता। नाटक अब बिना किसी स्क्रिप्ट के हो गया है। अब इस मामले को निर्देशक ही निबटा सकता है।'

बहस बढ़ती जा रही थी। सभी लोग एक साथ ऊंचा बोल रहे थे। एक दूसरे को धमकाने भी लगे थे। लगता था कि किसी भी समय दंगा हो सकता है। आधी जनता मानती थी कि नाटक अब पटकथा-विहीन हो गया है और बाकी के आधे मानते थे कि नाटक इसी रूप में आगे बढ़ता रहे।

एक अनुभवी सीनियर एक्टर ने राय दी, 'चलो, जो भी हुआ, छोड़ो। अब क्या किया जा सकता है। प्ले चल तो रहा है न और अच्छी बात तो यह है कि लोग इसे पसन्द भी कर रहे हैं।'

एक नौजवान एक्टर ने तीखी आवाज में कहा, 'इस वक्त मुख्य बात यह नहीं है कि प्ले कैसा चल रहा है। असली मुद्दा यह है कि कहानी क्या है, कथानक क्या है, पटकथा क्या है और किस के पास है?'

स्टेज के कोने में खड़ी एक अभिनेत्री बोली, 'असली पटकथा तो हमारे निर्देशक के पास ही है।'

दर्शकों के बीच से एक आवाज गूंजी, 'निर्देशक को बुलाया जाए।'

निर्देशक अपने ही ख्यालों में गुम था। स्टेज से बार-बार अपना नाम पुकारे जाने पर उसके सहायक ने उसे चेताया, 'सर, अब तो आप को सबके सामने आना पड़ेगा। सब आप को स्टेज पर बुला रहे हैं।'

दर्शक, बच्चे, जवान, बूढ़े और नए-पुराने सभी एक्टर अब तो एक ही रट लगा रहे थे, 'निर्देशक महोदय सामने आओ। मौलिक

पटकथा हमें दिखाओ।'

इस अराजक स्थिति से तुरंत निबटने के लिए निर्देशक के पास लगता था कोई त्वरित हल नहीं था। उसने अपने सहायक को स्टेज पर जाने के लिए कहा।

सहायक निर्देशक डरा-सहमा हुआ स्टेज पर आया। मजबूर और लाचार भाषा में बोला, 'मौलिक पटकथा कहां से लाऊं? काफी समय से आप लोग इसमें इतने सारे बदलाव जो करते जा रहे हो।'

कुछ दर्शकों ने सहायक निर्देशक के इस संवाद पर भी खुलकर करतल ध्वनि की।

एक मंजे हुए अभिनेता ने व्यंग्य में कहा, 'नाटक देखने वाली जनता तो मूर्ख है। उन्हें मौलिक पटकथा की उपयोगिता नहीं मालूम। इस तरह हर मौके पर फेरबदल करके आगे बढ़ते हुए आप लोग ज्यादा देर तक अच्छा नाटक नहीं कर पाएंगे। मैं फिर जोर देकर कह रहा हूं कि हमें एक मौलिक, सटीक, कारगर व सशक्त पटकथा की सख्त दरकार है। अगर सब कुछ ऐसा ही चलता रहा तो अव्यवस्था फैल जाएगी।'

एक दूसरा बोला, 'ठीक है, अब हकीकत तो यह है कि हमारे पास कोई मौलिक पटकथा नहीं है और इससे अब कोई खास अन्तर भी नहीं पड़ता। चलो हम बिना किसी पटकथा के ही आगे बढ़ते चलें।'

एक चिंतित एक्टर ने पूछा, 'मगर कब तक?'

दूसरा बोला, 'जब तक सब कुछ ठीक-ठाक चलता रहेगा।'

प्ले पुनः शुरू हो गया। दर्शक मंत्रमुग्ध होकर देखने लगे। तालियां बजा-बजाकर अभिनेताओं का उत्साह बढ़ाने लगे।

निर्देशक कब का स्टेज छोड़ कर जा चुका था। कुछ देर तक सहायक निर्देशक ने अपना पक्ष मजबूत करने की असफल कोशिश

की मगर उसने भी जल्दी ही महसूस कर लिया कि नाटक में उसकी भूमिका अब नगण्य है। इतने सारे बदलाव आ रहे थे कि वह किन-किन को नोट करता। वह भी धीरे-धीरे चलता हुआ हाल से बाहर निकल गया।

किसी निश्चित योजना या पटकथा के बिना खेल फिर भी जारी है।

एक नये अन्त की शुरूआत

मेरा नाम कबीर है। मेरा काम न तो रोचक है और न ही मेरे धन्धे में पैसा है। मैं रोजी-रोटी के लिए कब्रें खोदता हूं। सदियों से मेरे पुरखे यही काम करते आए हैं। उनके पास काश्त करने के लिए जमीन नहीं थी और न ही उन्होंने कभी किसी व्यापार में हाथ डाला। मेरे पिता कई बार शेखी में आकर कहा करते, 'कब्र खोदने का काम सदाबहार व वर्चस्व वाला धन्धा है। यह कारोबार अभी आने वाले समय में खत्म होने वाला नहीं।'

अपने कस्बे में मुझे हिकारत की नजर से देखा जाता है। मुझसे मिलना अशुभ समझा जाता है। अगर मैं कहीं जा रहा हूं तो समझ लो कि मुझे अभी किसी की मौत का समाचार मिला है। फिर भी अपने शहर के लोगों के लिए मैं एक आवश्यक बुराई हूं जिसका होना उतना ही जरूरी है जितना कि न होना। मैं ही हूं जो इन लोगों की मौत के बाद की अगली यात्रा के लिए कब्र खोदता हूं। रेजिमेंट बाजार के उत्तर के सुनसान एरिया के उजड़े कब्रिस्तान के धूलभरे सुनसान क्षेत्र में ही मेरा काम-धंधा हैं।

मैं छोटा था तभी से मैंने इस काम में अपने पिता का हाथ बंटाना शुरू कर दिया था। टी बी की लम्बी बीमारी के बाद जब मेरे पिता का देहांत हुआ तब से सारा काम मैं ही कर रहा हूं। इस कठोर शारीरिक काम ने पिता की सेहत पर काफी बुरा असर डाला था। कब्र खोदने जैसे तुच्छ काम के साथ-साथ उन्हें अन्य छोटे काम करने

पड़ते थे ताकि बड़े-से परिवार का भरण-पोषण कर सके।

जब शहर के आसपास किसी की मौत होती है तो सबसे पहले मुझे ही सूचना दी जाती है। एक आदमी को मेरी तलाश में भेज दिया जाता है। अगर मैं कहीं बाहर गया हूं तो फटाफट एक आदमी वहां के लिए रवाना कर दिया जाता है, ताकि कब्र खोदने का काम सही समय पर शुरू किया जा सके।

इस तत्परता का एक महत्वपूर्ण कारण यह भी है कि अब मेरे खस्ताहाल कब्रिस्तान में आम आदमी के लिए जगह कम ही बची है। हां अगर मरने वाला अमीर है और नई जगह खरीद सकता है तब साफ-सुथरी जगह पर कब्र खोदने में मुझे ज्यादा समय नहीं लगता। यह काम तो कोई अनाड़ी भी कर ले मगर पुरानी कब्र के ऊपर नई कब्र खोदना बहुत मुश्किल काम है जिसका भेद सिर्फ मुझे ही पता है।

जैसे ही मुझे किसी के मरने का समाचार मिलता है सर्दी हो या धूप, बरसात हो या आंधी, मैं कब्रिस्तान में पहुंचकर अपनी कस्सी और कुदाल को उठा लेता हूं जो अब तक बड़े आराम से एक पुराने शेड में पड़े रहते हैं। मैं सारे कब्रिस्तान का चक्कर लगाता हूं और सबसे पुरानी कब्र को तलाशता हूं। कई बार तो पुरानी कब्र को दुबारा खोदते समय मुर्दे के कुछ अधगले अंग मेरे हाथों में आ जाते हैं जिन्हे मैं किसी अन्य जगह दबा देता हूं। ऐसा उन केसों में बहुधा होता है जहां घर के लोग मृत के शरीर पर खास रसायनों का लेप करते हैं ताकि मुर्दा शरीर को दूर से आने वाले रिश्तेदारों के आखिरी दर्शनों के लिए कुछ ज्यादा देर तक रखा जा सके। यदि कोई मुर्दा पूरी तरह मिट्टी में नहीं मिला होता तो मैं उस कब्र को मिट्टी से ढककर दूसरी सही जगह का चुनाव करता हूं।

इन गले-सड़े मांस के लोथड़ों व अन्य भयानक दृश्यों से अब

मेरा दिल नहीं दहलता। मेरे लिए यह सब मेरे काम का हिस्सा है। खुदाई करते समय या हाथों से इस गन्दी मिट्‌टी को हटाते समय मैं कोई दस्ताने नहीं पहनता। दस्ताना पहनकर कुशलता से काम नहीं हो पाता। बचपन से ही मैं इस तरह से काम करने का अभ्यस्त हूं।

पूरे दिन की मशक्कत के बाद कब्र खोदने की एवज मे मुझे सात-आठ सौ रुपए ही मिल पाते हैं। हां, अगर मरने वाले के रिश्तेदार अमीर होते हैं तो हजार-बारह सौ से ऊपर कमाई हो जाती है। यह भी भाग्य की विडम्बना ही है कि मेरी कमाई इस बात पर निर्भर करती है कि मेरे इलाके में कितने लोगों की मौत होती है। कई बार साथ के इलाकों से भी बुलावा आ जाता है अगर वहां की कब्रें खोदनेवाला कहीं बाहर गया हो या बीमार हो।

बाकी के दिनों में जब मैं कब्रें नहीं खोदता तब मेरी दिनचर्या बहुत ही अनियमित होती है। छोटे-मोटे कई धंधे पीटता हूं मैं। कहीं मजदूरी, कहीं चौकीदारी और कहीं किसी शोरूम के बाहर सिकूरटीमैन की तैनाती। ये काम परेशान नहीं करते मुझे। कब्रें खोदने के दौरान कई बार मेरा दिल डूबता है खासकर तब जब कोई अपना मरता है या कोई जवान मौत होती है और विधवा की हदय-विदारक चीखें सुनाई देती हैं।

इन दिनों सब कुछ उल्टा-पुल्टा हो गया है। मौत का कारोबार बहुत ही बुरे दौर से गुजर रहा है। खुदा के इलावा कई और भी हैं जो मासूम लोगों को मौत के घाट उतारते हैं। उग्रवाद, बन्द, लूट-मार, जातीय दंगे और बम विस्फोटों से रोजाना बीसियों मासूम लोग मरते हैं और कई बार तो मुझे मजदूर लगाकर एक साथ कई कब्रें खुदवानी पड़ती हैं। कई बार तो मुर्दे इतनी ज्यादा सख्या में आ जाते हैं कि पुरानी कब्रों के ऊपर मिट्‌टी की नई पर्त बिछाकर उन्हें किसी तरह साफ मिट्‌टी से ढकना पड़ता है।

मैंने असंख्य मुर्दा शरीरों को उठाया है। मैंने बीस मुर्दों को एक ही कब्र में दफन किया है। सभी स्थानों की कब्रें मुर्दा जिस्मों से अटी पड़ी हैं। क्षेत्र में बढ़ रहे उग्रवाद ने हजारों मासूमों को लील लिया है। इस क्षेत्र के नौजवान शहीदों की पीड़ा मुझसे ज्यादा कौन समझ सकता है भला। अब इलाके में सेहतमंद युवकों की कमी आ गई है। बहुतों ने बंदूकें उठा ली हैं और अनेकों फर्जी एनकांउटर में मारे जा चुके हैं। अपने सिपाहियों के हौसले बुलन्द रखने के लिए बहुधा पुलिस ऐसे काम करती है।

मैं सारी सच्चाई जानता हूं, क्योंकि मैं ही विख्यात मिलिटेंट कमांडर हमीद का अभागा पिता हूं। हमीद मेरा एक ही बेटा था। मेरी दो बेटियों का एक ही भाई। एक दिन वह सीमा पार गया और अगले जाड़े तक कमांडर बनकर लौटा। क्या करता डिग्री लेने के बाद भी पांच साल तक उसे कोई भी नौकरी नहीं मिली।

ये रही उसकी कब्र! अब मुझे रोना नहीं आता। मेरी आंखों के आंसू बिल्कुल सूख चुके हैं। उसकी कब्र पर मैंने ये अक्षर खुदवाए हैं -- अपने प्रिय बेटे हमीद की याद में, जिस ने अपनी जवानी और अपने अब्बा का बुढ़ापा खराब कर दिया।

रिपत ने उसके लिए एक छोटा-सा मकबरा भी कब्र के उपर बना दिया ताकि हमीद को गर्म सर्द हवा न लगे। पागल है वह। ये सर्द और गर्म आहें तो अब मेरे लिए रह गई हैं। रिपत अमीर लोगों के लिए कब्र के ऊपर नक्काशी व यादगारी शब्द लिखने का काम करता है। केवल बड़े लोग ही कब्र की महंगी जगह खरीदकर मकबरे बनवाते हैं और नक्काशी करवाते हैं।

रिपत की कहानी भी बहुत दुखभरी और संघर्षमयी है। वह दस साल पहले श्रीनगर आ गया था। रिपत अभी नासमझ लड़का ही था जब उसके पिता गुजर गए। सात बच्चों का बड़ा-सा परिवार और

रिपत की मां सब्जी बेचकर पालती थी उसे। रिपत बड़ा था। रोजगार के सिलसिले में शहर आ गया और मुझे पहली बार तब मिला जब हम दोनों ग्रेंड माल का निर्माण करने वाली कम्पनी में काम करते थे। वह एक नायाब और कुशल कार्यकर्ता की तरह संगमरमर काटना सीख गया था।

ग्रेंड माल का निर्माण रुक गया। एक स्थानीय राजनैतिक दल ने बन्द का आयोजन किया। वे किसानों के हितों की बात कर रहे थे जिनसे जमीन अधिग्रहण करके ये विशेष आर्थिक जोन बनाए जा रहे थे। हजारों मजदूर निकाल दिए गए। मैंने रिपत को अपने साथ चलने का मशविरा दिया। वह मेरे साथ मेरे कस्बे में आ गया। यहां एक छोटी-सी निर्माण कम्पनी में मैंने उसे संगमरमर काटने के काम पर लगवा दिया। हमीद के जाने का गम अब मुझे ज्यादा नहीं सालता था।

कब्रों पर नाम और जज्बातभरी इबारतें खुदवाने का काम भी आसपास उसे मिलने लगा था। आसपास हो रही जवान मौतें देखकर रिपत कभी-कभी उदास हो जाता तो मैं उसे समझाता, 'देख पगले, इन दस सालों में जो कुछ हो रहा है वह इसलिए कि हमने अपनी आत्मा पर परदा डाल दिया है। हमने अल्लाह की सीख माननी छोड़ दी है।'

न केवल रिपत बल्कि मेरा छोटा भाई मकबूल भी इन दिनों सहमा-सहमा और अशक्त रहने लगा है। उसके दामाद को उग्रवादियों ने पुलिस इन्फार्मर समझकर मार दिया था। मकबूल श्रीनगर के मशहूर डाक्टर कौल साहब के यहां पन्द्रह साल की उम्र से ही बतौर हेल्पर काम करता था। जब वहां हर समय तनाव का माहौल रहने लगा तो वह यहां कस्बे में भाग आया। यहां आर एम पी बनकर डाक्टरी करने लगा। उसकी किस्मत अच्छी थी। दुकान चल निकली।

एक शाम मकबूल के सामने एक खून से लथपथ लाश रखी गई। सरकारी हस्पताल का डाक्टर कुछ दिनों की छुट्टी लेकर बाहर गया हुआ था। पुलिस ने मकबूल से कहा कि वह जल्द पोस्ट-मार्टम की रिपोर्ट फाइनल कर दे।

उसके बाद तो यह सिलसिला थम नहीं पाया। मकबूल पत्थर के जिगर वाला था। वह पुलिस के टक पर चढ़कर आठ लाशों का पोस्टमार्टम कर आया था। बम धमाकों के बाद ऐसी ही बदकिस्मत लाशें आती, किसी की टांग नहीं, किसी का धड़ नहीं और किसी का सिर नहीं। जब मकबूल का दामाद मारा गया तब तो वह पागल हो उठा। वह रात को सो नहीं सकता था। कटी-फटी लाशें उसके सपने में आकर उसे परेशान करती।

वह चिड़चिड़ा हो गया। वह हर वक्त सिगरेट पीने लगा। पुलिस को इनकार नहीं कर सकता था। जब पोस्टमार्टम के लिए कोई लाश उसके सामने लाई जाती तो वह गुस्से और पागलपन के मारे अपने साथियों पर जंगलियों की तरह चीखता। कई बार वह खाना खा रहा होता तो पुलिस का ट्रक आ जाता। खाना बीच में ही छोड़कर उसे लाश की पोस्टमार्टम रिपोर्ट बनानी पड़ती। कई बार तो आधी रात को यह काम करने को कहा जाता।

अब कुछ हालात बेहतर हुए है और सुरक्षा बलों को हर तरफ तैनात किया गया है तो मकबूल के लिए अब नई तरह की परेशानियां सामने आ रही हैं -- सुरक्षा बलों के परेशान जवानों द्वारा आत्महत्या या सिविलियन द्वारा नहरों में डूबकर मरने, जहर खाने या पंखे से लटककर जान देने के असंख्य मामले।

हर शहर और हर गांव में मकबूल और मुझ जैसे लाखों मातम मनाने वाले लोग मेरी प्यारी कश्मीर वादी में हैं। इस वैली के बारे में एक शायर ने कभी कहा था कि ‘अगर दुनिया में कहीं स्वर्ग है, तो

वह यहीं है।' अब तो यह घाटी हमारे लिए एक दुखभरा नरक बन चुकी है जहां हर रात का अर्थ है एक भयानक स्वप्न और हर भोर हमारी आंखों के सामने इन्सानियत की हत्या की जाती है। फिर भी रिपत को देखकर मैं कुछ-कुछ आशावान हूं। वह जवान है, हुनरमंद है। मेरी बड़ी बेटी नूरा से उसकी अगले माह शादी होने वाली है। मेरे घर में खुशियों की शहनाई बजेगी। अल्लाह-हू-अकबर! खुदा तू महान है।

रिश्ता

चमन बाबू की हरे रंग की सिंडिकेट बस दूर रामा चक्की मोड़ से आती दिखाई देती तो बस स्टाप पर खड़े लोगों की आंखों में चमक आ जाती। चमन बाबू ठहरे केशव के भानजे--सो सारा गांव केशव को केशव मामा ही कहने लगा था । उन दिनों बसों का सरकारीकरण नहीं हुआ था। पहले प्राइवेट मिनी बसें चलती थी जिनमें खड़ा होना बहुत तकलीफदेह था। धीरे-धीरे ए बी सी कम्पनीवालों की उस गांव के रूट पर दो बसें चलनी शुरू हुई और अब यह सर्विस एक घंटे की हो गई थी।

चमन बाबू इसी कम्पनी का ड्राइवर था। अपने केशव मामा के गांव के स्टाप पर वह दस मिनट से ज्यादा रुकता। दूर से भागती हुई सवारी को देखकर बस को फटाफट रोक लेता। रश हो तो ड्राइवर वाली खिड़की से जनाना सवारी बिठा लेता। कई बार तो बस को अड्डे पर खड़ी करके केशव मामा के घर जाकर चाय-नाश्ता कर आता, खाने का वक्त होता तो खाना खा आता। मामा-मामी फूले न समाते।

यह सब बसों के सरकारीकरण होने से बहुत पहले की बात है। तब चमन बाबू जवान थे। ये बड़ी-बड़ी मूंछें, रौबदार चेहरा, घुंघराली रेशमी जुल्फें, टेरीलीन की आधी बाजू की शर्ट, पांव में चर्र-चर्र करती पटियाला ब्रांड सुनहरी जुत्ती। लम्बा-सा पाशिंग शो का सिगरेट और मुंह में तेज पत्ती वाला पान। पूरे गांव पर रौब था चमन बाबू की

गम्भीर आवाज का।

केशव मामा फौज से नई-नई सूबेदारी पेंशन लेकर आए थे। अच्छा-खासा पैसा मिला था उन्हें। चमन बाबू के कहे में आकर केशव मामा ने शराब के ठेकों में तीस पैसे की साझेदारी में पैसा लगाया। चमन बाबू भी खुश। अच्छी आमदनी आने लगी थी केशव मामा को।

चमन बाबू की शादी हुई तब भी केशव मामा ने अच्छा पैसा लगाया था। शादी के बाद चमन बाबू शहर में जा बसे। शहर हिमाचल की सीमा के साथ था। बस-ड्राइवरी में उन्हें इतनी तनख्वाह नहीं मिलती थी जितनी रकम वह अफीम की तस्करी में कमा लेते। बस पर लम्बे रूट पर जाते और खास ठिकानों पर माल पहुंचा देते। केशव मामा को सब पता था। कई बार अपनी पत्नी दुर्गा से जिक्र भी किया था उन्होंने। चमन की मां ने भी उसे कई बार मना किया था मगर जब औलाद बड़ी हो जाए तो उसे काबू में रखना बहुत मुश्किल होता है।

केशव मामा की किस्मत इस मामले में अच्छी निकली कि दोनों बेटे पढ़ाई-लिखाई में तेज निकले। उन दिनों बी ए करने के बाद अच्छी नौकरी मिल ही जाती थी। बच्चों के नौकरी पर जाने के बाद चमन बाबू और केशव मामा की और भी गहरी छनने लगी।

इधर बसों का सरकारीकरण हुआ तो चमन बाबू सड़क पर आ गए । सारी प्राइवेट बसें रातोंरात यू पी बॉडर पार भिजवा दी गई। वहां नए मालिकों ने उन्हें खरीद लिया। वे भला चमन बाबू को क्यूं रखते, वैसे भी चमन बाबू घर से इतनी दूर नहीं जाना चाहते थे। यहां दोस्त यार थे, महफिल थी और अफीम की तस्करी का धंधा था।

चमन बाबू को यकीन था कि सरकारी बसों में नौकरी मिल ही जाएगी। केशव मामा ने बहुत दौड़-धूप की। कहते हैं कि बीस हजार रुपया दिया तब जाकर चमन बाबू को सरकारी बसों में ड्राइवर की

नौकरी मिली।

आस-पड़ोस सब हैरान -- बीस हजार, आज के लाख रुपए के बराबर। मामा हो तो केशव जैसा। सौ का बड़ा-सा ढाक के पत्ते जैसा नीला-नीला नोटों का बंडल। धन्य हो प्रभु! सगी औलाद के लिए कोई इतना नहीं करता। सर्वत्र केशव मामा का गुणगाण हो रहा था।

केशव मामा को भी कितने अच्छे भाग लगे। शराब के ठेकों से चोखा पैसा कमाया। नदी पार दस एकड़ जमीन खरीद ली। लड़कों की भी खासी आमदनी हो जाती। हर कोई हैरानी के मारे कानों को हाथ लगाकर कहता -- तेरी लीला न्यारी है प्रभु, जिसे देता है उसका छप्पड़ फाड़ देता है।

कोई दूसरा जलन के मारे कहता -- सब पाप का धन्धा है मामा भानजे का। मामा तो शराब में नकली कैप्सूल मिलाकर मोटी कमाई करता है और भानजा अफीम की तस्करी। बहुत बुरा होगा, देख लेना। हम जिन्दा रहें या न रहें मगर तुम्हारे सामने सच-झूठ का फैसला हो कर रहेगा। पाप का घड़ा भरते ही फूटता है।

मामा भानजे के इस रिश्ते को दुनियावालों की बुरी नजर क्या लगी कि देखते ही देखते सारा तामझाम बिखर गया। दुर्गा मामी ने बात सम्भालने की लाख कोशिश की मगर बुरी संगत तो, तौबा करिए प्रभु ! चमन बाबू के दो दोस्त बने तो सौ दुश्मन।

चमन बाबू तस्करी की अफीम लाते हुए पकड़े गए। चमन बाबू को छोड़ने और मामला रफा-दफा करने के लिए बहुत पैसे मांग रहा था बार्डर की चौकी का नया थानेदार। केशव मामा जुगाड़ लगा रहे थे कि दुर्गा मामी ने रोक दिया। अब अपनी औलाद को भी कल पैसे की जरूरत होगी आखिर। कल उनका भी तो शादी-गौना करना है।

चमन बाबू हवालात में बन्द। केशव मामा पहली बार देखने गए तो खूब उलाहने दिये चमन बाबू ने। मामा चाहते तो पैसे लगा कर

चमन बाबू को बाहर निकाल सकते थे मगर केशव मामा को अपने परिवार का भी ख्याल रखना था। अपने भानजे की सब बातें सुनकर बस चुप्पी लगा गए। दो साल की सजा हुई चमन बाबू को।

केशव मामा ने अपने लड़को की शादियां की। चमन बाबू को नहीं बुलाया। दोनों लड़के अपनी-अपनी पत्नियां शहर ले गए। केशव मामा व दुर्गा मामी गांव में अकेले ही रह गए।

चमन बाबू नाराज थे। अब इधर नहीं आते थे। केशव मामा को शराब की ठेकेदारी बहुत महंगी पड़ी। पार्टनर सारा पैसा चट कर गए। सौ तरह के नाजायज धंधे जब तक करते रहे, तब तक केशव मामा को कुछ लाभ मिलता रहा मगर जैसे ही गांव में बैठने लगे, हिस्सेदारों ने धोखा देना शुरू कर दिया। अन्त में घाटा खाकर केशव मामा को शराब के धन्धे में से हटना पड़ा। अब तो वह गांव में ही पेंशन के सहारे दिन काट रहे थे।

चमन बाबू तो पूरी तरह निष्ठुर हो गए थे। अब केशव मामा के पास था भी क्या। फिर भी केशव के कानों में चमन बाबू की सारी खबरें पहुंचती रहती कि अब चमन बाबू जेल से छूट गए और पैसा चढ़ाकर फिर से रोडवेज में ड्राइवर लग गए।

अब चमन बाबू केशव मामा के गांव के रूट पर जाते तो लोग केशव को कई बातें बताते। कोई कहता, 'भई, हम तो नहीं चढ़े उसकी बस में। मलेच्छ कहीं का, जिसने केशव सरीखे आदमी के उपकारों को याद नहीं रखा, वह हमारा क्या लगता है?'

दूसरा बोला, 'भाई जी, हमें चमन बाबू बोले कि रश बहुत है, चाचा जी बस के बोनट पर बैठ जाओ। हमने कह दिया कि हम तो खड़े ही ठीक हैं।'

तीसरा चहका, 'परसों बैसाखी के दिन की बात है। मेले के कारण बसों में रश बहुत था। बस के पिछले दरवाजे से चढ़ पाना

बहुत मुश्किल था। हम ड्राइवर की खिड़की से चढ़ने के लिए गए तो देखा -- अरे, ये तो अपना चमन बाबू है -- केशव का भानजा। झट चमन बाबू ने खिड़की खोली और बोला, 'आइए मौसा जी' हम तो जी कड़ा करके पीछे हट गए, उहं ! ऐसे अधर्मी के पास क्या बैठना।'

केशव मामा ने जब अपने साले की बात सुनी तो कई दिन तक उनका गुस्सा नहीं उतरा।

रोज जाकर बस-स्टाप पर खड़े हो जाते कि आज चमन बाबू की जूतों से पिटाई करेंगे। बात थी ही कुछ ऐसी।

केशव मामा के साले ने उन्हें बताया, 'चमन हमारे गांव की तरफ सरकारी बस लेकर जा रहा होगा। बस स्टाप पर बस खड़ी करके हमारे घर आ गया। मेरी पत्नी ने तो पहचाना ही नहीं --बड़ी सी दाढ़ी रखी हुई, ढीली पतलून, चेहरा मुरझाया हुआ। आपका नाम लिया कि मैं केशव का भानजा हूं। तब कहीं पहचाना उसे। चमन बाबू ने बदहवासी की हालत में बताया, 'बस चलाते समय एक गाय उसकी बस के नीचे आ कर मर गई, झगड़ा हुआ, मारपीट की नौबत आ गई। पुलिस का डर। समझौता हुआ कि पांच हजार जुर्माना दे दो तो छोड़ देंगे। ख्याल आया कि आप का गांव पास ही है। मैं अपने बचाव के लिए इधर आ गया। दो हजार रुपयों का इन्तजाम कर दो, बस अड्डे पर खड़ी है और गाय का मालिक व उसके साथी अन्दर बैठे हैं। तीन हजार रुपये कंडक्टर ने दिए हैं। दो हजार आप दे दें तो मामला रफा-दफा हो। कल लौटा दूंगा।' अब अपना रिश्तेदार परेशानी में हो तो तरस आता ही है। हमने भी, जीजा जी, इधर-उधर से कर-कराकर दो हजार रुपये दे दिए उसे। हजार रुपया बीज खरीदने के लिए रखा था, वह भी गंवाया। आज महीना हो गया चमन बाबू उधर पलटा ही नहीं। मैं रोडवेज डिपू गया था। वहां पता चला कि चमन बाबू तो दो महीने से सस्पेंड चल रहा है। नशे में धुत होकर

बस चलाने के कारण अफसर ने डांटा तो चमन बाबू ने उस पर हाथ उठा दिया था। बस के एक्सीडेंट के कारण गाय के मरने का मामला तो सरासर झूठा था। मुझसे रुपए ऐंठने के लिए नकली नाटक रचा था चमन बाबू ने।'

फिर तो केशव मामा जहां भी जाते, सभी जान-पहचानवालों व रिश्तेदारों को चेतावनी देते कि चमन बाबू से बचकर रहें। अब केशव मामा का उस नीच से कोई सम्बन्ध नहीं। चमन बाबू ने भी सारी सीमाएं पार कर दी। कोई जान-पहचान वाला नहीं छोड़ा जहां से बहाना बनाकर रूपए न ऐंठे हों।

केशव मामा के लड़के ही उन्हें ताने देत, ' यह जहर की क्यारी आपने ही बोई है, अब बैठकर काटिए। जवानी में शराब पिला-पिलाकर आपने उसे नशेड़ी बना दिया। और भी ड्राइवर हैं इस गांव में। सबको अपने-परिवार की चिंता है मगर चमन को तो अपने नशे करने की ही चिंता है। उसका परिवार कैसे फाके काट रहा है और वह हमारे रिश्तेदारों से पैसे ले-लेकर हमें बदनाम कर रहा है। फिर भी पेट नहीं भरता उसका।'

केशव मामा लाख बद्दुआएं देते चमन बाबू को। उन्हें क्या पता था कि कितना पाप कमा लिया है उस नासमझ ने। केशव मामा एक सुबह अपनी पेंशन लेने शहर जा रहे थे। रास्ते में किसी ने बताया कि जहरीली शराब पीने के कारण चमन बाबू परसों गुजर गए। आखिरी संस्कार भी हो चुका।

केशव मामा को धक्का लगा। कभी कितना गहरा रिश्ता था मामा-भानजे में। आज सोगवारी का नाता भी टूट गया। चमन बाबू के मरने की खबर मामा तक को नहीं भेजी गई।

पूरा गांव यह खबर सुनते ही केशव मामा के घर इकट्ठा हो गया। सब स्तब्ध थे। आंखें छलछला रही थी। रिश्तों की भी अनोखी

धूप-छांव है सब । केशव मामा खुश्क जुबान से बोले , 'अपने केशव मामा को भी रुक्का तक नहीं भेजा उन्होंने। रिश्ता कहीं टूट जाता है क्या?'

बालिका वधू

जाहिर खान अच्छे खानदान का बांका-सजीला नौजवान था जिनका संयुक्त परिवार सदियों से अफीम की अच्छी खेती करता था। कहीं कोई दिक्कत नहीं थी। उन दिनों अफगानिस्तान सरकार की नीतियां काफी उदार थी। जहीर खान फौज में जाना चाहता था और चाहता था कि गांव के अन्य गर्वीले फौजी अफसरों की तरह उसके चौड़े कन्धों पर भी सुनहरे स्टार शोभायमान हों और उस की हमउम्र लड़कियां उसे भी रश्क की नजर से देखें। अफगानिस्तान के लगॅमान प्रांत के अन्य पशतून कबाइली लोगों की तरह जहीर ऊंची कद काठी, सुर्ख रंग और मजबूत इरादे वाला होनहार नवयुवक था।

जहीर का परिवार उसके फौज में जाने के खिलाफ था। उन दिनों देश में राजनैतिक अस्थिरता थी। रूसी फौजों को निकलने के लिए मजबूर होना पड़ रहा था। तालिबन अपनी पकड़ मजबूत कर रहा था। फौज में जाने का अर्थ था कि अपनी जवानी को दांव पर लगाना। जब खेती में ही इतनी बरकत थी तो फिर भला फौज या कोई दूसरा धंधा पीटने की क्या जरूरत थी!

जहीर अच्छा किसान साबित हुआ। पन्द्रह साल का भी नहीं हुआ था कि उसकी शादी कर दी गई। उसके अन्य पांच भाई पहले से ही शादीशुदा थे। जहीर के अब्बा की अचानक मौत के कारण घर में तूफान आ गया। अब्बा थे तो इतने बड़े परिवार को साथ रखकर चलते थे। अब जहीर के भाइयों ने जमीन का बंटवारा कर लिया।

जहीर के हिस्से सिर्फ तीन एकड़ जमीन आई। कुछ जमीन बंटाई पर लेकर जहीर खेती में खूब मुनाफा कमाने लगाा था। तालिबान सरकार के आते आम किसानों की दुर्दशा के दिन आ गए। तालिबान वैसे तो अफीम और अन्य नशीली वस्तुओं के खिलाफ थे मगर अपनी लड़ाई को जारी रखने के लिए उन्हें ढेरों रुपयों की दरकार थी। अब वे उत्तरी अफगानिस्तान के किसानों को उकसाने लगे कि वे अफीम और हेरोइन की पैदावार ज्यादा से ज्यादा करें, ताकि अन्तर्राष्ट्रीय बाजारों में बेचकर तालिबान भी खूब धन बटोर सके। जिन इलाकों पर तालिबान का वर्चस्व था, उन किसानों के खेतों की तरफ पुलिस देखने की जुर्रत नहीं कर सकती थी। हर तरफ खुशहाली थी और जहीर मजे से अपने बच्चों का लालनपालन कर रहा था।

अमेरिका के दखल के कारण उत्तरी भाग में तालिबान कमजोर पड़ने लगा। नई सरकार ने अफीम की खेती पर रोक लगानी शुरू कर दी। पुलिस छापे मारने लगी। अफीम माफिया वजूद में आया। जिन किसानों को इस माफिया ने कर्ज दिये व सांठगांठ कर ली, वे खेती करते रहे मगर जहीर जैसे कमजोर किसान जल्दी ही दम तोड़ने लगे। अफीम के इलावा दूसरी खेती करने से उनके घरों के खर्च चलने में परेशानी थी, क्योंकि अब तक अफीम की खेती से ही उनके बड़े-बड़े परिवारों का गुजर होता था। अफीम माफिया ने जहीर सरीखे किसानों को अपनी गिरफ्त में लेना शुरू किया। खाते-पीते घरों के लोग माफिया के कुचक्र से बचे रहे मगर मध्यम व नीचे दर्जे के किसानों की कमर टूटने लगी। तालिबान और अफीम विरोधी सरकारी अफसरों को खिलाने के लिए उनके पास अब कुछ नहीं बचा था।

कर्ज ले लेकर उन्होंने किसी तरह किसानी करना जारी रखा। कर्ज जब बहुत बढ़ गया और मुश्किल से मिलने लगा तो जहीर खान

का ध्यान किसी समय अफीम की तस्करी में अपने साथ पार्टनर रहे शहर के व्यापारी सैयद शाह की तरफ गया। अपनी खेती को एक बार फिर सही तरीके से जमाने के लिए उसने उससे मिलना उचित समझा। सैयद शाह जैसे तस्कर ही पुलिस और तालिबान की सांठगांठ में अपने लोगों को आश्रय दे रहे थे।

सैयद शाह ने बड़ी गर्मजोशी के साथ जहीर की आवभगत की। जहीर ने अपनी खस्ता हालत बयान की। जहीर ने पचास हजार रुपयों की मांग कर दी जो सैयद शाह को काफी बड़ी लगी। गिरवी रखने को जहीर के पास कुछ न था, क्योंकि अपने हिस्से की जमीन वह दो साल पहले ही अन्य सूदखोरों के पास गिरवी रख चुका था।

सैयद शाह बहुत अनुभवी और चंट व्यापारी था। उसने जहीर से कहा, 'देखो भाई, तुम मुझसे पचास हजार रुपये ले जाओ। मैं कोई ब्याज नहीं लूंगा। पुलिस और तालिबान तुम्हें तंग नहीं करेंगे। बस अफीम की फसल काटने के बाद मुझे पच्चीस किलो अफीम दे देना। ये देखो, मैंने कागजों में यही बात लिख दी है।'

पैसे लेकर खुशी-खुशी जहीर घर आया। आधे पैसों से उसने अफीम के बीज व खाद आदि खरीदे और बाकी पैसे घर में लगा दिए। उसे खुद पर भरोसा था कि सैयद शाह को फसल पर पच्चीस किलो अफीम देने में कोई दिक्कत नहीं आएगी।

पुलिस या तालिबान ने उसे कुछ नहीं कहा मगर मौसम की बेरहम मार के सामने जहीर की खड़ी फसल चौपट हो गई। जहीर के सारे इरादे मिट्टी में मिल गए। वह जानता था कि अफगानिस्तान में जब कोई आदमी अपना कर्ज नहीं उतार पाता, तो उसे अपनी जान तक देनी पड़ जाती है। ये कबाइली नियम बहुत ही निर्मम होते हैं। अब या तो उसे आत्महत्या कर लेनी चाहिए या कहीं भाग जाना चाहिए। सारी जमीन और घर बेचकर भी इतना कर्ज नहीं उतरने

वाला। अब तो उसके सामने एक ही रास्ता बचा था कि अपने बीवी और बच्चों को अपनी ससुराल भेजकर वह कहीं लापता हो जाए। रातोंरात वह परिवार समेत जलालाबाद भाग गया। दो तीन महीने गुमशुद रहने के बाद उसके साले ने वहां एक फैक्टरी में जहीर को लगवा दिया।

सैयद शाह चुप कहां बैठने वाला था। उसने जहीर के सिर पर तीस हजार रुपयों का ईनाम घोषित करवा दिया। बस कुछ ही दिनों में जहीर का पता चल गया। गांव की पंचायत के सामने उसे लाया गया। पैसे के दम पर सैयद शाह ने अपना प्रभाव दिखाया। जहीर के पास देने को कुछ भी शेष नहीं था। उसका तो सब कुछ पहले से ही गिरवी पड़ा था। अब पंचायत ने सैयद शाह से पूछा कि आखिरकार वह क्या चाहता है।

सैयद शाह के चेहरे पर क्रूर मुस्कान फैल गई। वह बोला, 'मैं जहीर मियां का सारा कर्ज मुआफ कर देने को तैयार हूं। मेरी एक ही शर्त है। जहीर अपनी बड़ी बेटी खालिदा का निकाह मेरे साथ कर दे। मैं न सिर्फ उसका यह कर्ज मुआफ करूंगा बल्कि उसके सारे कर्ज भी अदा कर दूंगा।'

जहीर की बड़ी बेटी सिर्फ दस साल थी और सैयद शाह साठ साल का बूढ़ा-खूसट। यह बात सुनते ही जहीर खान बेहोश हो गया। अफगानिस्तान के पश्तून कबाइली कौमों में यह एक आम पुराना रिवाज भी था। लड़के का पिता दुल्हन के पिता को दहेज में अच्छी-खासी रकम देता था। नंगरैहर और लंगमान इलाकों में यह रकम एक लाख रुपये के लगभग थी मगर दक्षिणी अफगानिस्तान के हैलमंद और कशमंद सरीखे खुशहाल इलाकों में वर के पिता द्वारा दिए गए दहेज की रकम तीन लाख रुपये तक जाती थी।

जहीर की बड़ी लड़की खालिदा उसे सबसे प्यारी लगती थी। वह

अपनी बहन से बड़ी थी मगर अपने दो भाइयों से छोटी थी। वह सुन्दर नीली आंखों वाली होनहार और समझदार बच्ची थी। वह तीसरी कक्षा में थी और हर बार पूरी कक्षा में अव्वल आती थी। वह बड़ी होकर टीचर बनना चाहती थी। अब वह एक अभिशप्त बच्ची बन चुकी थी और हर कोई उसे यही समझा रहा था कि यह सब उसकी किस्मत में पहले से ही लिखा था।

गांव की पंचायत के सामने जहीर का यह पहला केस नहीं था। पिछले साल खालिदा की सहपाठिन गुल का विवाह काबुल के एक अफीम स्मगलर के चौदह बरस के बेटे के साथ कर दिया गया था क्योंकि गुल के अब्बा ने अपनी अफीम की खेती बचाने के लिए उस स्मगलर से बहुत सारा रुपया उधार ले रखा था। गुल की किस्मत इस मामले में थोड़ी अच्छी था कि भरी पंचायत के सामने स्मगलर ने गुल को अपने बेटे के निकाह के लिए मांगा था, खुद अपने लिए नहीं।

दस साल की खालिदा आज के जर्जर अफगानिस्तान की उन हजारों अफीम वधुओं में से एक है, जिन्हें विवाह की बलि वेदी पर कुर्बान कर दिया जाता है। यह सिर्फ कहने सुनने की ही बात है कि हर लड़की को यह अधिकार है कि वह फैसला कर सके कि उसका होने वाला पति उसके लायक है या नहीं। खालिदा इतनी मासूम थी कि उसे पता ही नहीं था कि उसके साथ क्या होने वाला है।

उसकी उम्र में लड़कियां अपनी सहेलियों के साथ लुक्का-छिपी खेलकर या गप्पें लगाकर खुश होती हैं। माएं उन्हें लोरियां सुनाकर सुलाती हैं। खालिदा की आंखों ने अभी सपने भी देखने शुरू नहीं किए थे। अपने अब्बा की गोद में बैठकर वह सोचती थी कि सारी दुनिया के तूफानों का वह आसानी से सामना कर सकेगी। कुदरत ने उस के साथ कितना क्रूर मजाक किया था। उसे तीसरी कक्षा से हटा

लिया गया और आनन-फानन उसका विवाह उससे छह गुणा ज्यादा उम्र के बूढ़े से कर दिया गया जिसने उसे मारना पीटना शुरू कर दिया था और उसकी मासूम देह का शोषण करना शुरू कर दिया था।

खालिदा की सहेली गुल अपने पति से खुश नहीं थी। उसका खांविद एक कुख्यात स्मगलर का बेटा था। खालिदा अपनी दो अन्य बालिका वधू सहेलियों को जानती थी, जिन्होंने आत्महत्या कर ली थी। उनकी शादी बूढ़े तस्करों के साथ हुई थी। ये लोग इन मासूम लड़कियों को अपने क्रूर अंडरवर्ड डॉन के सामने पेश करते थे।

सैयद शाह भी बहुत बेरहम व जालिम इन्सान था। खालिदा ने बहुत बार खुद को खत्म करने की सोची मगर वह जानती थी कि इस्लाम आत्महत्या की इजाजत नहीं देता। एक दिन उसे घर से भागने का मौका मिल गया। भागकर वह अपने मामा के पास जलालाबाद पहुंच गई। एक वकील करके मामा के कहने पर खालिदा ने अदालत में सैयद शाह से तलाक लेने के लिए अर्जी देने की हिम्मत कर डाली। एक रहमदिल जज ने उसे तलाक के लिए इजाजत दे दी।

खालिदा कल की बालिका वधू और आज की तलाकशुदा आजाद लड़की बनकर दुबारा स्कूल जाने लगी थी। उसने पश्तो, उर्दू तथा अरबी जुबान सीखनी शुरू कर दी। उसके अन्य सब्जैक्ट थे - कुरान, गणित और ड्राईंग। पिछले बरस जब उसने तीसरे दर्जे की पढ़ाई छोड़ी थी तब वह एक से सौ तक गिनती कर लेती थी। अब वह हजार तक लिखना सीख रही थी। अब टीचर बनने की मंजिल की तरफ वह अग्रसर थी।

जलालाबाद में खालिदा की नई जमात में टीचर ने दिन की शुरूआत कौमी तराने और कुरान की आयात से की। कुरान की पहली आयात की तरफ इशारा करते हुए टीचर ने कक्षा की लड़कियों से पूछा, 'सूरत-अल-हामेद कौन सुनाएगा?' उसने देखा कि केवल

खालिदा ने हाथ उठाया हुआ था।

खालिदा खड़ी हुई। उसने बोलना शुरू किया, 'हे खुदा, हमें सीधा रास्ता दिखाओ, वह रास्ता जो तुमने अपने खास बन्दों के लिए रखा हुआ है, वे बन्दे जिन पर तुम्हारी खास कृपा है ...।'

टीचर ने खुशी से चहकते हुए कहा, 'खालिदा के लिए जोरदार तालियां बजाओ।' जैसे ही खालिदा बैठने लगी सारी क्लास ने उसके लिए तालियां बजाई। अपनी पिछली सारी तकलीफें भुलाकर खालिदा एक बार फिर छोटी बच्ची बन गई थी।

अचानक

सुबह पांव बजे टेलिफोन की घंटी किराई तो पूरा घर दहशत से हिल गया। जानकी ने अपने दोनों बेटों को बेड-टी देते हुए उदास स्वर में कहा, 'पार्वती ताई गुजर गई है, सुबह-सुबह शक्ति नगर से चन्दर का फोन आया था। आज ही दोपहर दो बजे 'मज़ल' है।' सुनकर दोनों लड़के सन्न रह गए। पार्वती ताई के मरने का उन्हें जरा भी गम नहीं था। वे तो इस चक्कर में थे कि आज सब कैसे निबटेगा। अचानक आई इस खबर से तालमेल नहीं बिठा पा रहे थे वे लोग।

बड़े बेटे ने सोफे पर पसरते हुए लम्बा-सा घूंट भरकर चाय की प्याली सेटी पर रख दी। अपने पिता की भरी जवानी में हार्ट-अटैक में हुई मौत के बाद घर के मुखिया पद के लिए अपनी विधवा मां जानकी के साथ हमेशा उसे ही शक्ति-संर्घष करना पड़ता था। उसका छोटा भाई उससे सात साल छोटा था। छोटे का अभी-अभी विवाह हुआ था। वह तो अपनी बहू के चाव-लगाव में ही मस्त रहता था। बिरादरी की ऊंच-नीच में वह कम ही बोलता था।

छोटे बेटे ने उत्सुकता दिखाई, 'कैसे हुई मौत। कोई बीमारी तो नहीं ताई जी को।' जानकी दीवान पर बैठते हुए बोली, 'चन्दर ने बताया कि नैचुरल डैथ थी। काफी सयानी उम्र थी ताई की। नब्बे से ऊपर ही होगी। चन्दर कह रहा था कि सुबह-सुबह उसके डैडी चार बजे उठ जाते हैं मन्दिर जाने के लिए। उन्होंने देखा कि ताई चुपचाप सोई हुई है। ताई को लम्बे-लम्बे खर्राटे लेकर सोने की आदत

थी। चन्दर के डैडी का माथा ठनका। उन्होंने फटाफट ताई को हिलाया-डुलाया, नब्ज देखी। सब कुछ शान्त था। ताई पता नहीं रात के किस पहर में गुजर गई होगी। भगवान ऐसी आराम की मौत किस्मतवालों को ही देता है।'

बड़े बेटे को हरेक बात में कुछ न कुछ नुक्स हमेशा ही नजर आता था। कुछ तो उसकी पैदाइश से ही ऐसी आदत थी और कुछ वह अपनी नौकरी-पेशे के कारण शक्की स्वभाव का होता जा रहा था। वह आडिट विभाग में सैक्शन अफसर था और सारा दिन उसका यही काम था -- बिलों, फाइलों व रिकार्ड पर आपत्तियां लगाना व उनमें मीनमेख निकालना। इसीलिए उसके घरवाले, ससुरालवाले, पड़ोसी, मित्र या अन्य रिश्तेदार उसे शक्की समझने लगे थे तथा उससे कम ही उलझते थे।

बड़े बेटे ने पुराने परिचित लहजे में कहा, 'ऐसा कैसे हो सकता है?' वह हरेक आदमी को हर बात में बार-बार इसी प्रश्न से उलझाता था। अगला आदमी झुंझलाहट व अजीब-सी कसैली उकताहट से भर जाता था तथा बार-बार अपनी साधारण-सी बात का लम्बा चौड़ा औचित्यपूर्ण तर्क देता था। तब तक यह महाशय किसी अन्य पहलू पर आपति लगा चुके होते थे।

बड़े बेटे ने इस बार भी अपनी पहली आपत्ति उठाई, 'ऐसा कैसे हो सकता है। नैचुरल डैथ की वजह या तो ब्रेन हेमरेज हो सकती है या हार्ट-अटैक ...।'

बड़े ने अपनी बात जारी रखनी थी मगर बीच में एक व्यवधान पड़ गया था। छोटे बेटे के हाथ से चाय का कप छूटकर फर्श पर जा गिरा था। थोड़ी-सी बची हुई चाय कालीन पर बिखर गई थी। कालीन गन्दा हो जाने का सब को मलाल था। छोटे ने फटाक से सारी स्थिति सम्भाल ली और सब कुछ साफ कर दिया था।

यह इन तीनों का रोज का सामान्य रूटीन था। जानकी सुबह पांच-सवा पांच बजे उठ जाती थी। पहले बेड टी बनाकर बेटों को देती और फिर अखबार पढ़ने बैठ जाती। उसकी दोनों बहुएं बेड टी नहीं लेती थी। इसलिए वे थोड़ा लेट उठती थी।

जानकी तथा उसके दोनों बेटे उठकर बिरादरी व समाज के जीवंत मामलों पर अच्छा विचार विर्मश करते और किसी न किसी बात पर उलझ पड़ते। छोटा बेटा चाय पीकर पुनः सो जाता था और जानकी व उसके बड़े बेटे में अच्छी तकरार होती थी।

पार्वती ताई की मौत की खबर सुनकर आज बड़े बेटे ने घोपणा की, 'अम्मा, मैं दफ्तर से आधी छुट्टी लेकर ताई की शवयात्रा में शरीक हो आऊंगा। फिर किरया कर्म पर आप हो आना।'

मगर जानकी तो किसी और ही सोच में थी। बोली, 'नहीं बेटे, पार्वती ताई की मज़ल पर सारी बिरादरी जमा होगी। मेरे ससुराल व मायके के सारे परिवार वहां आएंगे। लोकल मौत है। मेरा जाना जरूरी है। आसपास चर्चा होती है। खुशी में बेशक न जाओ मगर गमीं के मौके पर न पहुंचो तो थू-थू होती है। मैं न जाऊं तो मेरे भाई-भाभियां क्या सोचेंगे?'

छोटा बेटा अपने विचारों में ही लीन था। कुछ तो घरवाले भी उसे कोई खास अहमियत नहीं देते थे। और कुछ उसका रुख भी काफी कुछ बेफिक्री का रहता था कि टालते हो जब तक मामला टलता है।

बड़े बेटे ने दूसरा पैंतरा बदला। छोटे भाई पर तो उसका पूरा जादू चलता था। बड़ा दहाड़ा, 'तू छुट्टी ले ले, पंकज। दोपहर तक अम्मा को मोटर-सायकिल पर शक्ति नगर ले जाना और पीछे घर की देखभाल करना।'

छोटे ने तपाक से रक्षात्मक स्वर में कहा, 'आज तो मैं छुट्टी

बिल्कुल ही नहीं ले सकता क्योंकि आज दफतर में स्टॉक की पड़ताल होनी है। आज सात तारीख जो है। बाकियों से भी पूछ लो न कि छुट्टी कौन ले सकता है।' छोटे ने परिवार में हुई मौत की गम्भीरता का असर लिया ही नहीं था। अपनी बात कहकर हलका होकर वह उठा और जाकर अपने कमरे में चादर लेकर पुनः सो गया।

तब तक जानकी की दोनों बहुओं के उठने का समय हो गया था। वे भी डाईंग रूम में हाजिर हुई। मौत की सूचना उन्हें भी दी गई। वे दोनों दफतर जाती थी। यूं अचानक छुट्टी ले लेने को कोई भी तैयार न हुई। दोनों अपने-अपने बॉस की सख्ती का रोना लेकर बैठ गई। एक दिन की तनख्वाह कट जाने का डर था। दोनों ने साफ तौर पर अपनी असमर्थता जाहिर की तथा सारी जिम्मेवारी बड़े बेटे व अम्मा पर छोड़ दी कि वे चाहें जैसा करें। जाएं न जाएं, उनकी बला से।

जानकी के छोटे पोते-पोतियां दो बजे स्कूल से आ जाते थे। सफाई, पौचे, बर्तन व कपड़े वाली महरियां बारह बजे तक फारिग हो जाती थी। दोनों बहुएं तो सुबह आठ बजे से पहले ही दफतर की चार्टिड बस पर दफतर चली जाती थी। बेटे भी निकल जाते। ऐसे में जानकी ही बाद में पूरा घर सम्भालती थी।

बच्चों की देखभाल करना, उन्हें समय पर खाना खिलाना, सुलाना व होमवर्क करने को कहना आदि ये सारे काम जानकी के जिम्मे थे। फिर शाम के खाने के लिए मंडी जाकर ताजा सब्जी लाना, सौदा-सुल्फ लाना, पैसा खर्च व अन्य सम्भाल सब जानकी के हाथो में ही था। बहुओं की ड्यूटी तो बस सुबह-शाम खाना बनाना ही थी।

आज जानकी को पार्वती ताई का मौत का उतना अफसोस नहीं हो रहा था जितना इस बात का दुख था कि घर-गृहस्थी के मामले में वह बुरी तरह फंस चुकी थी, दलदल में फंसी गाय की तरह। घर की

देखभाल करते-करते वह तो भूल ही गई कि उसका कोई अन्य सम्बंधी भी है। जिन बच्चों के पीछे उसने नाते-रिश्तों से मुंह फेरा, आज वे बच्चे अपनी बहुओं के गुलाम ही निकले।

बच्चों की इस इनकार से जानकी आपे से बाहर हो गई। चिढ़कर बोली, 'मैं भी कब तक इस घर का सारा बोझ उठाती रहूंगी। मेरा भी मन करता है कि कभी फुरसत पाकर मायके जाऊं व जेठ या देवर के घर रहूं। उनके साथ सुख-दुख सांझा करूं। नौकरीपेशा बहुएं लाकर मैंने बहुत बड़ी गलती की है। पहले अपने बच्चों का गू-मूत्र साफ किया, अब उनके लाडलों का करना पड़ रहा है। यू मुझे गमी-शादी में शिरकत करने से हर बार क्यूं रोकते हो तुम? भला किसलिए? अपने स्वार्थ के लिए ही न? इसलिए कि तुम्हारे बच्चों को वक्त पर ताजा खाना मिलता रहे और घर की रखवाली भी सही ढंग से होती रहे। मैं न होती तो तुम्हे पांच हजार महीने पर आया रखनी पड़ती। मैं तो तुम्हारे नौकर ही हो गई सारी उम्र के लिए। अब मैं पैंसठ से ऊपर हो गई हूं। कभी मैं भी टें बोल गई तो मेरा मुर्दा सम्भालने के लिए बाहर लेबर चैक से चार मजदूर लाने पड़ेंगे तुम्हें। कोई नहीं आएगा तुम्हारे दरवाजे पर। सारी उम्र तुम्हारे लिए मर-खपकर क्या मिला मुझे भला? तुम लोग मेरे लिए एक दिन की छुट्टी नहीं ले सकते। तुम्हें शर्म भी नहीं है, तुम्हारे पिता की सगी ताई है, जिसकी आज सुबह ही मौत हुई है और तुम सब कहते हो कि मैं दस दिन बाद उनके घर जाऊं अपना बेशर्म मुंह लेकर। वे थूकेंगे तुम्हारे पैसों पर ...।'

जानकी ने सारा गुबार निकाला। सभी के चेहरे खिंच गए। शोर-शराबा सुनकर छोटा बेटा भी कमरे से निकल आया था। बड़ा बेटा तथा दोनों बहुएं सिर झुकाए बैठी थी। छोटा बेटा सारा लोचा समझ गया। वह कुछ विनोदी स्वभाव का था। बोला, 'अम्मा, ऐसा

करते हैं कि हम चारों अपने-अपने नाम की पर्ची डालते हैं। जिसकी पर्ची निकलेगी, छुट्टी उसे ही करनी होगी।' यह प्रस्ताव सुनकर एक कुटिल मुस्कान सब के चेहरे पर दौड़ गई।

क्षमा

आज के हालात से मिसेज सीमा कश्यप को लगता था कि उसे या तो अपनी छात्राओं से क्षमा मांग लेनी चाहिए या कालेज छोड़ने के लिए तैयार रहना चाहिए। हर रोज जिस तरह उस पर वैचारिक प्रहार हो रहे थे उससे तो साफ था कि छात्र-शक्ति के आगे उसे झुकना ही पड़ेगा। हर तरफ उसकी काफी छीछालेदर हो रही थी।

राजकीय कन्या महाविद्यालय की शारीरिक शिक्षा की प्राध्यापिका मिसेज कश्यप ने पहली बार महसूस किया था कि उसे आवेश में आकर छात्रा को सब के सामने यूं थप्पड़ नहीं लगाना चाहिए था। हालांकि सारी गलती उस छात्रा की थी मगर उसे टीचर होने के नाते थोड़ा समझदारी से काम लेना चाहिए था। जमाना अब वह नहीं रहा कि बच्चों के साथ इतनी सख्ती से निबटा जाए।

मामला अनावश्यक ही तूल पकड़ गया था। इन दिनों मीडिया काफी चतुर-सुजान होने के साथ साहसी और चंट हो गया है। पता नहीं सीमा के भयावह भूत के बारे में उसे सारी सूचनाएं कौन दे रहा था। जिस अटपटे भूत को वह भूल चुकी थी, उसे फिर से उसके सामने लाया जा रहा था।

सारे कोलज की छात्राएं बुरी तरह उसके पीछे पड़ गई थी। उन्होंने अपनी कक्षाओं का बिल्कुल बायकाट कर दिया था। हर रोज गेट पर मीटिंग होती और सीमा कश्यप और प्रिंसिपल के मुर्दाबाद के नारे लगाए जाते। कल तो गेट मींटिग बहुत ही उग्र हो गयी थी। कई

टी वी चैनल इस घटना को कवर कर रहे थे। छात्राओं ने सीमा कश्यप का पुतला भी जलाया था। अब तो एक ही शर्त पर अपनी कक्षाओं में वापिस लौटने के लिए तैयार थी कि जब खुद सीमा कश्यप आकर उनसे माफी मांगे। छात्राओं ने तीन दिन का अल्टीमेटम दे दिया था। शिक्षा विभाग के उप निदेशक ने खुद आकर छात्राओं को आश्वासन दिया था कि वे सम्बधित टीचर के इस मामले की जांच करेंगे।

सीमा ने तो उस दिन के बाद खुद को स्टाफ कालोनी के अपने घर में कैद कर रखा था। स्टाफ की अन्य मेम्बर रोजाना की खबरें उस देते रहते। हर रोज प्रिंसिपल मैडम भी उसके घर आती थी। शुरू में मैडम का नैतिक बल सीमा को मिल रहा था क्योंकि यह मामला सारी टीचर बिरादरी के लिए इज्जत का सवाल बन चुका था। बाकी के स्टाफ का भी यही मानना था कि यूं छात्राओं के सामने जाकर गिड़गिड़ाने से टीचर का सम्मान तो धूल में मिल जाएगा।

कई बार सीमा ने सोचा भी कि क्यों न वह यह नौकरी छोड़ दे। उसकी लिखी पाठ्य-पुस्तकों से उसे इतनी रायल्टी तो मिलती ही है कि उस अकेली जान का गुजारा हो सके। यहां सरकारी नौकरी से काफी पैसा मिलेगा उसे। कहीं दूसरी जगह नौकरी मिल जाएगी ही। फिर अगले पल वह घबरा गई। उम्र के इस मोड़ पर कहां जाएगी वह। यहां पिछले बीस सालों से वह आराम से रह रही थी। स्टाफ कालोनी में अच्छी इज्जत थी उसकी। यहां से नौकरी छोड़ेगी तो आवास की समस्या भी खड़ी हो जाएगी।

कालेज की हर तरफ हो रही बदनामी के कारण प्रिंसिपल मैडम के रुख में अब कुछ अन्तर आ रहा था। शायद शिक्षा विभाग के अफसरों ने मैडम को सीमा पर दबाव बढ़ाने के लिए कहा हो। कल तो प्रिंसिपल मैडम ने सीमा को साफ ही कह दिया था कि अब या तो टीचर भी छात्राओं के सामने अन्दोलन पर उतर आएं या सीमा

को खुद ही बड़प्पन दिखाकर छात्राओं से माफी मांगकर सारे डेडलाक को खत्म कर देना चाहिए। किसी को तो पहल करनी ही होगी। आज की पीढ़ी तो झुकने से रही। अब हर तरफ बहुत खुलापन आ गया है मां-बाप भी अपने बच्चों को झिड़क नहीं सकते। सीमा पर अब हर तरफ से दबाव बढ़ रहा था कि उसे झुक जाना चाहिए।

ऐसा ही जीने-मरने का प्रश्न उसके लिए तब खड़ा हो गया था जब उसकी शादी हुई थी। ऐसी ही नौबत उसके पति विवेक के साथ आई थी। उस समय भी हालात बिल्कुल सीमा के खिलाफ हो गए थे। तब भी ऐसा ही कोहराम मचा था घर-बाहर। मन के भीतर जोरों की झंझावत और जी को उमेठती हुई काली आंधियां चली थी जब उसे विवेक कश्यप से प्यार हुआ था। यह बांग्लादेश की आजादी के बाद के महंगाई के दिनों की दास्तां है। उन दिनों समाज में लड़कियों को फिजिकल एजुकेशन जैसे कोर्स करवाना अच्छा नहीं समझा जाता था। सीमा ऊंची-लम्बी, गोरी-चिट्टी और भरे-पूरे शरीर की गठी हुई स्मार्ट लड़की थी। पिता फौज में कर्नल थे। वह अपनी लाडली बेटी को इंटरनेशनल लेवल की टेनिस स्टार बनाना चाहते थे। सीमा खेल-कूद में बहुत आगे थी। कालेज लेवल में ही नेशनल तक पहुंच गई थी वह।

पिता के दिल के दौरे के कारण अचानक मौत होने के कारण सीमा के जीवन में भारी उथल-पुथल मच गई। दिल्ली में अच्छे कोच थे मगर अब मजबूरीवश उसे दिल्ली शहर छोड़ना था। यहां छोटे पुश्तैनी शहर में मां ने शिफ्ट कर लिया था। उसे दिल्ली में हॉस्टल में ही रखने के बारे में भी विचार हुआ मगर उसके छोटे भाइयों की पढ़ाईयों के भी इतने खर्च थे। सो मां ने उसे समझाया कि खेल को अब वह कैरियर नहीं बल्कि अच्छी नौकरी पाने के लिए इस्तेमाल करे।

सीमा का शैक्षिक प्रोफाइल ही इतना शानदार था कि वह

फटाफट यहीं स्थानीय कालेज में फिजिकल एजुकेशन की लैक्चरर लग गई। फिर उसने गोल्ड मैडल के साथ पोस्ट ग्रेजुऐशन किया और फिर पंजाब यूनिवर्स्टिी से डाक्टरेट करके यहां चण्डीगढ़ के अच्छे कालेज में फिजिकल एजुकेशन की विभागाध्यक्ष बन गई। स्टाफ कालोनी में ही उसे बड़ा-सा घर मिल गया। अच्छे घरों से रिश्ते आने लगे। वह इतनी सुन्दर थी कि लगता है कि हाथ लगाते मैली हो जाए।

यूथ फेस्ट में विवेक कश्यप से उसकी मुलाकत क्या हुई कि वह तो पहली मुलाकात में ही उसे दिल दे बैठा। कालेज के उत्सव में वह मुख्य अतिथि था। क्या तेज था उसके चेहरे पर। आई ए एस अधिकारी विवेक कश्यप से मिलकर सीमा बहुत दिनों तक उड़ती फिरती रही। उसे यकीन नहीं था कि दो सप्ताह में ही बात शादी तक पहुंच जाएगी। उसकी उड़ान वहां तक नहीं थी। उसने सोचा भी नहीं था कि थोड़े से समय में इतनी ज्यादा मुलाकातों के दौर सिर्फ सीमा से नजदीकियां बढ़ाने के लिए ही हो रहे हैं।

सीमा की मां को विवेक और सीमा के रिश्ते से क्या ऐतराज हो सकता था भला। विवेक ने सीमा को प्रापोज करने की बजाय सीमा के घर अपने मातहत एक अफसर को रिश्ते के लिए भेजा था। सीमा को यह बात अच्छी नही लगी थी। लड़की जात है तो इसका यह मतलब नहीं कि उसकी राय जाने बिना घर के लोगों से सीधी बात चलाई जाए।

अगले दिन विवेक से मिलने सीमा उसके आफिस पहुंच गई। जाते ही बोली, 'सर, हम सोलहवीं सदी में नहीं रहते। आपको मुझ से कुछ कहना था तो मुझे कहते। अपने पद और रुतबे का दबाव मेरे घरवालों के सामने नहीं प्रयोग करना चाहिए था आपको।'

विवेक सकपका गया। वह काफी सुलझा हुआ इन्सान था। घुमा-फिराकर बात करना उसकी आदत नहीं थी। वह बोला, 'सीमा

जी, प्लीज मुझे गलत न समझो। मैंने पहली नजर में ही आपको पसन्द किर लिया था। आपके मुंह पर यह सब कहने की हिम्मत नहीं हुई मेरी। वैसे यह कदम उठाने से पहले मुझे आपकी राय ले लेनी चाहिए थी कि मैं भी आपको पसन्द हूं कि नहीं। चलो अब हमारे बीच एक रिश्ते को बनाने की शुरूआत हो ही चुकी है, तो अब आप ही बताइए कि बात कहां से शुरू की जाए।'

सीमा का गुस्सा सातवें आसमान पर था। पिछली मुलाकातों के दौरान विवेक से हुए दोस्ताना व्यवहार को नजरअंदाज करते हुए वह आवेश में आकर बोली, 'सर, दो तीन मुलाकातों में आप से बातचीत का आपने गलत अंदाजा निकाल लिया। आपको यह अधिकार किसने दे दिया कि मेरे जीवन के बारे में आप बिना मुझे सलाह किए ही फैसला ले लें। मुझे मेरी मम्मी ने जब कटाक्ष में पूछा कि तुम्हारे दोस्त का अफसर आज तुम्हारा रिश्ता लेकर आया है तो मुझे खुद पर बहुत शर्म आई कि क्यों मैं आपसे इतने फ्रेंडली पेश आई।'

विवेक ने अपने बचाव में कहा, 'देखिए सीमाजी, आप समझ नहीं रही। मैं झिझक के मारे आपसे अपने दिल की बात नहीं कह सका। मुझे यह भी डर था कि इस संकोच के कारण कहीं मैं आपको खो न दूं सो मैंने सीधे आपके घर से रिश्ता जोड़ने के लिए पहल की है।'

सीमा गुस्से से बोली, 'आई ए एस हाने के कारण आपने यह कैसे निश्चित मान लिया कि आपके एक संदेश पर कोई लड़की बान्दी बनकर आपके सुझाव के आगे नतमस्तक हो जाएगी। मेरे पिता आर्मी में बहुत सीनियर अफसर थे। मैं नेशनल लेवल की टेनिस स्टार रही हूं। अब भी क्लास-वन स्केल पर हूं।'

विवेक ने धीमे स्वर में सकपकाते हुए कहा, 'चलो मान लो हम से गलती हो गई। अब इस गलती का कोई हल तो होगा न। आई

एम रियली सॉरी टू हर्ट युअर फीलिंग्स। अच्छा छोड़ो यह सब, तुम्हें मैं पसन्द नहीं तो काई बात नहीं। हम फिर भी अच्छे दोस्तों जैसा व्यवहार तो कर ही सकते हैं। ओ के, क्या लेगीं आप? चाय या ठंडा।' विवेक ने घंटी बजाई। पता नहीं सीमा के मन में क्या आया। वह नो थैंक्स कहकर उठ खड़ी हुई।

विवेक से उसके जुड़ने का पहला मौका बहुत ग़लत साबित हुआ। इस घटना के तीन साल तक सीमा और विवेक में कोई बात या मुलाकात नहीं हुई। विवेक यहां से प्रोमोट होकर उपायुक्त बनकर किसी अन्य जिले में चला गया था। सीमा के मन में उसके लिए कुछ नहीं था। सब कुछ भुलाकर वह पी एच डी पूरी करने में लगी रही।

एक बार फिर उसका सामना विवेक से हुआ। परिवार की एक शादी में वह दिल्ली गई तो वहां विवेक भी मिला। विवेक ने अभी तक शादी नहीं की थी। सीमा के चाचा ने विवेक और सीमा के रिश्ते की बात चलाई तो विवेक ने कहा कि पहले सीमा से पूछ लो तभी कोई बात आगे बढ़ाई जाए। सीमा की मम्मी ने सीमा की हां करवा ही ली।

शादी के पहले साल कोई दिक्कत नहीं आई। न सीमा को और न ही विवेक को। घर-परिवार वालों के पास आने-जाने में ही समय गुजर गया। सीमा ने कालेज से छुट्टियां ले रखी थी। छह महीने बाद कालेज से फोन आने लगे कि बच्चों के कोर्स अधूरे हैं, सो जल्दी कालेज ज्वाइन करो। दबे मन से विवेक के घरवालों ने सीमा से कहा कि उसे अब नौकरी करने की जरूरत क्या है।

सीमा ने तर्क दिया कि उसकी कई किताबें कोर्स में लगी हैं, वह नौकरी तो छोड़ नहीं पाएगी। शादी से पहले ऐसी कोई बात तो हुई ही नहीं थी। उसने विवेक से भी दो टूक बात की, 'देखो विवेक, आज जमाना बहुत बदल गया है। आज औरत के लिए आत्मनिर्भर होना

बहुत जरूरी है। इतने सालों की तपस्या के बाद मैंने समाज में अपने लिए एक सम्मानित पद प्राप्त किया है। स्पोर्टस मेरे लिए कैरियर नहीं बल्कि एक पैशन की तरह है। नौकरी तो में किसी कीमत पर नहीं छोड़ सकती।'

विवेक कोई बहस नहीं कर सका। सीमा ने कालेज ज्वाइन कर लिया। उसके ससुराल वालों ने विवेक के लाख कान भरे मगर उनके रोमांटिक जीवन में दो-तीन साल तक कोई फर्क नहीं पड़ा। दोनों पिछली पीढ़ी की पिछड़ी सोच से वाकिफ थे।

विवेक को जब दिल्ली जाना पड़ा तब असली दिक्कत आई। वहां केन्द्रीय सचिवालय के एक मंत्रालय में उसकी तैनाती हुई थी। दिल्ली-चण्डीगढ़ के बीच का यह अढ़ाई सौ किलोमीटर का फासला नव-दम्पति के लिए बहुत था। सीमा की सप्ताह में एक ही छुट्टी होती थी। अपनी सारी छुट्टियां शादी के पहले साल में ही खत्म कर ली थी। विवेक उसके पास कुछ समय आकर रहता तो उसके घरवालों की अजीब-सी बातें सुननी पड़ती थी सीमा को। कुछ समय बाद विवेक ने महीने बाद ही एक दिन के लिए सीमा के पास आना शुरू कर दिया था।

पांच साल हो गए थे उनकी शादी को मगर अब तक उन्हें कोई सन्तान नहीं हुई थी। ससुराल पक्षवालों ने विवेक के कानों में जहर भरना शुरू किया तो उसकी ईगो भी जाग उठी। अब हर बार वह सीमा के पास आता तो वह एक ही रट लगाता कि सीमा नौकरी छोड़ दे और उसके पास आ कर दिल्ली में रहे। फासले बढ़ते जा रहे थे। अब एक मोड़ वह आया कि दोनों ने एक दूसरे के पास जाना छोड़ दिया था। कोई खुलकर विवाद भी नहीं हुआ था। दोनों एक दूसरे को झुकाने पर तुले थे। इस दौरान क्या कुछ नहीं हुआ। सीमा की मम्मी को दिल का दौरा पड़ा और विवेक ने आने की जरूरत नहीं

समझी। दोनों के बीच संदेह और बेरुखी की खाई बढ़ती ही गई और सीमा ने भी इन्तजार करना छोड़ दिया। खेलकूद विपय में उसने किताबें लिखनी शुरू कर दी। हर तरफ उसका सिक्का कायम होता गया। जब विवेक ने ही उसकी सुध लेनी छोड़ दी थी तो फिर सीमा कैसे बेशर्मी के साथ उसके पास जा सकती थी।

अब कालेज में थप्पड़ विवाद के बहाने मीडिया ने सीमा कश्यप की बीती जिन्दगी की कड़वी कहानी एक बार फिर लागों के सामने लानी शुरू की तो सीमा बुरी तरह कांप उठी। उसने सोचा था कि उसका भूत बरसों पहले दफन हो चुका है। सारी रात वह सो नहीं पाई। सोचती रही कि क्या लगातार क्रोध और आवेश में रहकर जीवन को सहजता से जीया जा सकता है। विवेक ने कभी जोर-जबरदस्ती नहीं की। खुद सीमा ने ही पहले दिन से ही अपनी सुन्दरता और गर्व के कारण विवेक को हमेशा झुकाने की कोशिश की थी। क्या वह विवेक को माफ नहीं कर सकती।

सीमा सोचने लगी कि अच्छा हो कि अब वह नौकरी छोड़कर विवेक के पास चली जाए। फिर उसके ख्याल में आया कि जीवन से भागकर कोई फैसला नहीं किया जा सकता। जिस लड़की को उसने सरेआम बीस खिलाड़ियों के सामने थप्पड़ मारा उसके आत्मसम्मान को भी तो उसने ठेस पहुंचाई थी। अगर उसे वह सॉरी कह देगी तो छोटी नहीं हो जाएगी वह। अगर वह आज भी विवेक को सॉरी कह दे तो उसे पक्का यकीन था कि वह उसे माफ कर ही देगा।

सारी रात जागते ही कटी और सुबह उठकर भी सीमा अपने उसी फैसले पर अडिग थी कि वह माफ करेगी तभी उसे माफी मिलेगी। प्रिंसिपल मैडम को जैसे ही उसने अपना फैसला सुनाया, वह तो खुशी के मारे चीख उठी, 'थैंक्स सीमा, यू सेवूड अस।' मैडम फटाफट उसके घर आई। अन्दर उसने देखा कि सीमा फोन पर किसी

से बातें कर रही थी और खुश नजर आ रही थी। मैडम को उसने विवेक का सारा किस्सा सुनाया। अब हर तरफ से काली घटाएं छंट चुकी थी। देर से ही सही मगर वह माफ कर देने के पीछे छिपे मर्म को महसूस कर चुकी थी। अपनी डायरी में लिखा एक आशार उसे याद आ गया, 'अब मुझको चैन है तो सबको करार है, दिल क्या ठहर गया कि जमाना ठहर गया।' वह तेजी से प्रिंसिपल मैडम के साथ कालेज की तरफ जा रही थी।

सीमा द्वारा छात्राओं से माफी मांगने पर कालेज का मामला तो आसानी से निबट गया मगर आने वाली सारी रात सीमा सो न सकी। वह सोचती रही कि अपने अहंकार के कारण उसने विवेक के साथ कितनी ज्यादती की और स्वयं भी नफरत की ज्वाला में धधकती रही। विवेक सिर्फ यही चाहता था कि सीमा उसके बच्चे जने और परिवार का सुख दे। छोटी-सी बात पर लड़ते-लड़ते वे एक दूसरे की दुनिया से बाहर ही हो गए। अब वह तो विवेक को क्षमा करने के लिए बिल्कुल तैयार है मगर पिछले दस सालों से भी अधिक अवधि में विवेक की उसके बारे में क्या राय है इसके बारे में सोच-सोचकर सीमा आशंकित हो उठी।

सीमा ने एक सप्ताह की छुट्टी ली और दोपहर की शताब्दी एक्सप्रेस लेकर दिल्ली के लिए रवाना हो गई। इतना तो वह जानती थी कि विवेक किस मंत्रालय में है। सीधे उसके पास न जाकर दिल्ली रेलवे स्टेशन से टैक्सी लेकर वह अपनी बुआ के घर पहुंची। उसने अपनी योजना बुआ को नहीं बताई। कुछ देर आराम करके वह किसी काम के बहाने बाहर निकली। विवेक के पी ए से उसने विवेक के घर का पता ले लिया था।

टैक्सी उसे रेजिडेंसी रोड स्थित आई. ए. एस. अफसरों की कालोनी की तरफ ले कर चली। बी ब्लाक से थोड़ा पहले ही उसने

टैक्सी छोड़ दी। बी-220 तक वह खुद चल कर जाना चाहती थी । उसके मन में कई झंझावत घूम रहे थे। वहां जाकर वह विवेक का सामना कैसे करेगी। अगर अन्त में उसे यही करना था तो इतने बरसों वह प्रतिकार और अकेलेपन की आग में क्यों जलती रही।

अब वापिस मुड़ने के बारे में उसने एक बार भी नहीं सोचा। क्या उसके लिए समय वहीं रुक गया होगा? क्या विवेक के मन में उसके लिए कोई प्यार या चाहत बची होगी? जब वह उसके बंगले की सीढ़ियां चढ़ रही थी तो उसका दिल तेजी से धड़क रहा था। मगर वह परेशान या डावांडोल नहीं थी। अब तक हर बार वह टूटकर उससे जुड़ी थी और इस बार तो वह स्वयं हथियार डालकर युद्ध विराम करने आई थी।

उसने दरवाजे पर लगी घण्टी बजाई। एक नौकर ने उसे लिविंग रूम में बिठाकर पानी का गिलास पिलाया। पानी पीकर सीमा ने बची-खुची हिम्मत बटोरी। विवेक किसी भी पल उसके सामने आने वाला था।' वह उससे कैसे बात शुरू करेगी, इसकी रिर्हसल वह बार-बार करने लगी।

इवनिंग गाउन पहने विवेक उसके सामने आया। दोनों ने एक दूसरे को गुड इवनिंग कहा। वह ठीक सामने सोफे पर बैठ गया। कुछ पल दोनों के बीच खामोशी तनी रही। इतने बरसों का फासला कुछ पलों में कैसे तय हो पाता। तभी बगल के कमरे से किसी बच्चे के रोने की आवाज आई। सीमा का मन कांप उठा। कहीं विवेक ने दूसरी शादी तो नहीं कर ली।

उसने कुछ कहने के लिए मुंह खोला ही था कि विवेक कह उठा, 'देखो सीमा, मैंने तुम्हारा बहुत इन्तजार किया। फिर मेरी उम्मीद नाउम्मीदी में बदलती चली गई। पूजा और मैंने शादी तो नहीं की मगर हमारे बीच एक लिव-इन रिलेशनशिप है। पिछले साल पूजा ने

बेटे को जन्म दिया है। मैं तुम्हारा कसूरवार हूं, सीमा। इसकी सजा पूजा या हमारे बेटे को मत देना। मुझे उम्मीद है तुम मुझे क्षमा कर दोगी।' वह काफी देर बोलता रहा। कितने वास्ते और दुहाई देता रहा कि सीमा उसकी गृहस्थी में जहर न घोले। सीमा तो गुमसुम पत्थर हो चुकी थी। अब तक वह प्यार और नफरत की अंधी लड़ाई में किसी तरह जिंदा थी, मगर अब विवेक ने उससे कब का किनारा कर लिया था।

पता नहीं कब, कैसे, किस वक्त सीमा वापिस कालेज परिसर में अपने घर लौटी। कहां तो वह विवेक को क्षमा करने करने गई थी ताकि वह उसे अपना ले मगर कहां बदले हुए हालात में विवेक ने उससे क्षमा मांग ली थी। अभी तो सीमा का उसे माफ करना बाकी था।

सारा आकाश

एक सप्ताह में दूसरी बार दीपक की गेट पर ड्यूटी लगाई गई थी। उसने गेट के पास खड़ी 'दसवीं ए' तथा 'आठवीं बी' की मानीटर से पूछा 'रोज-रोज मेरी ही ड्यूटी क्यों लगती है?' तो वे लड़कियां कंधे उचकाकर 'हमें क्या पता, सर' कहकर संजीदा हो गई। टहलते हुए दीपक सोचने लगा... आज छात्र-छात्राओं को प्रार्थना सभा से अपनी-अपनी कक्षाओं के लिए वापिस आने में देरी क्यों हो रही है ? जरूर प्रिंसिपल मैडम उन्हें भाषण पिला रही होगी ... ईमानदारी, कर्तव्य, अनुशासन और न जाने क्या-क्या। जबकि वह खुद इस सबसे विपरीत आचरण वाली महिला है। नया बच्चा चाहे कितना ही फिसड्डी क्यों न हो, उसे देखते ही वह अपने स्कूल में दाखिला देने के लिए लालायित हो जाती है। लार टपकाते हुए कहती है, 'ट्रांस्फर सर्टिफिकेट बाद में दे देना, पहले दाखिला ले लो, बहुत कम सीटें बची हैं।'

सभी जगहों से धकियाए हुए इन 'अनवांटेड' बच्चों को पढ़ाना तो क्या कक्षा में बिठाना तक मुश्किल हो जाता है। उनकी पिटाई करते-करते हाथ दुखने लग जाते हैं। डांट-डांटकर गला सूखने लगता है। सब के सब हरामी हैं - छंटे हुए, एक से एक नमूना। जैसे बर्तन उल्टे रखे होते हैं, जितना चाहे उनपर पानी उंडेलते रहो, कुछ भी नहीं टिकता। अधिकांश तो हफ्ता-हफ्ता स्कूल ही नहीं आते।

इनके मां-बाप को भी प्रिंसिपल मैडम शर्मसार कर देती है। अक्सर कहती है, 'देखिए, आपसे फीस लेने को हक तो नहीं बनता, जब बच्चों को हम कुछ दे ही नहीं पाते। मां बाप को अच्छी-खासी शर्म आ जाती है कि वे इन बच्चों को इतना कंट्रोल नहीं कर पाते कि बच्चे कम से कम स्कूल में समय पर पहुंच जाएं। इधर-उधर आवारागर्दी न करें। इस शर्म और अपराधबोध का अहसास करवाकर बड़ी सफाई से प्रिंसिपल मैडम अपनी जिम्मेवारी से बच जाती है। बच्चों के मां-बाप के पास न टाइम है, न इतना ज्ञान। इन में ज्यादातर छोटे-मोटे दुकानदार, छोटे तबके के मुलाजिम या टांसपोर्ट वाले हैं। इनके साथ अंग्रेजी में गिटपिट करके बड़ी दिलेरी से प्रिंसिपल मैडम भारी फीसें झटक लेती है। घाघ है पूरी, मगरमच्छ कहीं की।

बी-एस. सी. करते समय दीपक ने कभी सपने में भी नहीं सोचा था कि इस फटीचर स्कूल की पांच हजार की मास्टरी ही उसका नसीब होगी। पिताजी ने कितनी जुगत और मेहनत से फीसें भर-भर कर उसे सबसे बेहतरीन कालेज में भेजा था और दीपक ने भी मेहनत करने में कोई कसर नहीं छोड़ी थी। असली दिक्कत तो डिग्री लेने के बाद आई। रिश्वत व सिफारिश के बिना नौकरी नहीं मिलती थी। हर तरफ सरकारी नौकरियों में अन्य जातियों के लिए आरक्षण था। ऐसे में उसे नौकरी मिलना लाटरी में जैकपॉट लगने जैसा था। बी एड करने के लिए भी लाख रूपयों की डोनेशन देनी पड़ती थी। इसीलिए वह पिछले दो सालों से इसी स्कूल में टिका हुआ था।

स्कूल क्या है पूरा कबूतरखाना है। कनाल की दो-मंजिला कोठी में दसवीं तक का स्कूल ठूंस रखा है। हर क्लास में तीन चार सैक्शन हैं। आठ बाई दस के नीची छत के अंधेरे बन्द, बदबूदार, सीलनभरे, दड़बानुमा कमरे हैं। छोटी-छोटी बैंच हैं, ताकि ज्यादा से ज्यादा बच्चे बैठ सकें। स्कूल बाजार के ठीक बीचोंबीच है। गली में पूरा दिन

खोमचेवालों की टक-टक, आईसक्रीम व सब्जी बेचने वालों की रागात्मक गुहारें, रद्दी खरीदने वालों की उभरती कर्कश तानें, स्कूटरों व रिक्शाओं की चिल्ल-पों तथा साथ लगती कक्षाओं से लगातार आने वाले शोर को सुनकर दीपक को शुरू-शुरू में लगता था कि वह पागल ही हो जाएगा मगर अब वह यह सब सुनने का आदी हो गया है। इस स्कूल में वह उस तरह न खप सका जैसे मैथ सर या हिन्दी वाले कपूर साहब। यहां वह किसी से नहीं जुड़ पाया था।

हां, सुनन्दा से जरूर जुड़ा था वह। सुनन्दा ने उससे छह महीने पहले ही यहां ज्वाईन किया था। खाते-पीते परिवार की थी। बी एड करने का इरादा था उसका। यहां तो शगल के तौर पर टिकी थी। सुनन्दा जितनी ज्यादा सुन्दर थी उतनी ही खुले दिल की, तेज-तर्रार, समझदार, हाजिरजवाब और हंसमुख थी। हर किसी से खुलकर मजाक कर लेती थी। प्रिंसिपल मैडम का तो उसने नाम ही प्रिंसी रखा हुआ था। कितना जंचता था उसके मुंह पर यह शब्द। और देखते ही देखते सारा स्टाफ व स्कूल के बच्चे प्रिंसिपल मैडम को इसी नाम से जानने-बताने लगे थे। दीपक के साथ सुनन्दा को गहरा लगाव हो गया था।

उस दिन दीपक और सुनन्दा जीरो पीरियड में दसवीं के मिड-टर्म का सलेबस डिसकस कर रहे थे। दीपक बोला, 'सुनन्दा, तुम तो जल्दी ही यह स्कूल छोड़ जाओगी। यहां की याद नहीं आएगी?'

सुनन्दा ने गजब की हाजिरजवाबी दिखाते हुए कहा, 'तुमने मुझसे ऐसा कुछ खास कहा भी नहीं कि कोई बात याद आए।'

दीपक सकपकाते हुए बोला, 'अगर मैं कुछ कहूं भी तो क्या तुम उस बात को उस 'सपिरिट' से लोगी?'

'शायद लूं, पहले तुम हिम्मत तो करो।'

'मुझे विश्वास है कि तुम्हे वह बात पता ही है।'

'मुझे तो बहुत-सी बातें पता हैं मगर मैं तुम्हारे मुंह से भी कुछ सुनना चाहती हूं।'

'कई बार तुम मुझसे इतना प्यार से बात करती हो कि मुझे लगता है कि तुम मेरे बहुत करीब हो मगर कभी कभी मुझे झटक कर दूर फैंक देती हो। मैं अपने प्रति तुम्हारी सही भावनाएं समझ नहीं पाया हूं।'

'अपने दिल की आवाज सुनोगे तो हर बात साफ हो जाएगी।'

'मेरा दिल आजकल मेरे काबू में नहीं रहा। वह तुम्हारी कही हुई बातों की व्याख्या आज कुछ करता है तो कल कुछ और।'

'सबके सामने चाहे मैं कोई मजाक वाली बात कह दूं मगर मेरे मन में तुम्हारे लिए एक खास जगह है। तुम इतने जीनियस हो। अपने घर पर ही कोई कोचिंग सेंटर क्यों नहीं खोल लेते। यह स्कूल तुम्हे क्या दे पाएगा।'

'मैं अकेला क्या कर पाऊंगा? तुम साथ दो तो फिर कुछ सोचा जा सकता है।'

'जिस दिन मैं बी एड कर लूंगी, सबसे पहले तुम्हारे पास आऊंगी। तब देखते हैं तुम्हारा क्या फैसला होगा।'

सुनन्दा स्कूल छोड़ गई। फिर उससे मिलना नहीं हो पाया। उसे तीन सौ मील दूर एक कालेज में बी एड की सीट मिली थी। बहुत दिनों तक दीपक उसकी यादों में उड़ता रहा मगर कहां वह और कहां सुनन्दा। दोनों के परिवारों की आर्थिक स्थितियों में बहुत अन्तर था। दीपक सुनन्दा की इन्तजार करता रहा मगर उसका कहीं कोई पता न चला। कई बार उसने सोचा कि सुनन्दा के घर जाकर पता लगाए मगर बेइज्जत होने के डर के मारे हिम्मत न कर पाया। अब उसका भविष्य क्या था - यही बेकार-सा प्राइवेट स्कूल।

स्कूल में उसे सिर्फ दुकानदारी ही नजर आती थी। पढ़ाई तो बस

नम्बर हासिल करने के लिए की जाती थी। प्रिंसिपल मैडम भी इस बात पर जोर देती थी कि बार बार रिवाइज करवाइए। नम्बर अच्छे आने चाहिए। हर तरफ कुंजियों व गाइडों का जोर था। स्कूल में सबसे अधिक जिस बात पर जोर दिया जाता था, वह था साफ-सफाई और अनुशासन। लेट आने या गैर-हाजिर होने पर दंड था - जुर्माना। इतना ही नहीं , होम वर्क न करने पर, स्कूल के टेस्ट न देने पर या खास कुंजी या गाइड को न खरीदने पर भी दंड लगाया जाता था। इससे स्कूल की अच्छी आमदनी हो जाती थी और बच्चों के मां-बाप पर रौब भी अच्छा पड़ता था।

हरेक टीचर की बारी-बारी गेट पर ड्यूटी लगती थी। साथ में सहायक के तौर पर दो कक्षाओं के मानीटर नियुक्त होते थे। प्रार्थना सभा थोड़ी दूर म्यूनिसिपल के उजाड़ वीरान पार्क में होती थी। प्रार्थना के बाद बच्चे लाईनें बनाकर स्कूल भवन में प्रवेश करते थे।

हरेक बच्चे की विस्तृत चैकिंग होती थी। एक मोटे-से रजिस्टर में नाम तथा क्लास लिखने के बाद 'जुर्माना' कालम में हर रोज का फाइन लिखा जाता था। जो बच्चे लेट आते थे या स्कूल की यूनिफार्म के रख-रखाव में कोताही बरतते थे उनसे ऐसे हरेक जुर्म के लिए एक रुपया जुर्माना वसूला जाता था। मसलन जेब में साफ धुला हुआ रुमाल नहीं या पांव में काले जूते नहीं, नीली जुराब नहीं या स्कूल की टाई-बैल्ट नहीं तो हरेक ऐसे कसूर का एक रुपया नकद जुर्माना। ये फाइन नकद देने वाले के नाम के आगे टिक लगा दिया जाता। न देने वालों को धमकाया जाता। जुर्माना देकर ही इस झंझट से मुक्ति मिलती थी। जुर्माना वसूलने वाले इस नाके पर डयूटी लगने वाले दिन दीपक बहुत उदास और खिन्न रहता था। बच्चे बेचारे घर से मिन्नत चिरौरी करके खाने-पीने के लिए कुछ पैसे लाते थे और स्कूल के लालची भेड़िये किसी न किसी बहाने उनसे ये पैसे झपट लेते थे।

आज कक्षाएं वाकई लेट थी। दीपक सोचने लगा कि क्या कारण हो सकता है। अच्छा, आज पांच सितम्बर है - शिक्षक दिवस। उसे याद आया। अब शिक्षा की सरे-आम बोली लगती है। आज शिक्षक के पास भाषण देने व बच्चों को कोसने के सिवा और क्या है। प्रिंसी आज खूब चहक रही होगी। दस बीस रुपए हरेक बच्चे से मंगवाए होंगे। पिछले महीने महंगी लग्जरी कार जो खरीदी है उसने। सारा खर्च यहीं से तो पूरा करना है उसे। फिर प्लस-टू तक स्कूल भी अपग्रेड करवाना है उसे। लाखों की रिश्वत देनी पड़ेगी। गेट चैकिंग से हर रोज हजार रुपए से ज्यादा की आय हो जाती है उसे। सब उसकी जेब में ही जाते हैं। फीसें भी इतनी हैं कि पूछो मत।

तभी दीपक को पहली क्लास स्कूल के गेट की तरफ आती दिखाई दी। दोनों मानीटर लड़कियां चौकस हो गई। गेट को आधा बन्द कर दिया गया। एक मानीटर आने वाले बच्चों के 'हैन्की', 'टाई', 'हेयर बैंड' आदि जांचने लगी। यह सब ठीक होने पर उनके हाथों के नाखून देखे जाते। कई बच्चों के मुंह खुलवाकर दांतों का निरिक्षण भी किया जाता। हरेक बच्चे में कोई न कोई कमी तो मिल ही जाती थी। दूसरी मानीटर रजिस्टर में फटाफट दोषी बच्चों के नाम लिखती जाती थी और नकद पैसे बटोरती जाती थी।

तभी दीपक ने देखा कि छोटी कक्षा के एक गरीब घर के लड़के ने रुमाल दिखाने के स्थान पर बड़ी मुश्किल से जेब में से एक रुपए का सिक्का निकाल कर अपनी हथेली पर रखा और कातर दृष्टि से मानीटर की तरफ देखा, जिसे उस चुड़ैल मानीटर ने बेरहमी से उठा लिया और वह गुस्से में बोली, 'बिना जुराब के स्कूल आए हो । जुर्माने का एक रुपया और निकालो।'

दीपक का दिल पसीज गया। उसने आगे बढ़कर उस लड़के के गाल थपथपाए और एक रुपये का सिक्का उसे वापिस करवा दिया।

पता नहीं उसके मन में क्या आया कि वह जोर से बोला, 'आज टीचर्स-डे है। आज किसी को जुर्माना नहीं भरना पड़ेगा।'

दोनों मानीटर घबराकर, हैरान-सी होकर पीछे हट गई। दूसरा गेट खोल दिया गया। बच्चे खुशी-खुशी भागते हुए कक्षाओं की तरफ लपके। ब्लूम माडल स्कूल के इतिहास में यह घटना पहली बार हुई थी कि बिना फाइन भरे बच्चों को अन्दर आने दिया गया हो। एक बार तो दीपक भी सहम गया कि इस हिमाकत के कारण कहीं प्रिंसी उसकी स्कूल से छुट्टी ही न कर दे, मगर अगले ही पल बच्चों को खुशी-से अन्दर जाते देख उसने महसूस किया कि वाकई जिन्दगी में पहली बार उसने हिम्मत का कोई काम किया है।

लगभग पन्द्रह मिनट बाद दीपक प्रिंसिपल के कमरे में खड़ा था। प्रिंसी उसे बुरी तरह डांट रही थी। दीपक समझ नहीं पा रहा था कि क्या कहे। उसके अन्दर आक्रोश की ज्वाला धधक रही थी मगर हालात ने उसकी जुबान को बन्द रखने पर मजबूर कर दिया था। प्रिंसी ने दहाड़ मारी, 'बोलो, अब कौन रखेगा तुम्हे अपने पास। आई एम सॉरी, मैन।'

'बट आई एम नाट सॉरी, प्रिंसी! आई हैव कैप्ट माई प्रामिस। मैंने कहा था न कि बी.एड. करते ही मैं सबसे पहले तुम्हारे पास आऊंगी।' प्रिंसी ने सुनन्दा को अन्दर आते देख अपना मूड बदलकर शालीनता से कहा, 'वेलकम सुनन्दा। अभी-अभी दीपक के जाने पर एक पोस्ट खाली हुई है। तुम अभी और इसी वक्त ज्वाइन कर सकती हो।'

सुनन्दा ने कुटिल नजरों से प्रिंसी को देखते हुए कहा, 'नो प्रिंसी डियर, मैं मिस्टर दीपक से मिलने आई हूं। लेट् अस गो, मैन।'

दोनों ने धीरे-धीरे प्रिंसी के कमरे की चौखट पार की और बाहर निकलकर तो उनकी चाल को मानो पंख लग गए थे।

शाही मुलाकाती स्थल

जन्म के समय किसे पता होता है कि मरने तक उसके साथ क्या-क्या बीतेगी। इतनी लम्बी जिन्दगी में होने को तो मेरे साथ कुछ भी हो सकता था मगर जो हुआ वह बहुत ही दर्दनाक था।

सारी उम्र में भीड़ भरे स्थलों से बचता रहा हूं। समाचार-पत्रों में रोजाना ऐसी खबरें छपती रहती हैं कि फलां बाजार या व्यस्त चौराहे में बम फटा। मन्दिरों व मस्जिदों में तो ऐसे हादसे कुछ ज्यादा ही होने लगे हैं।

मेरे मरने के बाद वे लोग मुझे चिता पर रखकर जला देते या चलते पानी में बहा देते या जमीन में दफना देते। किसी के मरने के बाद क्या फर्क पड़ता है कि उसकी लाश को कैसे ठिकाने लगाया जाए।

मैं अपनी किस्म का पहला हिन्दू था जिसे मरने के बाद कब्र में डाला गया था।

वैसे तो यह हर रोज का काम था कि कहीं न कहीं आतंकवादी वारदात जरूर होती थी। कुर्सी के पीछे अंधी हवस के कारण मासूमों को अपनी बलि देनी पड़ती थी। सियासतवालों के लिए तो ये मौतें महज संख्या का एक मुकाबला था विपक्ष के दलों के साथ।

इस बार कुछ ज्यादा कहर बरपा था। बम लड़ीवार एक ही शहर के साथ लगते कई स्थानों पर फटे थे।

उस भयानक आतंकवादी हादसे में मेरे साथ पांच सौ से ज्यादा लोग मारे गए थे। उनमें से कुछ हिन्दू थे और कुछ मुसलमान, कुछ सिक्ख और कुछ ईसाई।

इतने सारे लोगों के कटे-फटे शरीरों से उनकी शिनाख्त करनी मुश्किल थी। इसलिए मुझे भी मुसलमान समझकर उस बेरौनक और खस्ताहाल कब्र में बिना किसी रस्म गाड़ दिया गया था। मरने के बाद कुछ खास फर्क भी नहीं पड़ता।

हम बदकिस्मत लोगों की क्षत-विक्षत लाशें पुलिसवाले ज्यादा देर रख लेते तो शहर में दंगे होने की सम्भावना थी।

जब मैं जिन्दा था तब मुझे मरने से सब से ज्यादा डर लगता था। किसी के मरने पर जाता तो रह-रहकर कांप उठता कि मेरे मरने पर न जाने मुझे कितना दुख होगा। मेरे अधूरे कामों का क्या होगा। सबसे ज्यादा दुख इस बात का होता था कि अगर मैं असमय मर गया तो मेरी दौलत और जायदाद का क्या होगा। कितनी मेहनत से मैंने कोठी बनवाई थी और अपने बेडरूम को सजाने में कुछ ज्यादा ही पैसा खर्च किया था। बैठक में एक आधुनिक बॉर भी बनवाया था ताकि दोस्तों के साथ महफिलें आबाद कर सकूं। किस्मत को कुछ और ही मंजूर था।

जब उस हादसे में मैं मर गया तो मुझे इतना पुरसुकून मिला कि मैं दोबारा जिंदा नहीं होना चाहता था। कब्र में जाते ही एक बार तो मेरा दम घुटने लगा था फिर मुझे याद आया कि दम तो मेरा पहले ही निकल चुका है अब किस बात की खफ्की। चुपचाप मैं बेखुदी के आलम में पड़ा रहा जैसे समाधि की अवस्था होती है।

मैं अपने-आप में बेहद खुश था कि अब यहां मुझे कोई विघ्न नहीं पहुंचाएगा।

जीते-जी तो किसी ने भी मुझे चैन से रहने नहीं दिया। मेरी

इतनी लम्बी-चौड़ी गृहस्थी थी -- तीन चाचा, दो ताऊ, दो बुआ, तीन मासी। मेरी श्रीमती की गृहस्थी तो और भी विस्तृत। सब की खुशियां और गम बांटते-बांटते मैं भरी जवानी में ही अधेड़ दिखने लगा था। एक अकेला कमाने वाला और दुनिया भर के रस्मोरिवाज। मैं पक गया था इस बेकार की दुनियादारी से।

खैर, अब मैं हर किस्म की कशमकश से बिल्कुल बाहर था। 6 बाई सवा तीन फुट की वह अंधेरी सुनसान कब्र मेरी अकेले की सम्पति बन चुकी थी। मैं पूरे सब्र, इत्मीनान और मजे के साथ मिट्टी में घुलता जा रहा था। कहीं कोई जल्दी या चिंता की बात नहीं थी। वक्त, काल, स्थान या दिशा का अहसास यहां आकर पूरी तरह खत्म हो चुका था। एक शायर की पंक्तियां मुझे याद आ जाती, 'बड़े चैन से कब्र में सो रहा हूं, निराली जमीं है, अनोखा जहां है।'

मजे की जिन्दगी यानि मौत को मरते-मरते अभी कोई खास अरसा नहीं बीता होगा कि कब्र में दफन होने का यह पुरसकूं अहसास भी मुझ से छीन लिया गया।

अभी तो शांति से रहना नसीब हुआ था कि मुझे अपने सिर पर ठक-ठक की कर्कश आवाजें सुनाई दी। बाहर आबादी इतनी बढ़ गई थी कि मुर्दे को दफनाने के लिए दो गज जमीन की भी कमी महसूस होने लगी थी। जमाने का जब्र देखिए कि एक दूसरे मुर्दे को मेरी कब्र में मेरी बगल में लिटा दिया गया था।

कुछ दिन तो मैं डरा-सहमा चुपचाप लेटा रहा। में अगर शिकायत करता तो भी किस से करता।

आखिर मुझसे रहा नहीं गया। मैंने अपनी डरी-सहमी और मरी हुई आवाज में अपने साथ लेटे मुर्दे से पूछा, 'कहो मियां, कहां के रहने वाले हो?'

मेरा नया पड़ोसी निराश स्वर में बोला, 'अब क्या फर्क पड़ता है

कहां से आया हूं, अब तो जीना यहां, मरना यहां।'

मेरा मूड उखड़ गया। मरकर भी यह आदमी कितना दुखी है। अरे मरने के बाद तो हर चीज से मुक्ति मिल जाती है। अपनी बात कहकर उस आदमी ने जबड़े भींच लिए। मुझे भी गुस्सा आ गया कि जब यह नामुराद ही दोस्ती को आगे नहीं बढ़ाना चाहता तो मुझे क्या पड़ी है कि इससे कलाम करूं।

कुछ बरस यूं ही गुजर गए। हमारे बीच खामोशी इतनी गहरी हो गई कि फिर मुझसे रहा नहीं गया।

मैंने अपने साथ लेटे उस आदमी से पूछा, 'तुम कैसे मरे?'

वह आदमी कराहते हुए बोला, 'सन् 84 के दंगों में लोगों पर बम फेंकता था, फिर मैं सन् 95 में पुलिस की गोली खाकर मर गया। बड़ी देर मुर्दाघर में बर्फ में लगा रहा लावारिश लाश बन कर। अब वह मुर्दाघर लाशों से अटा हुआ है और वे मुझे अंधेरी रात को यहां फैंक गए। तुमने वह हादसा सुना होगा जिसमें पांच सौ से ज्यादा लोग मारे गए थे , उस प्लान का मास्टरमाइंड मैं ही था।'

फिर वह शैतान की तरह हसंने लगा।

मैं बुदबुदाया, 'मैं और मेरा कातिल एक ही कब्र में? याखुदा! क्या बाहर कयामत तो नहीं आ गई।'

मुक्ति

निरी आफत थी वे भैंसे। सारा दिन दर्शना उन्हें हरा चारा, दूबड़ व खल-सानी खिला-खिलाकर पागल हो जाता था मगर सुरसा के पेट की तरह भैंसों का पेट नहीं भरता था। शैला भाभी कहती थी, 'ऐ दर्शना ! इन राक्षस-सरीखी भैंसों की जगह गऊएं बांध ले अपने किल्ले पर। इन डाकनों का पेट तो तुझे खाकर भी नहीं भरेगा।'

चाचा भगतू कहता, 'ये दर्शना! ये सावन का हरा-हरा, सांवल लच्चा घास तो निरा पानी है। तेरा पक्के मन्न का घास का गट्ठा तो एक ही भैंस दो घंटे में चट कर जाती है और फिर रह जाती है भूखी की भूखी।'

बरसात की झड़ी जरा-सी रुकती तो दर्शना यही कोशिश करता कि फटाफट दरांती उठाकर खेतों की तरफ भागे और रोशनी रहते जल्दी-जल्दी घास की तीन-चार लट्ठर काट ले और अंधेरा होने से पहले ही उन्हें बारी-बारी घर तक ढो ले।

दर्शना की मां से तो घर का काम ही वक्त पर पूरा नहीं हो पाता थ, डंगरों की टहल-सेवा में वह उसकी मदद क्या करती । वह अब काफी कमजोर और वृद्ध हो गई थी। दर्शना भाई-बहनों में सबसे छोटा था। मां उसे ही लाड-प्यार करती। बड़ा भाई दर्शना को ताना देता, 'यह देखो मां का लाडला, दिन चढ़े तक सोया हुआ है।' बस यहीं से दर्शना की त्योरियां चढ़ जाती।

दर्शना का भाई तो पढ़-लिख गया, वकील बन गया और शहर जाकर उसने अच्छी गृहस्थी जमा ली। दर्शना शुरू से ही ढोर-डंगरों में रूचि लेता था, फिर मां भी उसे उसकी मर्जी मुताबिक ही स्कूल भेजती थी। मां के ज्यादा लाड-प्यार ने दर्शना को अनपढ़ ही रहने दिया। दर्शना की दोनों बहनें मैट्रिक करने के बाद अच्छे घरों में चली गई मगर दर्शना पांचवीं क्लास के बाद स्कूल गया ही नहीं। मास्टरों के डण्डे थोड़े खाने थे उसने स्कूल में। उसकी जरा-सी पिटाई होती तो मां उलाहना लेकर पहुंच जाती।

अब घर में दो ही जने थे, दर्शना और उसकी मां। मां अक्सर खाना बनाने में देरी कर देती या साग-सब्जी बनाने में लापरवाही बरत जाती तो दर्शना के लिए सब कुछ बर्दाश्त से बाहर हो जाता। फिर तो वह खूब खरी-खोटी सुनाता मां को, भाई को उलाहने देता तथा कुटुम्बवालों को ताने मारता। चाचा, बुआ व ताई को गालियां देता। बस जो सामने दिख जाए उसकी ऐसी-तैसी कर देता था दर्शना।

उसकी मां इधर-उधर आस-पड़ोस में बतियाने बैठ जाती तो दर्शना का पारा सातवें आसमान पर चढ़ जाता। गुस्से में बर्तन-भांडे सब बाहर पटक देता। जब तक पड़ोसी खुद जाकर उसकी मां को खबर न कर देते, तब तक अपने घर में खूब कोहराम मचाकर रखता था दर्शना।

मां उसका स्वभाव जानती थी। जितनी तेजी से दर्शना भड़कता था उतनी ही जल्दी शांत भी हो जाता था अगर उसकी बातों का पलटकर जवाब न दिया जाए। इसीलिए उसकी मां ऐसे मौकों पर चुप लगा जाती। वह उससे सभी बातों पर प्रतिवाद नहीं करती थी मगर जब दर्शना उसके पढ़े-लिखे बेटे यानि वकील रमेश दता को कोसता, गाली देता या लानत-मलानत करता तब मां बिफर जाती, फूट-फूटकर रोती। दर्शना पिघल जाता।

दर्शना की मां सोचती थी कि अब दर्शना यूं अनपढ़ या कुंवारा रह गया तो इसमें रमेश का क्या कुसूर। अब दर्शना को शहर की लड़की तो मिलने से रही। हां गांव की किसी लड़की पर वह उंगली नहीं धरता था। दो-तीन रिश्ते उठे भी थे, मगर दर्शना का नखरा भी तो कम न था, बोला, 'मां, मैं इन लूली-लंगड़ियों व काली-कलूटियों के लिए ही रह गया हूं क्या? नौकरी नहीं है तो क्या हुआ? दूध बेचकर इतना कमा लेता हूं मैं।'

दर्शना तीसवां साल भी पार कर चुका तो कहीं से उसकी शादी का कोई जुगाड़ न बना। उसका चिड़चिड़ापन और भी मुखर होने लगा। गांव का हर छोटा-बड़ा, बच्चा-बुर्जुग, स्त्री-पुरूप दर्शना से मिलते ही बस एक ही सवाल पूछता, 'ऐ दर्शना! तू शादी कब कर रहा है?' दर्शना की भृकुटि तन जाती। गुस्से में आंखों से अंगारे बरसने लगते। लगता मानो सामनेवाले को अभी कच्चा चबा जाएगा मगर दर्शना बिना कुछ बोले चुपचाप सिर झुकाए अपनी राह लगता। उसके अन्तस में जोरों की ज्वाला धधकती। ऐसे में इधर का गुस्सा उधर निकलता। अगर उसकी कोई भैंस जरा-सी चूं-चपर करती तो उसे पीट-पीटकर अधमरा कर देता था दर्शना।

अब तो दर्शना के लिए गांव में रहना ही असम्भव हो गया था। हर तरफ हर कोई उसे चिढ़ाता। कई मुंहफट बुर्जुग तो साफ उसके मुंह पर ही कह देते, 'ऐ दर्शना! तेरी गति अब होनी मुश्किल है। लगता है रब ने तेरी जोड़ी बनाई ही नहीं। तुम्हारे कुनबे में सदियों से यही रिवाज रहा है। तुम्हारे दादा का एक भाई भी ताउम्र कुंवारा ही रहा।'

कोई दूसरा सलाह देता, 'ऐ दर्शना! अब और इन्तजार क्या करना। दस-पन्द्रह हजार रुपए तेरे लिए कोई ज्यादा नहीं। जा, जाकर पहाड़ से खरीद ला अपने लिए एक दुल्हन।'

यह सुझाव उसे काफी अच्छा लगता था। कई दिनों तक वह इस योजना पर अमल करने की सोच में डूबा रहता मगर मां के सामने वह इतना बड़ा कदम कैसे उठाए। था तो वह मां का लाडला ही न! ऐसी जुर्रत कैसे करता भला।

उसके भाई रमेश दता का दीवाली, करवा-चौथ व पितृ-श्राद्धों के आसपास हजार-ग्यारह सौ रुपए का मनीऑडर आ जाता तो कुछ दिन दर्शना काफी खुश रहता। उसे लगता कि उसका भी कोई अपना है। उन दिनों वह भाई-भाभी को कोसने की बजाय मां को सलाह देता कि वह कुछ दिन उनके पास जा कर रह आए।

मगर मां दर्शना को छोड़कर कहां जाए। एक दूसरे का सहारा जो ठहरे वे दोनों। अब तो वे ऐसे ही जीने को अभ्यस्त हो गए थे -- शान्त-चुपचाप, अकेले। कोई सगा-सम्बंधी आकर कुछ दिन रहता तो उन्हें बहुत अखरता था।

जमाना बदल गया। लोग न जाने कहां-कहां हो आए। गांव के आधे से ज्यादा बेटे शहरों में जाकर बस गए। लगभग सभी जवान लड़कियां ब्याही गई। बहुत सारे बूढ़े चलाना कर गए। गांव में घर-घर बिजली पहुंच गई, टूटी का पानी बहने लगा। गैस के चूल्हे , टी वी, फ्रिज, स्कूटर, फोन, मोबाइल और न जाने क्या-क्या घर-घर आ गए मगर दर्शना और उसकी वृद्ध मां के लिए कुछ न बदला। वैसी ही खपरैलों वाले मकान में वे उसी कछुआ गति से बस जिए जा रहे थे -- बिना किसी परिवर्तन या शिकायत के या बिना किसी आस-उम्मीद के!

हर दूसरे हफ्ते दर्शना बड़े शहर का चक्कर जरूर लगाता था, अच्छी तरह शेव करके व नया पेंट-बुशर्ट पहनकर। शहर के फौजी एरिया में उसका मनपसन्द थिएटर था -- 'रीगल', जहां वयस्क फिल्में ही प्रदर्शित होती थी। दिन में शहर में घूम-फिरकर पिक्चर देखकर

शाम को गांव लौट आता था दर्शना।

भैसों के साथ मरते-खपते हुए दर्शना कब 37-38 बरस का हो गया, उसे पता ही न चला। गांववाले उसी तरह तंज से पूछते रहे, 'ऐ दर्शना! तेरी शादी कब होगी?'

इसी बीच दर्शना ने पहाड़ से एक दुल्हन खरीद लाने की नाकाम कोशिश भी की थी मगर उसकी मां ने उसकी सारी योजना विफल कर दी तथा लड़की को उल्टे पैरों लौटा दिया। उसकी मां का तर्क था, 'भला अनजान बिरादरी की बहू कैसे रख लूं। भगवान जाने कौन गोत या कौम की हो। कहीं मंगलीक हुई तो पूरे परिवार का सत्यानास हो जाएगा।'

मां को दर्शना अभी बच्चा ही लगता था। छोटा, कुंवारा बेटा जो ठहरा। उसे अभी भी उम्मीद थी कि दर्शना के लिए आसपास गांव-बिरादरी से कोई रिश्ता मिल ही जाएगा। इतना अच्छा खानदान है उनका। जमीन-जयदाद भी है।

इसी बीच दर्शना की मां गुजर गई। एक लड़ाकू गाय ने बुरी तरह कुचल दिया उसे और वह वहीं दम तोड़ गई। दर्शना तो फट पड़ा। कई दिन आंसू नहीं थमे उसके। रिश्तेदार, भाई-भाभी, बहन-जीजा आए, चले गए। अब दर्शना अकेला रह गया, नितांत अकेला।

गांववालों ने दर्शना से हंसी-ठट्ठा करना बन्द कर दिया था। अब कोई नहीं पूछता था, 'वे दर्शना! तेरी शादी कब होगी?' हां सयानी औरतें जरूर सहानुभूतिवश सलाह देती, 'ऐ दर्शना! तू कहे तो रामप्यारी से बात चलाऊं। उसकी लड़की से तेरी शादी ...। तलाकशुदा है तो क्या हुआ, उसमें उस बेचारी का क्या कसूर है। वे लोग दहेज के लोभी थे। अभी भी कितनी सुन्दर है वह।'

दर्शना देर रात तक सोचता रहता। उसे हां कर देनी चाहिए --

बुद्धो ताई या दुलारी मौसी ने जो रिश्ता सुझाया है या पार्वती बुआ ने। हर तरफ हर लड़की में कोई न कोई खोट तो अवश्य होता था। अब दर्शना खुद भी तो पचास से उपर हो गया था। भैंसों के साथ खप-खपकर सेहत आधी भी नहीं रह गई थी उसकी।

फिर एक दिन मुर्गे की पहला बांग से पहले ही दर्शना की मौत की मनहूस खबर पूरे गांव को हैरान कर गई। गली में आने-जानेवाले एक दूसरे को सहमे-सहमे हुए यह सूचना दे रहे थे, 'सुना तुमने, रात दर्शना मर गया।' पूरा गांव दर्शना के घर उमड़ा हुआ था। सभी रिश्तेदार पहुंच गए थे। सभी गुमसुम, चुपचाप मुंह लटकाए बैठे थे।

किसी ने दूसरे के कान में कानाफूसी की, 'सुना है कि दर्शना ने खजल हो चुकी जिन्दगी से तंग आकर अनाज में रखने वाली जहरीली गोलियां खाकर जान दे दी।'

कोई दूसरा बोला, 'बहुत दुखी था बेचारा! बूढ़े शरीर, भाग-भागकर भैंसों की टहल-सेवा करता। फिर रोटी पकाता, बर्तन, कपड़े, झाडू ...। निरा औतर था दर्शना। अच्छा है छूट गया इस टंटे से!'

दर्शना के बड़े भाई को गांव के बड़े-बुर्जुगों ने यही सलाह दी कि दर्शना का दाह-सस्कार देर शाम को ही कर दिया जाए । कहीं उसकी खुदकुशी का मामला पुलिस न सूंघ ले, फिर कई झंझट खड़े हो जाएंगे, पोस्टमार्टम, थाना , कचहरी ...।

उस अंधेरी रात को ही दर्शना की ठण्डी नीली देह को आग दे दी गई। उस भयानक दृश्य को देखकर शैतान का दिल भी दहल जाता। आग की विकराल लपटें, लकड़ियों का तिड़कना, कोई रोने वाला नहीं, हर तरफ हंसी मजाक।

दर्शना की मां जिन्दा होती तो यह सब होता? सब उसकी खातिर कितना-कितना रोते। अब सभी आजाद हो गए थे जैसे। गांव के

स्त्री-पुरुष तथा बच्चों-बड़ों को बस यही अफसोस साल रहा था कि दर्शना को न पाकर वे अब किसे छेड़ेंगे, किससे हंसी-ठट्ठा करेंगे, 'ऐ दर्शना! तेरी शादी कब होगी?'

●●●